KB119175

나의 비밀

나남
nanam

한국연구재단 학술명저번역총서
서양편 432

나의 비밀

2023년 10월 15일 발행
2023년 10월 15일 1쇄

지은이   프란체스코 페트라르카
옮긴이   김효신
발행자   趙相浩
발행처   (주) 나남
주소   10881 경기도 파주시 회동길 193
전화   (031) 955-4601 (代)
FAX   (031) 955-4555
등록   제 1-71호 (1979.5.12.)
홈페이지   http://www.nanam.net
전자우편   post@nanam.net

ISBN 978-89-300-4126-3
ISBN 978-89-300-8215-0 (세트)

이 책은 2019년 대한민국 교육부와 한국연구재단이 우리 시대 기초학문의 부흥을
위해 펼치는 학술명저번역사업의 지원을 받은 책입니다(2019S1A5A7069259).

한국연구재단
학술명저번역총서
432

나의 비밀

프란체스코 페트라르카 지음

김효신 옮김

Secretum

by

Francesco Petrarca

《나의 비밀》 한국어판을 펴내며

프란체스코 페트라르카Francesco Petrarca (1304년 7월 20일~1374년 7월 18일)는 중세 말기이자 근대의 여명을 여는 전환기에 늘 알프스의 산봉우리들을 오르내리길 마다하지 않았던 인물이다. 그러기에 알프스 산 속에 깊이 들어앉은 수도원들의 지하 서고나 창고에 방치되어 있던 옛 문헌들을 뒤지고 또 뒤지는 일이 가능했다. 옛 문헌을 찾아내면 바로 필사하고 고전 작품을 현실로 불러오는 작업을 하느라 여념이 없었던 페트라르카다. 그리하여 고전복원의 전통이 페트라르카로부터 시작되었고, 그 자신이 '고전 문헌학의 아버지'로 일컬어지게 되었다. 또한 고대 문화를 근대에서 부활시켰다는 의미에서 르네상스를 스스로 실천하는 '최초의 르네상스인' 또는 '최초의 르네상스적 인간'이라고 평가받는다.

페트라르카는 단순히 "장서를 수집하기 위해 책을 모으는 것을 경계하라"고 말하며, "독서는 책을 '서가'가 아닌 '머리' 속에 넣어야 하는 작업"이라고 강조했다. 페트라르카의 방대한 독서량과 고전문헌 복원작업으로 얻은, 고전에 관한 해박한 지식은 그의 주요 저작에서

잘 드러난다. 대표적으로 나남을 통해서 소개되는 일련의 페트라르
카 산문 작품들, 즉《나의 비밀》,《고독한 생활》,《종교적 여가》등
을 꼽을 수 있다.

페트라르카는 1304년에 태어나 1374년에 세상을 떠났으니, 정확
히 70년을 살았다. 그는 인문주의자로서, 르네상스의 아버지로서 그
리고 '페트라르카 시풍'(페트라르키즘)을 일으킨 장본인으로서 르네상
스와 그 후대에 이르기까지 근 400여 년 동안 유럽의 시詩 문화에 결
정적인 영향을 미쳤다.

페트라르카는 이미 소년기부터 키케로와 베르길리우스를 비롯한
고대 로마 작가들 작품에 깊이 빠져 있었다. 청소년기에 그는 주로 고
대 로마 작가로부터 교양이나 사상을 배웠고 자기를 형성해 나갔다.
동시에 라틴 고전문학을 탄생시킨 고대 로마세계 그 자체에도 점차
강한 관심을 가지면서 매료되어 갔다.

이미 유럽에서 탁월한 인문주의자로 널리 알려져 있었고, 젊은 천
재로 명성이 자자했던 그에게 1339년 계관시인(뛰어난 시인에게 내리
는 명예 칭호)이라는 드높은 명예가, 그것도 파리의 소르본과 로마 시
의회로부터 동시에 주어졌다. 페트라르카는 라틴 고전문학을 탄생시
킨 고대 로마세계에 심취心醉하면서 로마의 정통성을 중요시하게 만들
었다. 페트라르카에게 고대문화 재생 운동은 고대 로마 재생 운동,
이탈리아 재생 운동과 일체였다. 그는 로마의 제안을 받아들였다. 실
제로 계관시인으로 즉위식을 치른 날은 정확하게 1339년에서 2년 뒤
인 1341년 4월 9일 월요일이다. 로마에서 아폴론의 월계관이 머리에

씌워진 그 부활절 월요일을 페트라르카는 인생의 활에서 정점이라고 생각했다.

훗날 그는 노인이 되어서야 비로소 한 편지에서 이 사건에 대해 언급했다. 이 편지에서 사실 당시에 계관시인이 되기에는 그 자신이 나이로나 정신적으로나 덜 성숙했음을 인정한다. 그는 명예를 얻고 나서 한참 지난 다음에야 대표작들을 썼다. 물론 로마 계관시인으로 즉위했기 때문에 대표작의 저술도 가능했으며, 이 사건은 그의 문학적 창작력에 엄청난 추진력이 되었다.

인생의 후반기에 들어선 페트라르카는 라틴어로 쓴 서사시 《아프리카 Africa》를 통해서 로마 장군 스키피오 아프리카누스의 업적과 카르타고를 굴복시키고 로마를 승리로 이끈 역사적 사건을 찬양하고자 했다. 로마로 개선하는 스키피오 아프리카누스 장군의 오른편에는 월계관을 쓴 로마시인 퀸투스 엔니우스Quintus Ennius(기원전 239~169년)1가 모습을 드러내는데, 페트라르카는 이 로마 시인에게 계관시인인 자신을 투영시킨다. 이런 의미에서 본다면 서사시 《아프리카》는 어쩌면 시종일관 페트라르카 자신의 명예, 개선, 계관시인 즉위를 염두에 두고 쓴 것이라고 볼 수 있다.

그러나 예술적 후원자였던 앙주의 로베르(로베르토)가 1346년에 세상을 떠나면서, 페트라르카의 라틴어 시에 대한 집착이나 자신의

---

1   퀸투스 엔니우스는 고대 로마 초기의 시인으로 '라틴문학의 아버지'라 불린다. 그리스 비극의 번역을 비롯하여 여러 가지 형식의 시를 지었는데, 특히 로마의 역사를 노래한 서사시 《연대기》는 그리스풍 영웅 율시를 라틴어에 적용한 최초의 시도로서 후대 시인에게 큰 영향을 주었다(《두산백과》 참고).

명예인 계관시인에 대한 집착에서 멀어지면서 단테 알리기에리^{Dante} Alighieri를 비하하던 상투적 표현이었던 속어 작품에 관한 생각이 드러나게 된다. 라틴어 시에 대한 집착과 고집이 반대급부(속어 이탈리아어 시)로 표출되었을 뿐만 아니라, 시 장르 역시 서사시에서 서정시로 전환한 것이다.

바로 이러한 패러다임 변화 이후 페트라르카에 대한 문학적 명성은 이탈리아어로만 쓰인 서정시집 《칸초니에레》 덕분에 더욱더 커져만 갔다. 그는 지속적으로 늘어나는 독자층을 생각하며, 인생의 후반기 내내 《칸초니에레》 구성과 시 다듬기에 진력했다. 그러나 정작 시인 자신은 이 작품이 거둘 문학적 성과를 상상조차 못 했다. 소네트와 칸초네가 주를 이루는 이 《칸초니에레》라는 시집 제목도 실은 페트라르카 자신이 부여한 것이 아니라, 16세기 이르러서야 후대인들이 부여했다. '칸초니에레^{Canzoniere}'라는 단어는 그 자체가 '시집'을 의미한다. 원래 페트라르카가 붙인 시집 제목은 이탈리아어가 아닌 라틴어 제목 *Rerum Vulgarium Fragmenta*(속어 단편 시 모음)이었다. 이는 페트라르카의 라틴어 사랑과 함께 라틴어가 당대 지식인들의 보편적 언어였음을 보여 준다.

단테는 속어에서 철학적·언어적 선견지명을 드러내고, 그의 《희곡^{La Commedia}》이 조반니 보카치오^{Giovanni Boccaccio}에 의해 성스러운^{divina} 작품으로 거듭나 유명한 《신곡^{La Divina Commedia}》이 되었다. 반면, 페트라르카는 오히려 보수적으로 라틴어를 사용하던 습관에서 벗어나는 듯하다가도 시집 타이틀에 라틴어 제목을 남겨 두었다. 라틴어 글쓰기가 페트라르카에게는 너무나도 익숙한 작업이자 여전히 버릴 수 없는 구습이었다.

이탈리아어 시집 제목에 후대인들이 부여한 '칸초니에레'가 붙은 이후, 페트라르카에 대한 문학계의 관심은 이탈리아반도에만 국한되지 않고, 전 유럽의 서구문학 전반으로 확산되어 갔다. 페트라르카 본인은 이탈리아 속어에 큰 기대를 하지 않았고, 라틴어가 영원하리라 믿었을지 모른다. 그가 라틴어 학자로서의 명성을 지녔다는 사실도 그의 이러한 속내를 증명하는 것이며, 그의 사상이나 그를 대표하는 라틴어로 쓴 산문 명저들 역시도 그의 학자적인 라틴어 사랑을 드러내는 증거들이다. 역설적이게도 가장 강력했던 후원자 앙주의 로베르가 존재했을 때의 완벽한 프레임은 큰 반향을 불러일으키지 못했지만, 오히려 그것이 와해되고 사라지고 나서야 괴로움과 불확신의 갈등이 중대한 변화의 국면을 이루었고, 이 변화가 그 이후의 문학계에 지대한 영향을 미쳤다.

인문주의를 포고한 페트라르카의 산문 작품 중 라틴어로 쓴 대표작들이 아직 한국에 제대로 소개되지 않았으며 번역조차 되지 않았기에 처음으로 한국에 소개하는 감회가 남다르다. 번역은 이탈리아 토리노의 UTET 출판사에서 1987년 출판한 'Opere Classici' 전집 중 페트라르카의 라틴어 작품을 묶어 낸 *Opere Latine* vol. 1을 기본으로 했다. 이 책은 라틴어 본문과 이탈리아어 본문을 함께 실어 이탈리아 내에서도 페트라르카 고전의 본보기가 되는 판본이다. 페트라르카가 중세라틴어로 저술한 산문 작품을 이탈리아어와 영어, 일본어 등으로 옮긴 판본을 참고하여 번역하면서 번역이라는 작업이 얼마나 힘들고 고달픈지 새삼스럽게 느꼈다. 보다 나은, 완벽한 번역을 위하여 아무리 노력해도 늘 부족했음을 고백하지 않을 수 없다. 그럼에도 불구하고, 나름대로 최선을 다해 번역하고자 노력했음을 밝혀 둔다.

그리고 한국연구재단의 명저번역 지원사업이 없었다면, 쉽사리 엄두도 내지 못했을 작업이라는 사실도 이야기하지 않을 수 없다. 페트라르카의 산문 명작을 대한민국에서 처음 우리말로 소개할 수 있게 된 것을 무한한 영광으로 생각한다. 이러한 노력에도 부족한 면이 있을 것이고, 미처 다듬지 못한 부분도 있을 것이다. 이러한 부분은 앞으로 나올 후배 번역인들에게 남기고, 아쉽지만 여기서 마무리 짓고자 한다. 부족한 원고에 좋은 기운을 불어넣어 아름다운 책으로 탄생하도록 노력해 준 나남 가족 여러분에게 이 자리를 빌려 진심으로 감사의 말씀을 전한다.

2023년 8월 연구실에서
김 효 신

내 생각의 내적 갈등

행복하게 책을 시작하다

도대체 나는 어떻게 이 인생에 들어왔을까 또 어떻게 나갈까 하고,[1] 요즘 늘 그렇듯이 망연히 생각에 잠겨 있을 때의 일이다. 가슴앓이 하는 사람들이 흔히 그렇듯 초췌해져서 잠들어 버린 것이 아니라 불안 속에 분명히 깨어 있는데 어디선가 한 여인이 찾아온 것처럼 보였다. 그녀는 나이도 분명하지 않고 인간이 이해하기 힘들 정도로 아름다웠지만, 의상이나 외모로 보아 처녀 같았다.

나는 예사롭지 않은 빛 앞에서 놀라고 당황하였다. 그녀의 눈동자는 태양처럼 빛을 쏟아부었고 그 눈부심에 눈도 뜨지 못하고 있는데, 그녀는 격려하듯 말을 걸어왔다.

---

[1] 세네카의 《루킬리우스 앞 서간집(도덕서간집)》 제 22서간을 근거로 쓰인 것으로 보인다. 거기에는 에피쿠로스의 다음 말이 인용되고 있다. "사람들은 모두, 이제 막 인생에 들어왔는데 벌써 그곳을 나간다."(같은 서간, 14)
   또한 페트라르카 만년의 저서 《무지에 대하여》에는 다음과 같은 표현도 보인 다. "인간의 본성이 어떤 것인지, 무엇 때문에 우리는 태어났는지, 어디에서 왔 고, 어디로 가는지 모르면서, 야수나 새나 물고기나 뱀의 성질을 알게 된들 그것 이 대체 무슨 소용이 있습니까?"

"두려워하지 않아도 됩니다. 처음 보는 아름다움에 당황할 필요는 없습니다. 나는 당신의 잘못을 가엾게 여기고, 더 늦기 전에 구원의 손길을 내밀기 위해 멀리 이곳에 내려선 것입니다. 그동안 당신은 너무나도 흐린 눈으로 이 세상을 응시해 왔습니다. 멸망하게 되어 있는 이 세상의 것에 이토록 눈이 익숙해져 있었는데, 영원한 것으로 눈을 들어 올린다 해도 무슨 기대를 할 수 있을까요?"

이 말을 듣고 나는 아직 두려움을 떨치지 못하고 떨리는 목소리로 베르길리우스의 시구에 따라 대답하는 것이 고작이었다.

"처녀여, 어떻게 불러야 할까요? 얼굴은 이 세상 얼굴이 아니고, 목소리의 울림도 인간의 것이라고는 생각되지 않습니다."[2]

그러자 그녀가 대답해 말하기를,

"우리의 서사시 《아프리카》[3]에서 당신이 정성을 다해 우아하고 아름답게 그려 준 사람, 그 사람이 바로 나입니다. 서쪽 끝 아틀라스의 산꼭대기에, 당신은 그 테베의 암피온[4]처럼 경탄할 만한 시를 짓는

---

2 베르길리우스, 《아이네이스》 1. 327~328. 이 시구는 서사시의 주인공인 영웅 아이네이스 앞에 사랑의 신 비너스가 모습을 나타냈을 때, 아이네이스가 여신에게 하는 말이다.

3 《아프리카》는 페트라르카의 라틴어 서사시로서, 로마와 카르타고 사이에서 치러졌던 제2차 포에니 전쟁(기원전 219~201년)의 영웅 스키피오 대(大) 아프리카누스를 주인공으로 하여 로마 정신의 찬미와 이탈리아 민족의식의 고양을 의도한 작품이다.

4 암피온은 그리스 신화 속 음악을 좋아하는 하프의 명수로, 그가 하프를 연주하면 많은 돌이 저절로 움직여 그 뒤를 따랐고, 자연스럽게 조립되어 테베 성벽을 쌓았다고 한다. 덧붙여 아틀라스는 아프리카 북서부를 가로질러 동서로 뻗은 산맥이다.

솜씨로 빛나는 아름다운 집을 내게 지어 주었습니다. 그러니 자, 이제 안심하고 귀를 기울이세요. 지금 이 얼굴과 마주하기를 두려워할 필요는 없습니다. 오래전부터 낯익은 얼굴임을 당신은 이미 능숙한 필치로 증언하고 있지 않습니까?"

그녀가 이렇게 말을 끝내자 나는 이리저리 생각해 보고 곧, 그녀가 가리키는 것이 '진리 그 자체'임을 깨달았다. 예전에 내가 아틀라스 산꼭대기에 있는 그녀의 궁전에 대해 묘사한 적이 있다는 사실이 생각났기 때문이다. 하지만 도대체 어디에서 그녀가 찾아왔는지는 몰랐다. 다만, 천상에서 온 듯한 것만은 분명했다.

그래서 나는 보고 싶어 다시 쳐다보았지만, 천상의 빛은 도저히 인간의 눈으로는 견딜 수 없었다. 나는 다시 땅으로 눈을 내리깔았다. 이것을 보자 그녀는 잠시 침묵한 뒤 계속 말을 걸어와 친절하게 질문해 주었기 때문에, 나도 그녀와 이야기를 많이 하지 않을 수 없었다. 그로부터 두 가지 좋은 결과를 얻을 수 있었다는 것을 알았다. 첫 번째, 어느 정도 인식이 깊어졌다는 것이고, 두 번째, 처음에는 그녀의 얼굴이 너무나 빛나서 두려웠는데 이 대화 덕분에 조금은 평온한 마음으로 바로 볼 수 있게 되었다는 것이다.

이렇게 당황하지 않고 그녀의 얼굴을 바라보게 되자 예사롭지 않은 달콤함에 홀려 그녀에게 넋을 잃고 있었다. 그리고 그녀가 누군가와 함께 왔을까, 아니면 혼자 내 고독의 은신처5로 파고들었을까 하고

---

5   이 표현은 페트라르카가 사랑한 '고독한 생활'의 장소인 한가한 시골 보클뤼즈 산

주위를 둘러보다가 한 고령의 인물이 그녀 옆에 있다는 것을 알아차렸다. 그 사람은 위엄이 넘쳐서 절로 경외심을 자아내게 했다.

성직자다운 풍모, 신중한 얼굴, 엄숙한 눈빛, 사려 깊은 몸놀림, 아프리카풍의 의상, 그러나 로마식의 상쾌한 언변言辯, 그 이름을 물을 것도 없이 영예 높은 교부敎父 아우구스티누스6임을 한눈에 알 수 있었다. 게다가 단순히 인간의 것이라고는 생각하기 힘들 만큼 다정한 애정이 넘치고 있어 의문의 여지가 없었다.

그래도 나는 가만히 있을 수 없어 질문의 말을 말끔히 가다듬었고, 금방이라도 목소리가 입술에서 새어 나올 것 같았다. 그 순간 '진리'의 입에서 그 그리운 이름이 기분 좋게 내 귀에 흘러들어 왔다. 그녀는 옆 사람을 돌아보고 그의 깊은 명상을 깨면서 말을 걸었다.

"누구보다도 친애하는 나의 아우구스티누스여, 당신에게 심취한 이 사람을 알고 있을 것입니다. 그리고 이 사람이 얼마나 위험한 만성 질병에 시달리고 있는지도 한눈에 알 것입니다. 더구나 이 병은 환자가 자신의 병에 대해 전혀 알지 못하기 때문에 훨씬 더 치명적입니다! 그래서 지금 거의 죽은 상태에 놓인 이 삶을 구해 주어야 합니다.

이 자비로운 일을 훌륭히 해낼 수 있는 사람은 당신 말고는 달리 없

장을 떠올리게 한다. 페트라르카는 1337년의 보클뤼즈 은둔 이후에는 변함없이 그가 말하는 '고독한 생활'을 이상적인 생활 형태로 추구했다.

6   페트라르카는 29세 무렵, 라틴의 위대한 교부 아우구스티누스(354~430년)의 자전적 작품 《고백록》을 읽고 깊은 감명을 받아 이를 늘 곁에 지니고 다니면서 읽어 보곤 했다. 이 책에서 페트라르카가 대화의 상대로 아우구스티누스를 꼽은 것도 그에게 깊이 심취했음을 드러낸 것이다.

습니다. 그 이유는 첫째, 이 사람은 항상 당신에게 심취해 왔기 때문입니다. 그리고 대개 가르침이라는 것은, 그 가르침을 말하는 사람을 듣는 사람이 좋아할수록 그만큼 마음에 스며들기 더 쉽기 때문입니다. 또 하나는, 당신이 현재의 행복 때문에 이전의 괴로움을 잊어버리지 않았다면, 당신도 또한 과거 육체의 감옥에 갇혀 있었을 때 이 사람처럼 많은 병에 시달렸음을 기억할 것이기 때문입니다.

이런 까닭에 인간적 고뇌를 몸소 체험했던 최고의 의사醫師여, 부디 이 사람에게 구조의 손길을 내밀어 주십시오. 물론 침묵의 명상이야말로 그 무엇보다도 더 기쁜 일이지만, 제발 그 침묵을 깨고 비길 데 없이 기분 좋은 거룩한 목소리를 들려주십시오. 그리고 가능하다면 이렇게 지독한 초췌함을 누그러뜨려 주십시오."

이에 답하여 아우구스티누스는 이렇게 말했다.

"당신은 나의 인도자이자 조언자입니다. 주인이자 스승입니다. 그러한 당신이 지금 여기에 계시는데 왜 또 저에게 말하라고 시키시는 것입니까?"

그러자 그녀는 답했다.

"반드시 죽어야만 하는 인간의 귀에는 인간의 목소리가 어울릴 것입니다. 인간의 목소리가 이 사람에게는 더 견디기 쉬울 것입니다. 그렇다고 하더라도 나는 계속 옆에 있을 생각입니다. 그러면 이 사람은 당신에게서 듣는 모든 것을 나 자신의 말로 받아들이지 않을 수 없을 것입니다."

"이 병든 자에 대한 사랑과 명령하시는 분의 권위 때문에 따르지 않을 수 없습니다."

이렇게 말하면서 아우구스티누스는 다정하게 나를 바라보며 인자한 아버지와 같이 따뜻하게 포옹해 주었고, '진리'의 바로 뒤를 따라서 더 조용한 장소로 이끌어 주었다. 그리고 셋 다 거기에 걸터앉았다. 이리하여 마침내, 그녀가 침묵 속에 우리의 아주 짧은 말까지도 심판하는 가운데, 멀리 사람들의 눈을 피해 긴 대화를 나누게 되었다. 그리고 연이은 화제는 다함이 없이 결국 사흘째까지 이르렀다.

그때 화제의 대부분은 현대의 풍속을 비난하는 것이거나 우리 인간에게 공통된 죄에 관한 것이었기 때문에, 나 자신에 관한 이야기라기보다는 인류 전체에 대한 고발인 성싶었다. 그렇지만 나 자신이 직접 책망받았던 점은 한층 더 깊이 기억에 아로새겨져 있다. 그래서 이렇게 친밀하고 그리운 대화가 사라지지 않도록 여기에 조촐한 책을 한 권 엮었다. 그러므로 나는 이 책을 내 다른 작품과 함께하고 싶지도 않고 이 책으로 인한 명예를 바라지도 않는다. 단지, 과거 자기 자신과의 대화를 통해 단 한 번 맛본 그 달콤함을 몇 번이라도 원하는 만큼 다시 읽고, 맛보고 싶을 뿐이다.

그러니, 나의 작은 책이여! 너 또한 너 자신의 이름을 잊지 않고 사람들의 모임을 피해서 내 곁에 머무르는 것이 소망일 터이다. 사실 너는 '나의 비밀'이며 또 그렇게 불릴 것이다. 그리고 내가 더 중요한 작품에 몰두하게 되더라도, 너는 은밀하게 했던 이야기를 하나하나 기억하고 있을 테니까, 그것을 은밀히 떠올리게 해 줄 것이다.

그런데 키케로도 말하듯이 " '나는 말했다'라거나 '그는 말했다'라거나 하는 말을 너무 자주 끼워 넣지 않도록, 또 대화가 마치 눈앞에서 대화자 자신이 말하고 있다고 생각되도록", 7 나의 훌륭한 대화자의 견해와 나 자신의 견해를 구별하기 위해, 그때그때 우리의 이름을 처음에 써 놓기만 하고 다른 말을 되풀이하지는 않기로 했다. 이런 식의 글쓰기를 물론 나는 우리의 키케로에게서 배웠지만, 키케로 자신은 플라톤으로부터 배웠다. 하지만 본론으로 돌아가자. 아우구스티누스는 먼저 다음과 같은 말로 나를 추궁하기 시작했다.

---

7   키케로, 《우정에 대하여》 1.3.

일러두기

1. 이탈리아 토리노의 UTET 출판사에서 1987년 출판한 'Opere Classici' 전집 중 페트라르카의 라틴어 작품을 묶어 낸 *Opere Latine* vol. 1이 번역의 저본이 되었음을 밝힌다.
2. 이 책의 번역은 일본 도쿄 岩波書店에서 펴낸 《わが秘密》(近藤恒一 번역, 1996) 과 영국 런던 Alma Classics LTD에서 펴낸 *Secretum* (J. G. Nichols 번역, 2010) 을 참고했다.
3. 《나의 비밀》은 서문과 책 1권, 책 2권, 책 3권으로 구성되었지만, 번역본은 분권하지 않고 3장으로 나누어 제목을 달았다.
4. 각주 중 가톨릭 성경을 인용한 주는 한국천주교주교회의 · 한국천주교 중앙협의회에서 발행한 《성경》을 참고하여 번역하였다.
5. 옮긴이가 추가한 내용은 〔 〕 안에 표시하였다.
6. 본문의 각주 중 참고문헌에 관한 주는 모두 원주이며, 그 외의 주는 모두 옮긴이 주이다.
7. 단행본은 겹화살괄호(《 》)로, 작품이나 희곡의 제목은 홑화살괄호 (〈 〉)로 표시했다.
8. 외래어 표기는 국립국어원의 외래어표기법을 따르는 것을 원칙으로 하되, 널리 굳어져 쓰이는 말은 예외로 했다.

나의 비밀

차례

인간의 비참함과 구원에 대한 첫 번째 대화

Ⅰ. 구원의 근원

아우구스티누스 불쌍한 인간이여, 자네는 무엇을 하고 있는가? 무엇을 꿈꾸고 무엇을 기대하고 있는가? 그런 식으로 해서 자네는 자신의 비참함을 잊어버리고 있지는 않은지 모르겠군. 자신이 언젠가 죽어야만 하는 존재인 인간이라는 것을 기억하지 못하는가?

프란체스코 물론 기억합니다. 게다가 그것을 생각할 때마다 마음은 두려움에 떨게 됩니다.

아우구스티누스 그 말대로 기억하고 자네 자신을 잘 돌봐 주었다면! 만약 그렇다면 내 일이 훨씬 쉬워질 텐데! 왜냐하면, 이 인생의 여러 가지 달콤한 유혹을 물리치고 엄청난 현세의 폭풍우 속에서 마음을 평온하게 유지하려면, 항상 자신의 비참함을 생각하고 끊임없이 죽음에 대해 성찰하는 것만큼 유효한 것은 없으니까 말일세. 분명히 이것은 진리이지만, 이때 성찰은 겉치레에 그치지 말고 뼛속까지 스며들 정도여야 하네. 그래도 매우 걱정되는 것은 자네가 많은 사람

21

이 그랬듯 이 점에서 자기 자신을 속이지 않을까 하는 것이네.

프란체스코 도대체 어떻게 그럴까요? 무슨 말씀인지 잘 모르겠는데요.

아우구스티누스 참으로 죽음을 피할 수 없는 인간들이여, 그대들의 모든 습관 중에 내가 가장 어이없고 두려워하는 것은 일부러 자신들의 비참함을 얕잡아 보고 위험이 닥쳤는데도 모른 척하며, 설령 그 비참함이나 위험까지 생각이 미치더라도 그 생각을 떨쳐 버리려고 하는 습성이네.

프란체스코 어떻게 그럴까요?

아우구스티누스 위험한 병에 걸렸는데도 간절하게 건강을 바라지 않는 그런 어리석은 인간이 있을까?

프란체스코 그렇게 어리석은 인간이 있다고는 생각하지 않습니다.

아우구스티누스 그러면 뭔가를 진심으로 열망하고 있는데, 온 힘을 다해 그것을 얻으려 하지 않는, 그렇게 게으르고 멍청한 사람이 있다고 생각하는가?

프란체스코 그런 인간도 결코.

아우구스티누스 이 두 가지 점에서 우리가 일치를 본다면, 세 번째 점에서도 당연히 일치할 것일세.

프란체스코 그 세 번째가 무엇입니까?

아우구스티누스 깊은 성찰에 빠져 자신이 비참하다고 깨달은 자는 비참하지 않게 되기를 갈망할 것이고, 한 번 그것을 원하기 시작했다면 그것을 추구할 것이네. 마찬가지로 다시 한번 그것을 추구했다면 그것을 얻을 수도 있을 것일세. 이를 통해 알 수 있듯이 세 번째 점의 결과는 오로지 두 번째 점에 달려 있고, 두 번째 점의 결과는 첫 번째 점에 달려 있네. 이처럼 당연히 이 첫 번째 점이야말로 이른바 인간 구원의 뿌리가 되는 셈이네.

그런데 어리석은 그대들 인간과 스스로를 파멸시키는 데 천재적인 자네도 이 구원의 뿌리를 자신들의 가슴에서 뽑으려 하고 세상의 온 갖 달콤한 유혹의 덫에 몸을 맡기고 있네. 내가 어이없고 두렵다고 말한 것이 바로 이것이야. 그러므로 자네들이 이 구원의 뿌리를 뽑고 다른 두 가지를 버림으로써 벌을 받는 것은 당연한 일이네.

프란체스코 그러나 이것은 더 많이 말하고 차분히 논해야 할 문제인 것 같습니다. 그래서 이 문제는 가능하면 미루고 제가 더 이해하여 다음 문제로 넘어갈 수 있을 때까지 당분간 첫 문제를 파고들고 싶습니다.

Ⅱ. 인간의 행불행과 의지

아우구스티누스 여기는 자네의 느림과 둔함에 보조를 맞춰야 하는 곳이니까 어디든 원하는 곳에서 멈춰 서도 좋아.

프란체스코 그 결론을 모르겠습니다.

아우구스티누스 어떠한 어둠이 자네에게 깔렸고 어떠한 의심이 지금 생겼는가?

프란체스코 사실 우리가 열렬히 원하고 간절히 추구하며 아무리 힘들게 노력해도, 끝내 얻지 못하고 얻을 수 없는 것들이 셀 수 없을 정도로 많습니다.

아우구스티누스 다른 경우라면 그럴지도 모르지만 지금 문제가 되는 경우는 그 반대일세.

프란체스코 왜 그렇습니까?

아우구스티누스 자신의 비참함에서 벗어나기를 갈망하는 사람은 진심으로 그렇게 갈망한다면 그 열망에 속지 않기 때문이지.

프란체스코 뭐라 할까요, 자신이 많이 부족함을 깨닫지 못하는 사람은 아주 적습니다. 이것이 얼마나 진실인지 자신을 돌아보면 누구나 알 수 있을 것입니다. 그래서 당연히 바로 이 점에서 자신이 비참하다고 인정하게 됩니다. 참으로 좋은 것을 많이 가져야 행복할 수 있기에 그 좋은 것 중에서 조금이라도 부족하면 그만큼 불행해질 수밖에 없습니다. 이 불행의 짐을 떨치고자 누구나 바라지만 그렇게 할 수 있었던 사람은 극히 드뭅니다. 이것은 잘 알려져 있습니다.

실제로 몸의 질환, 사랑하는 사람들의 죽음, 감옥, 추방, 빈곤, 그 밖에 열거하면 끝이 없지만 이런 종류의 견디기 힘들고 비참하기 짝이 없는 것 때문에 얼마나 많은 사람이 끊임없이 고뇌에 시달리고 있을까요! 이들은 모두 여기에 고통받는 사람들에게는 참으로 싫은 것들뿐이지만 보시다시피 뿌리칠 수 없습니다. 그러므로 많은 사람이 자기의 뜻을 거스르고 욕심을 부리지 않는데 비참하다는 것은 의심할 여지가 없다고 생각합니다.

아우구스티누스 자네는 정말 되돌아가야겠군. 물정에 어둡고 이해가 늦은 젊은이에게 하듯이 일련의 논의를 몇 번이고 처음부터 다시 해줘야 하겠군. 자네는 지적으로 더 성숙해졌다고 생각했고, 아직도 이런 유치한 충고가 필요하다는 생각은 해보지도 않았네. 자네가 나와 함께 이교의 철학자들을 반복해서 정독했으니까 그들의 올바르고 유익한 사상을 기억에 새기고 있었다면, 또 솔직하게 말해서 자네가 타인을 위해서가 아니라 자기 자신을 위해 열심히 공부했고 엄청난 양의 독서를 덧없는 속세의 칭찬을 받기 위해서가 아니고 헛된 자만심을 위해서도 아닌, 자네 자신의 삶을 다스리기 위해 사용했다면, 이토록 어리석고 미숙한 말을 할 리가 없겠지.

프란체스코 무엇을 말하려고 하시는지 잘 모르겠습니다. 하지만, 제 얼굴은 이미 빨갛게 물들었고 선생님에게 꾸중을 들은 학생 같은 기분입니다. 실제로 그들은 질책하는 사람의 첫마디를 들으면 자신이 많은 잘못을 저지르고 있다는 것을 생각하고 지은 죄를 아직 밝히기도 전에 당황하게 되는데, 저도 저 자신의 무지나 많은 잘못을 의식하고 있고 저에게는 전부 비난거리만 있다고 생각하기 때문에, 당신이 무엇을 말하려고 하는지도 아직 모르고 말씀도 아직 끝나지 않았지만 이미 홍당무가 되어 버린 것입니다. 하지만 제발 좀 더 확실하게 말씀해 주십시오. 저의 어떠한 점을 저렇게 엄하게 책망하셨습니까?

아우구스티누스 여러 가지가 있지만, 나중에 말하기로 하고 당장 한 가지만 부당하다고 생각하는 점을 들어 보세. 그것은 자네가 사람은 자신의 의지에 반하여 비참해지기도 하고 비참하기도 하다고 믿는 것이네.

프란체스코 이제 얼굴은 그만 붉히겠습니다. 하지만 더 진실한 생각을 할 수 있을까요? 빈곤, 고통, 치욕, 그리고 병이나 죽음, 그 밖에 이런 종류의 극히 비참한 것들은 대개 자기의 뜻과는 달리 생기는 것이지 결코 욕심을 내서 생기는 것은 아니라는 점을 모를 정도로 세상 물정을 모르는 철부지 인간이 있을까요? 그러므로 자신의 비참함을 알고 이를 혐오하는 일은 매우 쉽지만 이를 털어 내기란 어렵다는 말이 됩니다. 처음 두 가지는 우리의 자유의지에 달려 있지만, 세 번째는 운명의 손 안에 있기 때문입니다.

아우구스티누스 부끄러운 마음이 있다면 그것을 보아서 잘못도 용서되겠지만 부끄러움을 모르는 것은 잘못보다 더 화가 나지. 어리석은 자여, 저 철학자의 거룩한 말씀을 어찌하여 잊어버렸을까? "방금 자네가 열거한 것들로는 아무도 비참해질 수 없다."

실제로 키케로를 비롯한 많은 사람이 종종 멋지게 논증하고 있듯이, 오직 미덕만이 인간을 행복하게 한다면 당연히 또 인간을 행복에서 멀리하게 하는 것은 오직 미덕의 반대뿐이라는 말이 되네.[1] 조금이라도 제정신이 남아 있다면 그게 무엇인지 남들이 말하지 않아도 생각해 낼 수 있을 것이야.

프란체스코 물론 생각납니다. 생각나게 하시려는 것은 스토아학파의 가르침입니다. 대중의 의견과는 정반대의 가르침으로서 실용적이라기보다는 진리에 가까운 가르침입니다.

아우구스티누스 자네가 대중들의 어리석음을 통해 진리를 탐구하고 장님에게 이끌려 빛에 도달할 수 있다고 생각한다면 이보다 더 불

---

1   이런 생각을 키케로는 《투스쿨룸 대화》 제5권에서 자세히 논하고 있으며, 《최고 선악론》에서도 곳곳에서 언급하고 있다. 이는 스토아학파 사상가 사이에서 널리 퍼져 있던 생각이며, 이들 중에서 페트라르카가 특히 애독한 것은 키케로와 세네카이다.

행한 일은 없어. 차라리 대중들에 의해 짓밟혀진 길을 피하고 높은 곳을 향해 인적 드문 길을 더듬어 가는 편이 낫다네. 그렇게 한다면 저 시구를 들을 만한 자가 될 것이야.

오오, 젊은이여, 희귀한 미덕을 드러내어 영예를 하늘에까지 칭송받으시게. 2

프란체스코 적어도 죽을 때까지는 그렇게 되고 싶습니다! 하지만, 부디 이야기를 진행해 주십시오. 저는 부끄러움을 전혀 모르는 것도 아니고, 대중의 잘못보다는 마땅히 스토아학파의 가르침을 받아야 함을 의심하지도 않습니다. 그렇다 하더라도 앞으로 무엇을 이해시키려고 하시는지 알고 싶습니다.

아우구스티누스 사람은 다만 악덕^{惡德}에 의해서만 비참하며 또는 비참해지거나 한다는 이 점에서 우리가 일치를 본다면 더 말할 필요가 있을까?

프란체스코 사실, 저 자신을 포함해 많은 사람이 평생에 걸쳐 온 힘을 다하여 악덕의 굴레를 뿌리치려고 애쓰면서도 떨쳐 내지 못하고, 이를 무엇보다도 괴로워하는 모습을 이 눈으로 보아 온 것 같습니다. 따라서 스토아학파의 가르침은 옳지만, 많은 사람이 행복에 대한 소망에도 불구하고 그들의 뜻에 반하는 지극한 비참함을 탄식하고 있다고 말할 수 있습니다.

---

2   베르길리우스, 《아이네이스》 9. 641.

아우구스티누스 우리는 잠시 탈선했지만 이제 서서히 출발점으로 되돌아가고 있네. 우리가 어디서 출발했는지 잊지 않았다면 자네도 그것을 알 텐데.

프란체스코 잊어버릴 뻔했지만, 다시 생각납니다.

아우구스티누스 나는 자네와의 대화를 통해 다음 사항을 밝힐 생각이었어. 즉, 우리가 죽어야만 하는 인간이라는 이 속박을 벗어나 스스로 높이 오르기 위해서는 죽음과 인간의 비참함에 대해 성찰하는 것이 첫걸음이 되고, 일어서려는 열렬한 소망과 노력이 그 두 번째 걸음을 이루게 된다네. 그리고 이 두 걸음만 내디디면 그대들이 원하며 바라는 곳으로 올라가는 일은 쉽네. 그런데 자네는 아직도 이것이 잘못이라고 생각하는 걸까?

프란체스코 잘못이라고 생각한다고 큰소리칠 생각 따위는 물론 없습니다. 사실 저는 이미 청년 시절부터 뭔가 당신과 다른 생각을 가질 만한 일이 있으면 제가 잘못했다고 인정하려고 해 왔습니다.

아우구스티누스 아부는 안 했으면 좋겠군. 그보다는 자네가 내 말에 동의한 것은 자네 자신의 판단에 의해서라기보다는 경의를 표하기 위해서임을 알고 있으니, 다짐해 두지만, 부디 자신이 생각하는 바를 자유롭게 말해 주길 바라네.

프란체스코 아직 망설이고 있지만, 말씀대로 그렇게 하겠습니다. 그런데 다른 사람들은 차치하고 적어도 저의 언동을 항상 하나하나 보고 계셨던 이분이 증인이고 당신 자신도 증인이지만, 저는 얼마나 자주 제 자신의 처지의 비참함과 죽음을 생각했을까요? 얼마나 많은 눈물로 제 더러움을 씻어 내려고 애썼을까요? 하지만 입에 담기만 해

28

도 눈물을 흘릴 정도였는데, 보시다시피 그동안의 모든 것이 허사로 끝났습니다.

그러므로 사람이 비참해진 것은 자신의 의지에 의한 결과고 비참한 것은 자신이 그것을 원하기 때문이라는 당신의 주장은 진리라고 할지라도 제가 굳이 이의를 제기하는 것은 바로 이 때문입니다. 슬프게도, 저는 자신의 마음속에서 정반대의 일을 겪고 있습니다.

아우구스티누스 이것은 오래된 탄식으로서 언제까지나 되풀이될 것이네. 그렇더라도 비참함을 원하지 않는 자는 비참해지지도 않고 비참하지도 않네. 이 일을 종종 자네에게 이해시키려다가 헛수고로 끝났지만, 아직 설득을 포기하지는 않았네.

그런데 이미 조금 언급해 두었듯이 인간의 마음에는 자기 자신을 속이려고 하는 해로운 욕망이 있는데 삶에 있어서 이렇게 위험한 것은 없네. 자네들이 친한 사람들에게 속을까 봐 매우 두려워하는 것은 당연한데, 그럴 만도 한 것이 이 경우에는 속이는 사람들에 대한 믿음 때문에 경계심이 사라지고, 또 그들의 목소리가 항상 귀에 기분 좋게 들리기 때문이야. 그리고 이 두 가지는 모두 다른 사람들과의 접촉에서는 볼 수 없는 일이지.

그렇다면 자기 자신에 의한 착각은 더욱 두려워해야 할 것이네. 이 경우에는 누구나 자신을 부당하게 과대평가할 뿐만 아니라 어울리지 않게 사랑하는 데서 오는 사랑과 신뢰와 친밀감이 월등히 크고, 심지어 속이는 자와 속는 자를 전혀 구별할 수 없게 될 것이야.

프란체스코 이러한 말씀을 오늘 여러 번 하셨습니다. 하지만 저는 저 자신을 속인 기억이 전혀 없습니다. 차라리 남들에게 속지 않았으면 좋았을 텐데요!

아우구스티누스 지금 자네 자신을 속인 적이 없다고 큰소리치고 있군. 바로 그럴 때 자네는 스스로를 가장 크게 속이는 셈이야. 그렇다고는 해도, 나는 자네의 타고난 재능에 희미한 희망을 걸고 있으므로 자네가 잘 생각해 보면 스스로 이해할 수 있으리라고 생각하지만, 누구나 자신의 의지에 의해서만 비참하게 되네. 이것이 우리 논의의 토대를 이루고 있어. 거기서 꼭 듣고 싶지만 대답하기 전에 잘 생각해 주길 바라네. 더욱이 논쟁이 아닌 진리를 사랑하려는 마음을 가졌으면 한다네.

그럼 들어 보세. 현자賢者들의 생각에 죄가 의지의 행위이고 따라서 의지가 없으면 죄도 없어지는데 누가 의지에 반하여 죄를 지을 수 있겠는가?3 그리고 죄 없이는 누구도 비참해지지 않는다는 것은 방금 자네도 인정한 대로야.

프란체스코 제 자신이 점차 저의 주장으로부터 멀어져 간다는 사실을 알겠습니다. 저의 비참함의 시작은 자신의 자유의지에 기인한다고 인정하지 않을 수 없습니다. 이러한 것은 제 안에서도 느껴지고 다른 사람들에게서도 그러리라 짐작이 됩니다. 다만 제 주장에도 진리가 있음을 인정해 주시기를 바랍니다.

아우구스티누스 무엇을 인정받고 싶은가?

---

3   이는 아우구스티누스 사상에서도 발견할 수 있다. 예를 들어 《진정한 종교》에서 아우구스티누스는 다음과 같이 말하고 있다. "죄는 바로 의지에 따른 악이니 의지에 의한 것이 아니면 죄는 전혀 존재하지 않는다."(같은 책, 14. 27)

프란체스코 누구도 자신의 의지에 의하지 않고는 파멸에 이르지 않는다는 것이 진리이듯, 다음의 말 또한 진리라는 점입니다. 즉, 자신의 의지로 전락墮落하기는 했지만 자신의 의지에 의하지 않고 전락한 채로 있는 그런 사람이 수없이 있다는 것입니다. 이것은 저 자신의 사례에서도 뚜렷하게 드러납니다. 제가 꿋꿋이 서 있을 수 있을 때는 서 있는 것을 원하지 않았기 때문에, 지금 일어서고 싶어도 일어설 수 없는 것은 당연한 보답이라고 생각합니다.

아우구스티누스 그 생각에도 일리는 있지만, 자네가 첫 번째 점에서 잘못한 것을 인정한 이상, 당연히 두 번째 점에서도 잘못을 자백해야지.

프란체스코 그럼 "전락하다"와 "전락한 채로 있다"는 같다고 말씀하시는 건가요?

아우구스티누스 물론 달라. 그러나 "원했다"와 "원한다"는 시간상으로는 차이가 있다 하더라도, 사안 그 자체와 원하는 사람의 마음속에서는 한가지이네.

프란체스코 저를 교묘하게 묶으려고 하시는 것 같습니다. 하지만 싸움에서 재주로 이기는 사람은 강한 것이 아니라 교활한 것입니다.

아우구스티누스 우리는 '진리' 앞에서 말하고 있어. 이분은 모든 단순함과 소박함을 좋아하시며 교활함을 미워하시네. 그럼 자네도 분명히 이해할 수 있도록, 이제부터 가능한 한 단순한 말로 이야기하세.

프란체스코 더 바랄 나위 없는 일입니다. 그럼 여쭤보겠습니다. 저의 일이 문제가 되는 거니까요. 물론 제가 비참하다는 사실을 부인하지는 않지만, 아직도 그러하다는 것은 제 의지에 따른 결과라는 점을 어떻게 보여 주실 건가요? 그런데 저에게는 이만큼 견디기 어려운 일은 없고 이만큼 제 의지에 반하는 일도 없습니다. 하지만, 더 이상 어쩔 도리가 없습니다.

아우구스티누스 약속을 지키려면 좀 더 다르게 표현해야 하네. 그 일을 이제부터 보여 주겠네.

프란체스코 어떤 약속을 말씀하시는 건가요? 또 어떻게 표현해야 한다는 말씀이신가요?

아우구스티누스 그 약속이라는 것은 다름이 아닐세. 속임수의 덫을 던져 버리고 단순함과 소박함 그 자체의 태도로 진리 탐구에 참여한다는 것이야. 또한, 자네가 말해 줬으면 하는 것은 이렇다네. "나는 더 어떻게 할 수 없다" 대신에 "나는 더 원하지 않는다"라고 실토하는 것일세.

프란체스코 이러면 결말이 나지 않는 논쟁이 되겠지요. 그러한 것은 절대 인정하지 않을 테니까요. 당신도 아시다시피 제가 얼마나 자주 그것을 원했고, 어찌할 바를 몰랐던가요? 얼마나 많은 눈물을 헛되이 흘렸던가요?

아우구스티누스 자네가 흘린 엄청난 눈물은 알고 있지만, 의지意志에 대해서는 조금도 모르겠네.

프란체스코 하느님께서 아십니다! 제가 얼마나 괴로웠는지, 할 수만 있다면 일어나려고 얼마나 원했는지 아무도 모르리라 생각합니다.

아우구스티누스 가만히 있게! 하늘과 땅이 뒤섞여 별들이 떨어지고 지금 서로 끌어당기고 있는 여러 원소元素가 서로 반발하는 일이라도 된다면 몰라도, 어떻게 우리 사이에 판결을 내리시는 이분〔진리의 여신)이 잘못하실 수 있단 말인가?

프란체스코 그러면 어떻게 말씀드리길 원하십니까?

아우구스티누스 자네는 양심 때문에 자주 눈물을 흘렸지만, 의도를 바꾸기에는 부족했어.

프란체스코 그 이상 어쩔 수도 없었다고 몇 번이나 말씀드렸잖아요.

아우구스티누스 정말은 원하지 않았다고 몇 번이나 대답했던가. 그렇지만 자네가 지금 이런 혼란에 빠진 것을 보아도 별로 놀랍지는 않아. 사실 나 자신도 예전에 새로운 삶의 길을 찾아 골똘히 고민하던 중, 이러한 혼란의 구렁텅이에 빠진 적이 있었네. 나는 머리카락을 쥐어뜯고 이마를 때리고 손가락을 비틀고 끝내는 양손을 모아 무릎을 껴안고[4] 고통스러운 한숨을 쉬며 하늘을 보았고, 쏟아지는 비탄의 눈물로 근처 대지를 모두 적셨었지.

그랬음에도 나는 역시 원래대로의 나였어. 하지만, 마침내 깊은 성찰을 통해 나의 비참함의 모든 면이 뚜렷이 보이기 시작했네. 이렇게 진심으로 원하였기에 나는 곧 성공하였어. 그리고 다행히도 놀라울 정도로 신속하게 새로운 아우구스티누스로 다시 태어나고 있었지. 그 경위는 자네도 필시 내 《고백록》을 통해 알고 있겠지만.

프란체스코 물론 알고 있습니다. 그리고 잊을 수도 없지만, 그 기적이 일어났던 곳은 저 유익한 무화과나무의 그늘이었습니다.[5]

아우구스티누스 바로 그대로야. 어느 날 자네가 엄청난 폭풍우를

---

4   아우구스티누스, 《고백록》 8. 8. 20.
5   같은 책, 8. 2. 28.

피해서 결국 항구로 돌아가는 일이 생긴다면, 자네의 마음은 천인화나 담장나무, 또는 아폴론에게 사랑받았다는 월계수보다도 무화과나무를 더 그리워할 것이 틀림없어. 자네가 지금 이 나무를 기억하는 것은 머지않아 다시 살아나 죄를 용서받을 것이라는 확실한 희망의 표시니까 말이야. 하기야 시인이란 시인은 모두 월계수를 동경하였고 그 중에서도 자네의 동경은 대단해서, 오늘날에는 자네만이 그 가지와 잎으로 엮은 계관桂冠을 받을 수 있었지. 6

프란체스코 전혀 이의가 없습니다. 제발 당면한 이야기를 계속해 주십시오.

아우구스티누스 내가 말하려 했던 것, 또 지금부터 말하려는 것은 이렇다네. 자네가 지금까지 겪어 온 것은 많은 사람이 겪은 일이기도 하지만, 그들에게는 저 베르길리우스의 시구가 딱 들어맞겠군.

---

6   페트라르카는 1341년 4월 8일 로마에서 치러진 성대한 행사 중에 "위대한 시인이자 역사가"로서 계관을 받는 동시에 로마 시민권도 수여받았다. "이 현대", 즉 오늘날 말하는 중세에 계관시인의 영예를 안은 인물은 그뿐이라는 것은 옳지 않다. 페트라르카 이전에도 이미 13세기 이후 북이탈리아의 볼로냐대학 및 파도바대학에서 소수이지만 계관의 수여 또는 비슷한 것을 볼 수 있었다. 가장 유명한 것은 초기 휴머니즘의 대표적 인물 마르베르티노 뭇사토의 경우로 그는 1315년 파도바대학에서 계관시인의 영예를 받았다.

     하지만, 페트라르카의 대관은 뭇사토의 그것과 비교해서 훨씬 의의나 영향이 큰 것이었다. 뭇사토의 대관은 말하자면 지방적인 것이었지만 페트라르카의 그것은 전 이탈리아적, 혹은 오히려 전 유럽적 의의를 가진다. 사실은 파리대학과 로마원로원으로부터 동시에 계관 수여 제의를 받았고 결과적으로 "세계의 수도" 로마에서의 대관을 택한 것이다. 여기에 비로소, 말하자면 (유럽의) 계관시인이 탄생한다. 그러한 의미에서는 "오늘날에는 자네(프란체스코)만이 … 계관을 받을 수 있었다"라는 표현은 옳다고 할 수 있겠다.

34

마음은 어디까지나 변치 않고, 그저 쓸데없이 눈물만 흘릴 뿐.7

이 밖에 더 많이 인용할 수 있지만, 자네가 잘 알고 있는 이 한 가지 사례만으로 그치세.

프란체스코 지당하십니다. 이 문제에 관해서는 이 사례만으로 충분하고, 이토록 깊이 제 가슴을 파고드는 시구도 없을 것입니다. 다음과 같은 사정이 있는 만큼 더욱 그렇습니다. 당신과 저 사이에는 큰 격차가 있고 안전한 항구에 도달한 사람과 난파선에 탄 사람, 행복한 사람과 불행한 사람 정도의 차이를 볼 수 있지만 그렇더라도 저는 자신의 폭풍우 속에서 당신이 과거에 파도에 휩쓸렸던 그 궤적 같은 것을 인정하는 바입니다.

그렇기에 당신의 《고백록》을 읽을 때마다 희망과 근심이라는 두 가지 상반된 감정에 흔들려 남의 일이 아닌 저 자신의 지나온 이야기를 읽는 기분이 들어 가끔 기쁨의 눈물을 흘리고는 합니다.

그런데, 저는 이제 논쟁하려는 마음은 깨끗이 버리고 말았으니 앞으로는 마음대로 이야기를 진행해 주십시오. 거스르지 않고 따라가겠습니다.

아우구스티누스 그런 것을 바라지는 않아. 어떤 지식인의 말에, "논의도 지나치면 진리는 사라진다"8고 하듯이 적당한 논쟁은 또한 많

---

7   베르길리우스, 《아이네이스》 4. 449.
8   기원전 1세기의 풍자희극 작가 푸블릴리우스 시루스의 시구(詩句). 푸블릴리우스의 작품들은 모두 흩어졌지만, 작중 인물들의 대사가 격언으로서 꽤 많이 전해진다. 이것은 아우루스 게리우스의 《아티카의 밤》 17. 14. 4와 마크로비우스의

은 사람을 종종 진리로 이끌어 주니까. 그러므로 사사건건 동의해 버리는 태도는 게으르고 무기력한 정신의 습성으로 탐탁하지 못하며, 또 반대로 분명한 진리에 대해 완고하게 거스르는 것도 말다툼을 좋아하는 심성의 뚜렷한 증거로 탐탁하지 않네.

프란체스코 알겠습니다. 당연하십니다. 충고에 따르겠습니다. 그럼 계속 말씀해 주십시오.

아우구스티누스 그러면 자네는 인정할 것인가? 자신의 비참함에 대한 완전한 자각이 완전한 열망을 낳는다는 저 명제는 진리이고 이미 도달한 명백한 결론이며, 그리고 열망에서 힘이 나온다는 것을.

프란체스코 무슨 일이든지 당신을 믿으려고 마음먹은 참입니다.

아우구스티누스 뭔가 아직도 이해되지 않는 부분이 있는 것 같군. 자, 뭔지 말하게.

프란체스코 다름이 아닙니다. 제가 원하고 있다고 늘 굳게 믿고 있던 바로 그 자체를 실은 지금까지 원하지 않았다는 사실에 제가 생각해도 어이가 없습니다.

아우구스티누스 자네는 아직 주저하고 있어. 그럼 슬슬 이 논의를 마무리 짓기 위해 자네도 가끔 원했다고 인정하세.

프란체스코 무슨 말씀입니까?

아우구스티누스 저 오비디우스의 시구가 기억나지 않는가?

《사투르누스 축제》 2. 7. 11에도 인용되었다. 덧붙여 페트라르카는 게리우스와 마크로비우스의 저서를 어린 시절부터 가지고 있었다. 그가 30대 초에 작성했다고 여겨지는 〈애독서〉 목록에도 이 두 책은 모두 기재되어 있다.

원하는 것만으로는 부족하다.

갈망해야 목적은 달성될 것이다. 9

프란체스코 알겠습니다. 하지만 저 스스로는 열망하고 있다고 생각했습니다.

아우구스티누스 착각하고 있었던 것이야.

프란체스코 확실히.

아우구스티누스 좀 더 이해되도록 자신의 양심에 물어보게. 양심은 미덕의 으뜸가는 통역通譯으로서 행위와 사상에 대해 공정하고 틀림없는 판단을 내려 주지. 양심은 자네에게 알릴 거야. "너의 구원을 요청하는 태도는 너무 달콤했다. 위험이 얼마나 큰지를 생각해 보면 그 요청 방법은 너무 미온적이고 야무지지 못했다."

프란체스코 분부대로 즉시 양심에 따져 보겠습니다.

아우구스티누스 뭐 알아차린 것이 있나?

프란체스코 말씀하신 것은 정말입니다.

아우구스티누스 우리는 조금 전진했네. 자, 자네는 눈뜨기 시작했어. 과거에 자신이 얼마나 앓았는지 깨달았다면 이제 차도가 있을 것이야.

프란체스코 그것을 인식하기만 해도 충분하다고 한다면 저는 곧 반드시 괜찮아질 것입니다. 아뇨, 아주 좋아질 것입니다. 모든 비참함의 종식과 자유를 열렬히 소망하지는 않았다는 것을 지금 분명히 알

---

9   오비디우스, 〈흑해 소식〉 3. 1. 35.

고 있으니까요. 하지만 앞으로는 소망하는 것만으로 충분할까요?

아우구스티누스 무엇 때문에 또?

프란체스코 그 이상의 일은 하지 않기 위해서.

아우구스티누스 자네는 전혀 불가능한 생각을 하고 있네. 획득 가능한 것을 열렬히 바라는 사람은 게으름 속에 잠만 자고 있어도 된다고 말이야.

프란체스코 그럼 소망하는 것은 무슨 도움이 되는 걸까요?

아우구스티누스 도중의 고난을 통해 길을 만들어 주지. 게다가 미덕을 열망하는 것은 그 자체로 미덕의 대부분을 이루고 있네. 10

프란체스코 당신은 큰 희망을 심어 주십니다.

아우구스티누스 자네에게 말하는 까닭은 희망하는 것을 가르치기 위해서이기도 하고, 걱정하고 두려워하는 것을 가르치기 위해서이기도 하네.

프란체스코 어떻게 걱정하고 두려워하는 것을?

아우구스티누스 그것보다, 어떻게 희망하는 것을?

프란체스코 저는 그동안 몹시 나쁜 인간이 되지 않도록 열심히 노력해 왔지만, 당신은 지금 매우 좋은 사람이 될 수 있는 길을 열어 주십니다.

아우구스티누스 하지만 이 걸음이 얼마나 고통스러울지 자네는 생

---

10 세네카의 《루킬리우스 앞 서간집》 제34 서간과 유사함이 보인다. 세네카도 말한다. "선(善)의 대부분은 선한 사람이 되려고 의욕하는 것 자체에 있다."(같은 서간, 3)

각하지 않는 것 같군.

프란체스코 왜 또, 새로이 공포심을 일으키려고 하시는지요? 왜 그렇게 힘들다고 하십니까?

아우구스티누스 "소망한다"라는 것 자체는 하나의 말에 지나지 않지만, 그것은 사실 수많은 일로 이루어져 있기 때문이네.

프란체스코 무서워집니다.

아우구스티누스 이러한 열망을 부추기는 대상은 말할 것도 없고 그 밖에도 소망의 대상이 많이 있으므로, 그것들을 없애야만 비로소 그 열망은 태어날 수 있어!

프란체스코 무엇을 말씀하시려는 건지 알 수가 없습니다.

아우구스티누스 이 열망은 오직 다른 소망을 모조리 없애 버린 사람에게만 온전히 생길 수 있네. 말할 필요도 없이 인생에는 소망의 대상이 매우 많고 다양하지만, 최고 행복의 욕구로까지 높아지려면 먼저 다른 대상들을 모두 무시해야 하네. 최고의 행복과 함께 무언가 다른 것을 사랑하는 사람은 행복 자체를 위해 그 행복을 사랑하는 것이 아니기에 그것을 사랑하는 일이 적으니까.

프란체스코 그 생각11은 알고 있습니다.

아우구스티누스 그러니까 모든 욕망이라는 욕망 ─ 그것들을 근절하는 것은 물론, 일일이 열거하는 것만으로도 대단한 일이지만 ─ 그것들을 모두 근절하고 자신의 마음을 이성의 고삐에 맡기고 다음과

---

11   플라톤에 기원을 둔 생각이다. 페트라르카는 이것을 당시 라틴어로 번역되어 있던 몇 안 되는 플라톤의 《대화편》이나 키케로의 철학적 저서를 통해 알았을 것이다.

같이 말할 수 있는 사람, 그런 사람은 얼마나 드문 일일까? "나는 이제 육체와는 아무런 상관도 없다. 이 눈에 보이는 것은 모두 꺼림칙하기 그지없다. 나는 더 행복해지기를 갈망하고 있다."

프란체스코 그런 사람은 매우 드뭅니다. 앞서 말씀하셨던 어려움이라는 것을 이제야 알게 되었습니다.

아우구스티누스 물론, 이러한 욕망이 없어져 버리더라도 그 열망은 아직 완전하지도 안전하지도 않을 것이네. 영혼이 고귀한 본성 때문에 천상을 향해 올라가면 갈수록 자연스럽게 육체의 무게와 지상의 유혹이 심해지니까 말이야. 이리하여 자네들은 오르기를 갈망하거나 낮은 곳에 머물기를 갈망하는 동안, 양쪽에 찢겨서 어느 쪽도 이룰 수 없네.

III. 죽음에 관한 성찰

프란체스코 그러면 영혼이 지상의 족쇄를 부수고 오로지 천상의 것을 지향하며 높아져 가려면 어떻게 해야 한다고 생각하십니까?

아우구스티누스 이 목표로 이끌어 주는 것은 물론 성찰이네. 내가 제일 먼저 권고했던 그 성찰. 즉, 자네들은 죽음을 피할 수 없는 인간임을 끊임없이 상기하는 것.

프란체스코 이것도 제가 잘못 생각한 것이 아니라면, 저만큼 반복해서 이런 사색을 한 사람은 없습니다.

아우구스티누스 또 말다툼, 또 한바탕 고생이겠군.

프란체스코 네? 제가 또 거짓말을 하고 있다는 건가요?

아우구스티누스 좀 더, 부드럽게 말하고 싶은데.

프란체스코 그래도 그렇게 생각하고 계시는 거겠죠?

아우구스티누스 물론 그렇다네.

프란체스코 그럼 저는 죽음에 대해 생각하지 않는 것인가요?

아우구스티누스 생각하더라도 아주 드물게. 게다가 매우 약하게. 그래서 그 성찰이 자네 불행의 깊은 곳까지 파고 들어가질 않는다고.

프란체스코 그 반대로만 생각했습니다.

아우구스티누스 나에게 문제는 자네가 어떻게 생각했느냐가 아니라, 어떻게 생각했어야만 하냐는 것이네.

프란체스코 이 점에서도 제가 잘못 생각했다는 것을 보여 주신다면, 앞으로는 결코 자신을 신용하지 않겠습니다.

아우구스티누스 자네가 진실을 성실하게 고백할 생각이 들기만 한다면 그것을 보여 주는 일은 극히 쉽네. 이 문제에서도 가까운 증인을 세우도록 하세.

프란체스코 대체 누구인가요?

아우구스티누스 자네의 양심.

프란체스코 양심은 반대를 말하고 있습니다.

아우구스티누스 복잡한 질문 뒤에는 답변자의 증언이 정확하기란 어렵지.

프란체스코 그것과 이것이 무슨 상관이 있는가 보죠.

아우구스티누스 물론, 대단히. 이것을 확실히 이해하고 싶다면 잘 주의해서 듣게. 머리가 완전히 미쳤다면 모를까, 어떤 어리석은 인간이라도 때로는 자신의 몸이 연약하다는 사실을 알게 될 것이고, 자신이 죽음을 피할 수 없는 인간이며 작고 덧없는 몸에 머물고 있다고 말할 참이네. 손발의 통증이나 열병의 발작 등도 그 증거이지만 이것들을 온전히 면한 삶을 살게 하시는 하느님의 은총이 어디에 있을까.

게다가 친구들의 장례 행렬이 차례로 그대들의 눈앞을 지나가며 보는 이들의 마음에 두려움을 불어넣게 되지. 사실, 같은 연배^{年輩}의 장례식에 참석하면 싫어도 다른 사람에게 갑자기 닥친 재앙에 오싹해지고 내 몸을 걱정하기 시작하지 않을 수 없네. 때마침 이웃집 지붕이 불타오르는 것을 보니 우리 집이 걱정되어 견딜 수 없는 거야. 그도 그럴 것이 호라티우스도 말하듯, "금방 위험이 내 몸에 미치는 것을 알 수 있다."[12]

게다가 자신보다 젊고 건장하고 아름다운 자들이 갑자기 죽음의 손에 이끌려 가는 것을 보면 충격은 더욱 심할 것이야. 그리고 남의 불행이 내 일인 듯싶어 이렇게 중얼거릴 것이 틀림없네.

'그토록 탄탄하게 이 세상에 살고 있다고 생각했는데 덧없게 되고 말았다. 저 젊음도 아름다움도 강건함도 아무런 도움이 되지 않았던 거야. 이런 나에게 누가 안전을 약속해 줄까? 하느님일까, 마술사일까? 나는 분명히 죽어야 하는 거야!'

같은 일이 지상의 황제나 왕과 제후, 걸출하고 두려운 인물에게 일어나기라도 하면, 평소 다른 사람을 억누르기만 하던 인물이 갑자기 또는 짧은 고통 끝에 쓰러지는 것을 보고 주변 사람들은 큰 충격을 받

---

12   호라티우스, 《서간시집》 1. 18. 83.

게 되네. 희대稀代의 위인이 죽었을 때 동요한 대중들이 자주 비정상적인 행동을 하는 것도 같은 원인에 의한 것이 아니면 무엇 때문일까?

당장 역사를 조금만 돌이켜보아도 율리우스 카이사르의 장례식에 이러한 사례들이 가득했던 것을 기억할 걸세.13 이러한 광경은 모두 필멸必滅할 인간의 눈과 마음을 아프게 하고 다른 사람의 파멸을 뚜렷하게 보여 주며 자신이 따라야 할 똑같은 운명을 일깨워 준다네.

이에 덧붙여, 사나운 야수뿐만 아니라 인간의 흉포가 있고 전쟁의 난폭함이 있네. 게다가 거대한 건조물의 폐허가 있어. 이러한 폐허들은 누군가가 적절히 말하는 것처럼 과거에는 인간을 지켜 주었는데 지금은 위험에 처해 있네. 더구나 불길한 별 때문에 일어나는 대기의 변동, 하늘이 미치는 해로운 영향, 그리고 수없이 많은 땅과 바다의 위험. 곳곳에 이러한 위험에 둘러싸여 있으므로 어디를 향해도 자네들 인간의 눈에 비치는 것은 자신들의 죽음을 닮은 모습일 뿐이야.

프란체스코 실례지만 더 기다릴 수 없습니다. 제 생각을 뒷받침하는 데 지금 하신 말씀만큼 효과적인 것은 없다고 생각합니다. 그래서 가만히 귀를 기울이면서도 당신의 얘기가 무엇을 말하려고 하는지 어디서 끝날지 자신에게 물었습니다.

아우구스티누스 물론, 자네가 내 이야기를 막았을 때 아직 끝나지 않았어. 다음과 같은 결론이 남아 있었네. 죽음의 경고에 둘러싸여 있는데도 자기의 죽음이 정해져 있음을 충분하리만큼 심각하게 생각하는 사람은 극히 적네. 왜냐하면, 인간들의 마음은 오랫동안 습관에

---

13   수에토니우스, "카이사르 편(篇)", 《황제전》 84~85.

의해 둔감해져, 말하자면 만성의 굳은 표피에 덮여 있어 유익한 충고를 거절하므로 죽음의 경고도 비참한 인간들의 마음속에까지 파고들어 가지 않기 때문이야.

프란체스코 그래서 대부분 사람이 인간에 대한 정의定義를 모르는 건가요? 그런데 그것은 모든 학교에서 끊임없이 반복돼 학생들의 귀에 못 박혔을 뿐만 아니라 건물 기둥까지 닳아 버렸을 정도입니다.

아우구스티누스 확실히 변증辨證학자들의 이런 수다는 그칠 줄을 모르고 이런 종류의 자투리 정의定義도 풍부하여 끝없이 논쟁거리를 들고 나올 수 있다는 것이 자랑이지. 그런데 그 패거리들은 자신들이 논의하는 대상의 진리를 대개 알고 있지 않아. 그러니 이런 패거리 중 누군가를 향해 인간과 그 외의 존재에 대한 정의를 물으면 답은 이미 나와 있겠지만, 더 깊이 따지면 입을 다물어 버릴 것이야. 또는 토론하는 버릇 때문에 요설饒舌로 아는 체하며 위세 좋게 잇달아 지껄여 대기는 하지만 자신이 정의한 것들에 대한 진정한 인식이 없다는 것은 그 말투로 보아 알 수 있네.

이렇게 번거롭고 경솔하며 천박하게도 유별난 것을 좋아하는 이런 종류의 인간들에게는 이렇게 욕을 퍼부어 주는 것이 좋을 걸세.

"불쌍하게도! 자네들은 왜 언제까지나 헛수고하고 허무한 덫에 사로잡혀 모처럼의 재능을 닳아 없애는가? 왜 말의 품위를 잊고 언어言語 사이에서 늙어 백발에 주름투성이의 얼굴을 한 채 아직도 어린애같이 하찮은 일에 관계하는가? 하다못해 자네들의 그 미친 짓이 자네들 자신만 해칠 뿐이고, 종종 젊은이들의 귀중한 재능을 망쳐 버리지 않으면 좋았을 텐데!"

프란체스코 정말, 이런 학문의 도깨비14에 대해서는 아무리 혹평해도 모자랍니다. 하지만 당신은 이야기에 열중하신 나머지 인간의 정의에 대해 시작하셨던 논의는 그대로 두고 계십니다.

아우구스티누스 충분히 설명한 셈이었는데 좀 더 확실히 하세. 인간이 동물이고 더구나 모든 동물의 영장靈長이라는 사실은 아무리 천하고 무지한 양치기라도 모르는 자는 없을 것이야. 더욱이 누구라도 묻는다면 인간은 필멸의 이성적 동물이라는 것을 부정하지 않을 걸세.

프란체스코 이 정의는 모두에게 알려져 있습니다.

아우구스티누스 아니, 아주 적은 사람에게만 알려져 있네.

프란체스코 어째서입니까?

아우구스티누스 자네가 다음 같은 사람을 보도록 하게. 즉, 자신의 이성理性을 잘 이용하여 이성에 의해 자신의 삶을 만들어 내고 자신의

---

14   시대의 학문 주류를 이루었던 스콜라학에 대한 비판, 그중에서도 스콜라학 연구 방법, 서술 방법과 깊게 결합한 변증학(논리학)에 대한 비판은 페트라르카의 작품에서 종종 찾아볼 수 있다. 이 비판은 본질적으로 많은 스콜라학자들의 연구 태도와 방법, 이와 결부된 삶에 대한 것이다. 여기서 변증학자들에 대한 비판에서도 그것을 엿볼 수 있다. 이와 같은 비판은 다음 문장에서도 그 예를 찾아볼 수 있다. 이것은 당시 대학의 의학 연구도 변증학과 밀접하게 연결되어 있었으므로 의사 혹은 의학자에 대한 것이다.
  "오호!, 불쌍해라! 당신은 변증학을 하찮은 목적으로 정한 것이다. 그런데 늙은이 주제에 오늘도, 내일도 어린애 같은 짓에 몰두하고 저녁 늦게 자기 집에 돌아가서도 무엇 하나 배우지 않고 있다. 그리고 언제까지나 이런 바보짓을 그만두려 하지 않고, 자기주장을 합리화하려는 구실이나 따지고 있는 사이에 뜻하지 않은 죽음으로 갑자기 막이 내리고 만다. — 이처럼 어리석은 일이 있을까?"(〈의사 논박〉 2) 또한, 《친근 서간집》 1의 7. 9. 12에서도 변증학자에 대한 비판이 반복된다.

욕망을 이성에게만 종속시키며 마음의 움직임을 이성의 고삐로 제어하고 있어. 그리고 자신은 오로지 이성 때문에만 짐승의 수성獸性으로부터 구별된다는 것, 자신이 인간이라는 이름을 가질 만큼 가치가 있다는 것은 단지 이성적으로 사는 한에 있음을 이해하고 있네. 게다가 자신이 필멸할 것임을 잘 자각하여 날마다 이를 직시하고 이에 비추어 자기 자신을 통제하고 있으며, 덧없는 이 세상 것을 멸시하고 저 다른 삶, 그곳에서는 이성이 압도적으로 증대하여 인간은 필멸을 피하겠지만, 그러한 다른 삶을 동경하고 있네.

이런 사람을 봤다면 그때는 비로소 말해도 좋아. 이 사람이야말로 인간의 정의에 대해 유익한, 진정한 인식이 있는 셈이네. 이 인간의 정의야말로 우리의 화두話頭였는데, 이에 대해 적절한 인식이나 성찰을 한 사람은 극히 드물지. 나는 이렇게 말하고 있었네.

프란체스코 저는 지금까지 제 자신을 그 몇 되지 않는 인간 중의 한 사람으로만 생각했습니다.

아우구스티누스 자네는 전 생애에 걸쳐 경험이라는 교사로부터 많은 것을 배우고 또 독서로부터도 많은 것을 배워 온 만큼, 틀림없이 그것을 마음에 되새길 때 죽음에 대해서도 자주 생각했을 것이야. 하지만 그 성찰은 충분히 깊이 내려가지 않고 제대로 뿌리내리지도 않네.

프란체스코 "깊이 내려간다"라는 것은 무슨 뜻인가요? 스스로 알 수 있을 것도 같지만 좀 더 확실히 말씀해 주셨으면 합니다.

아우구스티누스 이미 널리 세상 사람들에게 인정받고 있는 일이고 철학자 중에서도 저명한 인사들이 증언하고 있는 일이기도 하지만, 15 굳이 되풀이하자면 죽음은 두려운 일 중에서도 첫째를 차지하고 있고, 그래서 예로부터 죽음이라는 말은 듣기만 해도 무섭고 꺼려야 할 것으로 여겨지고 있네. 그러나 이 말을 가볍게 듣거나 죽음이라는 사실을 대충 기억에 남기거나 하는 것만으로 되지 않고 더 시간을 두고 깊이 파고들어 보다 철저한 성찰로 죽음에 허덕이는 사람의 몸 구석 구석까지도 떠올려야 하네.

손발은 이미 차가워졌는데도 몸통은 타는 듯 촉촉이 진땀을 흘리고, 배를 헐떡이며, 죽음이 다가올수록 호흡은 힘들어지고, 게다가 두 눈은 움푹 파이고 멍해지며 시선은 눈물에 젖어 들고, 굳어져 흙빛을 띤 이마, 야윈 뺨, 누렇게 된 이빨, 뻣뻣한 콧구멍, 입술은 거품을 내고 혀는 뻣뻣하고 까칠까칠하며 입천장은 바싹 마르게 되고 머리는 무거워지고 가슴은 헐떡이며 쉰 목소리의 중얼거림, 애처로운 숨결, 전신에서 발산하는 악취, 특히 의식이 없는 표정의 무서움 등.

사람이 실제로 마주한 죽음의 실례를 또렷이 기억하도록 습관화하기 시작하면 한층 더 쉽고 확실하게 손에 잡힐 듯 떠오른다네. 바로, 백문百聞이 불여일견不如一見이지. 이러한 이유로 어느 신심이 깊은 경건한 수도회에서는 오늘에 이르기까지 미풍양속과는 전혀 관련이 없는 관습이 이어져 오고 있는데 여기에는 깊은 사려가 작용하고 있네. 즉, 엄격한 회칙에 따라 서원誓願을 한 수도회의 입회자는 매장 전에 죽은 자의 시신을 씻을 때 그 자리에 참석하여 시신을 본다네. 이렇게

---

15 아리스토텔레스, 《니코마코스 윤리학》 1115. A26~27 참조. 가장 무서운 것은 죽음이고, 죽음은 최후라는 표현이 거기에서 보인다. 페트라르카는 《친근 서간집》 3. 10에서 아리스토텔레스의 말로서 이런 표현을 사용하고 있다.

눈앞에 들이닥친 비참한 광경은 살아남은 사람들의 기억에 늘 생생히 되살아나고 덧없는 현세의 모든 희망에서 그들의 마음을 멀리하게 해 주네.

"충분히 깊이 내려간다"라고 내가 말한 것은 결국 이 말인데, 자네들이 습관적으로 죽음이라는 말을 하거나 "죽음만큼 확실한 것은 없고, 죽음의 시기만큼 불확실한 것도 없다"[16]는 등의 문구를 일상 대화식으로 되뇌거나 하는 것과는 달라. 이런 말들은 날아가 버리고 가슴에 남아 있지를 않네.

프란체스코 지금 말씀해 주신 것 중에는 제가 평소에 남몰래 깊이 생각하는 바가 많기에 그만큼 쉽게 동의할 수 있습니다. 하지만 가능하면 이제부터 자신을 속이고 자신의 잘못에 관대하지 않도록 경고해 주는 어떤 기준 같은 것을 제 기억에 새겨 주십시오. 이미 목표에 도달했다고 생각하고 그 이상 바라지 않는다면, 그야말로 인간의 마음을 미덕의 길에서 벗어나게 하는 것일 테니까요.

아우구스티누스 이런 말을 자네에게서 듣다니 기쁘군. 게으르고 될 대로 되라는 태도의 사람이라면 도저히 할 수 없는 말이며 지극히 의욕적인 사람의 말이니까. 그럼 잘못을 피하기 위한 기준을 알려 주겠네. 죽음에 대해 생각할 때마다 마음속에서 흔들리지 않는다면 그것은 죽음이 아닌 다른 것을 생각하는 일과 같으니 헛되다고 아시게. 반

---

16   이것은 키케로에게서 시사된 경구일 것이다. "죽어야 하는 것은 분명한데 그렇다고 오늘이라는 것은 아니라고도 할 수 없다."(《노년에 대해서》 20.74) 또한, 페트라르카도 다음과 같이 말한다. "죽음은 확실하며 죽음의 시기는 불확실하다. 모든 순간이 최후일 수 있다."(《친근 서간집》 3.8)

면 다음과 같은 경우에만 성찰은 헛되지 않다고 믿어도 무방하네.

죽음을 생각하면 오싹하여 몸이 얼어붙고 부들부들 떨리며 새파래지고, 홀연 자신이 죽음의 고민 한복판에서 발버둥치는 것처럼 느껴진다. 동시에 다음과 같은 것들이 마음에 떠오른다. 즉, 영혼은 이 육체에서 떠나자마자 즉각 영원의 법정으로 호출되어 모든 전생의 말과 행동에 대해 낱낱이 해명해야 한다. 거기서는 어떠한 재능도 웅변도, 부富도 권력도, 더 나아가 육체의 아름다움도, 이 세상의 명예도 전혀 도움이 되지 않는다. 심판자를 매수하거나 속이거나 달래 줄 수도 없다.

죽음 자체는 노고勞苦의 끝이 아니라 하나의 이행移行이며 무수한 형벌과 고문의 한복판으로 옮겨 사는 것이다. 거기에 오기를 기다리고 있는 것은 지옥의 비명과 신음, 유황의 흐름과 암흑과 복수의 여신들이다. 요컨대, 창백한 지옥에 가득 차 있는 공포 일체이다. 게다가 이 모든 것들보다 더 큰 재앙이 있다. 즉, 영원히 계속되는 불행의 반복과 그 불행이 끝날 것이라는 희망의 결여이다. 이미 하느님의 자비를 더 기대할 수 없고 하느님의 분노는 영원히 계속된다. 이러한 것들이 가짜가 아니라 진짜로서, 가능성으로서가 아니라 필연적인 것으로서, 반드시 찾아오는 것으로서, 아니 이미 거기까지 온 것으로서 갑자기 눈앞에 다가온다네.

그러나 이러한 끔찍한 생각 속에서도 자포자기하지 않고 절망도 하지 않네. 아니, 구원의 하느님 손은 매우 강해서, 만일 자신이 치유되기를 바라고 그 손에 매달려 일어서려고 열망하며 끊임없이 노력하기만 하면 이러한 많은 재앙에서 구해주실 것이 틀림없다는 희망에

넘쳐 있지. 그런 경우에만 자네의 성찰은 헛되지 않았다고 믿어도 된다네.

프란체스코 이렇게 비참한 일들이 눈앞에 무수히 놓여 있으니 정말 부들부들 떨렸습니다. 그러나 하느님이 은혜로우셔서 저를 용서해주시는 증거라고도 생각하지만, 저는 날마다 이러한 성찰에 빠져들고 있습니다. 특히 밤이 되면 마음은 낮 동안의 걱정에서 벗어나 자기 자신에게로 되돌아오기 때문에 더욱 그렇습니다. 그럴 때 저는 죽어 있는 사람처럼 몸을 누여 바로 죽음의 시간을 생각하고 그것에 대해 찾아낼 수 있는 한 무서운 것을 스스로 상상 속에 강렬하게 그려 냅니다. 그 때문에 죽음의 단말마斷末魔에 허덕이는 듯, 때로는 지옥의 상황이나 당신이 말씀하시는 지독한 처참함이 생생히 눈에 보이는 것처럼 떠오릅니다. 그리고 이러한 환각에 몹시 놀라 겁에 질려 떨면서 일어나는 것입니다. 그리고 자주, 옆 사람이 깜짝 놀랄 정도의 목소리를 내고 갑자기 엉겁결에 지껄이기도 합니다.

"아아, 나는 어떻게 하는 것인가? 무슨 괴로움을 겪을까? 운명은 이 몸에 어떤 파멸을 예정하고 있는가? 예수님, 제발 구해 주소서."

불패不敗의 승리자여, 제발 이 불행에서 구출하소서.
불쌍한 나에게 손을 내밀고, 이 파도에서 데려가소서.
적어도 죽음 뒤에는 평온하고 한적한 곳에서 쉬게 하소서. [17]

---

[17] 베르길리우스, 《아이네이스》 6. 365, 370~371.

겁에 질린 제 마음이 발작에 시달릴 때마다, 저는 마치 정신착란자처럼 그 밖에도 많은 것을 혼잣말로 지껄입니다. 또 친구들과도 대화를 많이 나누지만, 이야기하면서 저도 울고 그들도 또한 종종 눈물에 젖게 했습니다. 물론 다 울고 나면 모두 평상시로 돌아왔지만요.

이런 형편인데 대체 무엇이 저를 붙잡고 있는 걸까요? 어떤 장애물이 숨어 있었기에 이러한 성찰에도 지금까지 고뇌나 공포밖에 낳지 않았던 걸까요? 저는 여전히 예전 그대로의 저이며 이런 일들을 평생 한 번도 경험해 본 적이 없을 것 같은 사람들과 조금도 다름이 없습니다. 오히려 더 비참합니다. 왜냐하면, 그들은 앞으로 어떤 결말을 맞더라도 최소한 현재의 쾌락을 즐길 텐데, 저에게는 결말이 분명치 않고 또 어떤 쾌락이라도 제 옆에 다가오면 반드시 몹시 나쁜 일이 되기 때문입니다.

아우구스티누스 기뻐해야 할 때 슬퍼하려고 하지 않으면 좋겠네. 실로 죄인은 그 죄악에서 얻는 쾌락과 쾌감이 크면 클수록 한층 더 비참하고 불행한 것으로 여겨져야 하네.

프란체스코 끊임없이 쾌락에 빠져 있느라 자신을 돌아보며 탄식하지 않는 사람은 결코 미덕의 길로 되돌아갈 수 없기 때문일 것입니다. 반면, 육체의 유혹과 행운 중에서도 뭔가 씁쓸함을 느끼는 사람은 허무하고 변덕스러운 쾌락으로부터 버림받을 때마다 자신의 처지를 생각하게 됩니다. 그래도 이해가 안 되는데, 어느 쪽도 같은 결말이라면, 나중에는 슬플지라도 현재를 즐기는 사람이, 현재에도 기쁘지 않고 미래에도 그것을 기대할 수 없는 사람보다 행복하다고 왜 말할 수 없나요? 하기야, 웃음 뒤의 슬픔이 더욱 괴롭다고 생각하고 계신 건가요?

아우구스티누스 오히려 다른 이유 때문이라네. 쾌락의 절정에서 이성의 고삐는 완전히 버려지는데, 이렇게 그것을 내던지다 보면 비슷한 정도로 추락해서 상처를 입더라도 조금이라도 고삐를 잡는 경우보다 그 상처가 더 심하기 때문이지. 그러나 내가 무엇보다도 중시하는 것은 자네가 아까 말한 것일세. 즉, 한쪽 사람은 회심의 희망을 품을 수 있지만 다른 쪽은 그 희망을 품을 수 없다는 것이네.

프란체스코 정말 맞는 말씀이라고 생각합니다. 하지만 제 첫 질문은 잊으신 게 아닐까요?

아우구스티누스 무슨 질문?

프란체스코 "저를 붙잡고 있는 것은 무엇일까요", 이렇게 여쭤봤습니다. 죽음에 대해 열심히 성찰하는 것은 훌륭하고 유익하다고 말씀하셨는데, 저에게는 왜 도움이 되지 않았을까요?

아우구스티누스 그 이유는 우선, 인생의 짧음과 세상의 무상無常 때문에 먼 훗날 있을 수 없는 일을 자네는 필시 먼 훗날의 일로 생각하고 있기 때문이네. 키케로도 말하듯이 우리는 거의 모두 "죽음을 멀리 인정한다는 이 점에서 잘못이다."**18** 이 원문原文을 어떤 사람들은

---

18 키케로가 아니라 세네카의 말이다. 사실, 세네카의 《루킬리우스 앞 서간집》 1.2에는 다음의 말이 있다. "우리는 죽음을 멀리 인정한다는 이 점에서 잘못입니다." 이것은 페트라르카 자신에 의한 오류인지 아니면 시인의 사후에 옮겨 쓰는 과정에서 생긴 오기(誤記)인지 확인할 길이 없다. 페트라르카는 키케로와 세네카를 잘 알고 있었고 《루킬리우스 앞 서간집》은 애독서 중 하나였기 때문에 그의 오기라고 한다면, 참으로 드문 일이다.

정정하려고, 혹은 오히려 개악하려고 "멀리 인정한다"라는 동사^{動詞}에 부정사^{否定詞}를 붙여 "우리는 죽음을 멀리 인정하지 않는다"라고 고쳐 읽어야 한다고 주장하지만, 정상적인 머리를 가진 사람치고 죽음을 전혀 보지 않을 사람은 아무도 없네.

게다가 사실, "멀리 인정한다"라는 것은 "멀리 본다"라는 것을 의미하지. 바로 이 한 가지 일이야말로 죽음을 생각함에 많은 사람을 속여 온 것이야. 결국, 누구나 인간 수명의 한도까지 오래 살기를 기대하고 있었던 것이네. 그렇게 오래 살 수 있는 것이 자연의 법칙으로 가능하다고는 하지만 정말 거기까지 산 사람은 극히 드물 텐데 말이지. 다음의 시구는 죽어 가는 대부분 사람에게 어울리겠군.

백발^{白髮}과 장수^{長壽}를 스스로 약속했다. [19]

이 시구는 자네의 기분을 상하게 했을 것일세. 자네의 나이, 체력, 검소한 생활 태도의 유지는 아마 자네에게 이런 희망을 주었을 테니까.

프란체스코 제발 저를 그렇게 보지 말아 주세요. 베르길리우스 작품 중 유명한 선장도 말하듯이, "바다라는 이 마물^{魔物}을 신뢰하라고 한다."[20]

그런 광기는 하느님께서 없애 주셨으면 하는 것입니다. 정말 저 또

---

19 베르길리우스, 《아이네이스》 10. 549.
20 같은 책, 5. 849.

한 사납게 날뛰는 큰 바다로 내던져져서, 역풍에 소용돌이치는 파도 사이에서 지치고 깨어진 조각배를 비틀비틀 몰면서 나아가고 있는 것입니다. 저는 잘 알고 있지만, 이 배는 도저히 오래갈 수 없으며 하느님께서 불쌍히 여기지 않으신다면 저에게 구원의 희망은 조금도 남지 않을 것입니다. 오직 하느님의 도우심에 의해서만 저는 전력을 다해 키를 잡고 죽기 전까지는 바닷가에 겨우 닿아 큰 바다의 파도 속에서 생존한 후 항구 안에서 죽을 수 있을 것입니다.

이러한 생각 덕분에 저는 물욕이나 권세욕에 사로잡혔던 기억이 없습니다. 저와 동년배들뿐 아니라 이미 노령의 사람들이나 남들 이상으로 오래 살아가고 있는 사람 중에서도 그러한 욕망의 불길에 타고 있는 사람이 많이 있지만요. 그런데도 노고와 궁핍 속에 전 생애를 보내고 마음고생을 거듭하여 긁어모은 부富의 산山에 묻혀 죽어 가다니, 참으로 어리석은 짓임에 분명합니다. 이러한 이유로 저는 그 무서운 일을 먼 훗날의 일이 아니라 곧 다가올 일, 이제 발밑까지 찾아온 일로 생각하는 것입니다. 제가 아직 젊었을 때 썼던 짧은 시구를 지금도 기억하고 있는데, 한 친구에게 많은 글을 쓴 후 마지막으로 이렇게 덧붙였습니다.

이렇게 이야기를 나누는 동안에도 아마 죽음은
사방에서 급한 걸음으로 벌써 문간까지 살며시 다가오고 있다. [21]

---

21 이 라틴어 시구는 어느 자작시에서 인용한 것인지 알 수 없다. 젊은 시절의 것으로 여겨지는 원래의 시는 운문 서간으로 써진 것이겠지만, 현존 《운문서간집》

그 무렵에도 이렇게 말할 수 있었던 것입니다. 하물며 경험과 나이가 많아진 현재는 어떻게 말할까요? 보고, 듣고, 느끼고, 생각하는 것이 모두 이 한 가지와 연결됩니다. 그러므로 이러한 성찰이 저의 착각이 아니라면 역시 그 문제가 남습니다. "그러면 무엇이 나를 붙잡고 있는 걸까요?"

아우구스티누스 자네를 이렇게 유익한 고삐로 제어해 주시고 이렇게 힘차게 박차拍車를 가해 격려해 주시니 마음으로부터 감사를 드리게. 이렇게 날마다 뼈저리게 죽음을 생각하는 사람이 영원한 죽음에 사로잡히는 일은 있을 수 없을 테니까. 그러나 자네는 정직하게도 자신에게 무엇인가 부족하다고 느끼고 있으므로, 그것이 무엇인지 분명히 알려주겠네. 그래서 자네는 하느님의 은총만 있다면 그 결함을 제거하여 성찰에 깊이 몰두하고 아직도 자네를 억압하고 있는 노예와 같은 복종의 오랜 속박을 뿌리칠 수 있을 거야.

프란체스코 당신이 꼭 그렇게 해 주셔서 제가 그만한 선물에 걸맞게 되길!

아우구스티누스 자네가 원하기만 하면 그렇게 될 것일세. 불가능한 일은 아니니까. 그러나 인간의 행위는 두 가지 요인으로 이루어져 있기에 어느 하나가 부족해도 성과를 얻을 수 없어. 그러니 의지를 발휘하게. 의지가 강렬하다면 열망이라는 이름값을 할 거야.

프란체스코 그랬으면 좋겠습니다.

(총 3권 66편)에는 수록되어 있지 않다.

IV. 성찰을 방해하는 병

아우구스티누스 무엇이 자네의 성찰을 방해하는지 알 수 있을까?

프란체스코 그것이야말로 제가 원하는 것이고, 알고자 하는 것입니다.

아우구스티누스 그럼 듣게. 자네의 영혼이 천상의 선함으로 만들어졌다는 것은 부인할 수 없지만, 육체에 갇혀 육체와 접촉함으로써 원래의 고귀함에서 심하게 타락^{墮落}해 버렸다는 것도 의심할 여지가 없네. 아니, 단지 타락한 것만은 아니지. 이미 오랫동안 무감각해졌고, 자신의 뿌리와 지극히 높으신 창조주도 망각하고 있네. 영혼이 육체와 접촉함으로써 여러 가지 감정이 생기거나 영혼의 선한 본성을 망각하는 것에 대해서는 베르길리우스가 훌륭하게 지적한 듯하군. 이렇게 말하면서 말이야.

저 생명의 종자는 하늘에서 유래하였으며

불의 힘을 잉태하고 있는데도

해로운 육체에 시달리고

지상에 속하는 죽어야 할 신체들에 손상되어

그 때문에 두려움, 소망, 슬픔, 기쁨,

눈먼 감옥의 어둠에 갇혀 하늘을 돌아보지 않는구나. **22**

---

22 베르길리우스, 《아이네이스》 6. 730~734. 이 시구는 아우구스티누스 《신국론》 14. 3에도 인용되어 《나의 비밀》의 대화자가 말한 것과 같은 의미로 해석되

이 시구 중에서 인간의 본성에 지극히 해로운, 머리가 4개 있는 괴물을 알 수 있지 않을까?

프란체스코 네 부분으로 이루어진 영혼의 정념情念을 분명히 알 수 있습니다. 그것들은 우선 현재 및 미래라는 관점에서 두 부분으로 나뉘고, 그 각각이 더 나아가 선악의 관점에서 두 가지로 나누어집니다. 이렇게, 서로 대립하는 4가지 바람風에 의해 인간의 마음의 평안은 없어지는 것입니다.

아우구스티누스 맞는 말이야. 이렇게 저 사도使徒의 말이 자네들 인간에게서 증명된다네. "썩어 없어질 몸은 영혼의 무거운 짐이 되고, 지상의 소굴은 시름겨운 마음을 압박한다."23

사실 가시적 사물의 모양과 형상이 무수히 수집되어 육체의 모든 감각을 거쳐 들어가 속속 내부에 받아들여진 후 영혼의 깊은 곳에 가득 쌓이지. 그러면 영혼은 원래 이를 위해서 만들어진 것이 아니고, 이렇게 많은 이물질을 받아들일 수도 없기에 압박을 받고 혼란스러워지게 된다네. 여기서부터 환상幻想이라는 나쁜 병이 생겨 자네들의 사고를 갈기갈기 찢어 버리며, 하나뿐이고 가장 높은 빛으로 올라가기

고 있다. 그곳에서는 또, 영혼을 어지럽히는 4가지 정념, 즉 소망과 근심, 기쁨과 슬픔이라는 구별이 이루어져 있다.
23 〈지혜서〉 9장 15절. "썩어 없어질 육신이 영혼을 무겁게 하고 흙으로 된 이 천막이 시름겨운 정신을 짓누릅니다." 페트라르카는 이를 "저 사도의 말"이라고 부르며 실수로 바오로를 가리키고 있다. 이 말은 아우구스티누스 《신국론》 14. 3에서 바오로의 〈코린토후서〉 5장 1절 이하의 글과 함께 인용되고 있다. 그래서 페트라르카는 이것도 바오로의 말로 알고 있었을 것이다.

위한 성찰에 이르는 걸음을 다양함과 뒤섞임으로 차단해 버리네.

프란체스코 이 나쁜 유행병에 대해 당신은 종종, 특히 《진정한 종교》에서 이렇게 종교에 반하는 것은 없다는 점을 훌륭히 상기시키고 계십니다. 24 최근에 제가 이 책을 우연히 만났는데, 이교異教의 철학자나 시인들을 읽는 일은 모두 제쳐 두고 이 책을 탐독했습니다. 마치 견문 욕심에 사로잡혀 모국을 떠나 여행에 오른 사람이 우여곡절 끝에 어떤 유명한 도시에 도달하여 미지의 성문을 통과하자, 그곳의 새로운 매력에 끌려 곳곳에 멈춰 서서 눈에 띄는 건 모두 열심히 바라보는 것과 똑같습니다.

아우구스티누스 그런데 가톨릭의 진리를 설명하는 사람에게 어울리도록 표현을 쓰기는 했지만, 이 책의 학설은 대부분이 철학자들, 특히 플라톤과 소크라테스의 것이네. 25 솔직히 이야기하면, 이 작품에 착수할 때는 자네가 심취해 있는 키케로의 어떤 말이 나를 이끌어 주는 큰 실마리가 되었네. 그리고 하느님께서 이 계획을 도와주셨기 때문에 그 작은 씨앗에서 풍성한 수확의 결실을 얻을 수 있었지. 하지만 주제로 돌아가세.

프란체스코 최고의 스승님이시여, 당신 뜻대로 하십시오. 하지만

---

24 아우구스티누스, 《진정한 종교》 서문 3. 3.
25 사실, 아우구스티누스는 《진정한 종교》의 시작에서 이교 비판을 할 때 소크라테스와 플라톤을 그리스 종교와는 이질적인 사상을 가져 그리스도교를 예고하는 듯한 인물로 간주하고 있다. (서문 2. 2 및 2. 3) 또한 아우구스티누스 시대에 플라톤학파의 철학자가 많이 그리스도인이 된 것을 지적하고 만약 플라톤학파들이 이 시대에 다시 태어나면 그들도 그리스도교가 되었을 것이라고 한다. (서문 4. 7)

그 전에 한 가지 부탁이 있습니다. 저렇게 훌륭한 작품에 소재를 제공해 주었다는 그 말을 부디 숨기지 말아 주십시오.

아우구스티누스 키케로는 당대의 잘못된 점을 몹시 싫어하여 어느 곳에서 지적하고 있네.

그들은 무엇 하나 영혼을 통해 볼 수 없어 모든 것을 눈으로 보았다. 그러나 정신을 감각에서 되돌아오게 하고 사고를 습관으로부터 떼어 놓으려면 뛰어난 재능이 필요하다. 26

거기에 나는 이것을 이른바 토대로 삼아 그 위에 자네가 마음에 든다는 저 작품을 쌓아 올렸다네.

프란체스코 그 부분은 기억하고 있습니다. 《투스쿨룸 대화》에 있습니다. 게다가 이 키케로의 말이 마음에 드신다는 사실은 당신 저서의 여러 곳에서 알아차리고 있었습니다. 그 작품이 마음에 드는 것은 당연하고, 거기에는 진리와 함께 우아함이나 장중함이 깃들고 있습니다. 하지만 가능하다면 이제 슬슬 주제로 돌아가 주실 수 없을까요?

아우구스티누스 이 병은 자네를 해쳐 왔어. 조처를 게을리하면 자네의 파멸을 재촉할 것일세. 사실, 자네의 허약한 영혼이 여러 환상에 둘러싸여 서로 다툼을 멈추지 않는 다양한 생각들에 압박당하면 먼저 어느 쪽으로 가야 할지, 어느 것을 키우고 어느 것을 근절하며 어느 것을 물리쳐야 할지 알 수 없게 되네. 그리고 자연의 손길이 영

---

26   키케로, 《투스쿨룸 대화》 1. 16. 37~38.

혼에 실어 준 작은 힘과 시간의 모든 것을 가져도 이렇게 많은 일을 하기에는 부족하다네. 이것은 좁은 땅에 많은 씨앗을 뿌리는 경우 흔히 볼 수 있는 일로 식물이 너무 혼잡하게 싹터 서로에게 방해가 되지. 이와 같은 일이 자네에게도 생기고 있네.

즉, 자네의 영혼은 너무 많은 것에 사로잡혀 있어서 쓸모 있는 것이 전혀 뿌리를 내리지 못하며 아무런 열매를 맺지 못하고 있네. 그리고 자네는 사려가 부족하여 비정상적으로 불안정한 채로 이리저리 방황하고 어디에 있든지 스스로의 통일성을 유지하지 못하며 자기 자신을 찾지 못하고 있어. 그 때문에 이런 일이 생긴다네. 자네 영혼은 원래 고귀하여서 삶으로 이끄는 죽음에 대한 성찰과 그 외의 성찰에 관여하고 있으며, 타고난 영리함에 의해 깊이 내려가도, 그때마다 그곳에 가득 찬 여러 가지 생각에 밀려나서 거기에 머물지 못하고 표면으로 돌아오게 되지.

그 때문에 이렇게 유익한 의도는 지나친 변덕에 힘이 빠져 이미 자세히 이야기한 저 내적인 갈등이 생겨나고 영혼은 자기혐오^{自己嫌惡} 속에서 고민에 빠지네. 왜냐하면, 영혼은 자기의 부끄러움을 미워하면서도 그것을 씻어 내지 않고, 자기의 잘못된 길을 깨닫고 있으면서도 그것을 버리지 않으며, 절박한 위험에 겁을 먹으면서도 그것을 피하지 않기 때문이야.

프란체스코 아아, 이 얼마나 비참한 일인가요! 당신은 지금 저의 상처에 깊숙이 손을 넣었습니다. 그곳에 제 고뇌가 살고 있고, 그곳에서 저는 죽음을 두려워하고 있습니다.

아우구스티누스 이걸로 됐어! 자네의 게으른 잠은 깨어졌네. 그런데, 오늘 대화는 중단 없이 꽤 오래 걸렸으니 이제 내일로 미루고 지금은 잠시 침묵 속에 휴식을 취하는 게 어떨까.

프란체스코 저의 초췌함에 더 바랄 나위 없는 두 가지, 그것은 안식과 침묵입니다.

영혼의 병에 대한 두 번째 대화

I. 교만

아우구스티누스 벌써 충분히 휴식한 것 같은데?

프란체스코 네. 좀.

아우구스티누스 조금 원기가 살아나고 자신감도 생겼다? 병든 사람이 희망을 품는 것은 이미 작지 않은 구원의 표시인데.

프란체스코 저 자신에게는 아무런 희망도 지니고 있지 않습니다. 저의 희망은 하느님입니다.

아우구스티누스 현명한 일이네. 그럼 주제로 돌아가세. 엄청난 재앙이 자네를 포위하고 주변에 가득 차 있는데도 자네 자신은 아직도 얼마나 많은 강적에게 둘러싸여 있는지 깨닫지 못하고 있어. 이것은 밀집한 적의 부대를 먼 곳에서 인식했을 때에 흔히 있는 일로, 적을 약세로 업신여겨 오인한다네. 그러나 적군이 점점 가까워지고 점차 뚜렷이 눈앞에 나타나 갑옷과 투구와 칼과 창의 번쩍거림에 눈이 부시면, 공포가 더해져 적을 얕잡아 보았던 것을 후회하게 되지. 이와 같은 일이 자네에게도 일어나리라고 생각해.

사방팔방에서 자네를 포위해 압박하고 있는 재앙을 자네 눈앞에 늘어놓아 보였다면 자신의 슬픔, 염려, 두려움이 너무 적었음을 부끄러워할 것이고, 또한 자네 영혼이 이토록 많은 적에게 둘러싸여 끝내 적진을 정면 돌파하지 못한 것을 그다지 이상하다고 생각하지 않을 걸세. 그리고 자네의 유익한 성찰이 이에 적대적인 많은 생각에 압도된 것도 분명히 알 수 있을 거야. 나는 그 유익한 성찰로 자네를 끌어올리려고 지금 노력하고 있지만.

프란체스코 전율을 느끼게 됩니다. 저는 항상 스스로가 큰 위험에 처했음을 인정해 왔지만, 말씀하신 대로 그 위험이 제가 생각했던 것보다 훨씬 컸고, 당연히 염려했어야 할 만큼 그렇게 염려하지 않았다면 지금 저에게는 어떤 희망이 남아 있을까요?

아우구스티누스 절망은 모든 악 중에서도 마지막의 것이고, 절망한 사람은 모두 성급한 짓을 한 셈이야. 그러니 우선 절망할 게 없다는 걸 알아줬으면 해.

프란체스코 알고 있었지만, 너무 무서운 나머지 그만 잊어버렸습니다.

아우구스티누스 그러면 자네의 눈과 마음을 내 쪽으로 돌리도록 하게. 자네가 매우 좋아하는 시인의 말을 인용하면,

보라. 어떤 백성이 집결하고 어떤 성읍이 성문을 걸어 잠그며
너와 일족의 멸망을 꾀하고 강철 무기를 갈고 있는 것인가. [1]

보시게. 이 세상은 자네에게 어떤 덫을 쳐놓고 있는지. 얼마나 많은 헛된 생각이 자네 주위를 맴돌고, 얼마나 많은 헛된 희망이 자네를 압박하고 있는지. 우선 첫째, 천지창조를 시작으로 온갖 피조물 중 가장 고귀한 영[1]들을 타락시킨 저 죄[2]부터 시작하겠지만, 자네도 같은 전철을 밟아 타락하는 일이 없도록 부디 조심해야 할 것일세.

얼마나 많은 것들이 재앙의 날개 위에서 자네의 영혼을 찬양하는가! 이런 것들을 위해 영혼은 타고난 고귀함을 핑계로 몇 번이나 경험했던 자신의 취약함을 잊고 끊임없이 쫓기고 분주하며 농락당하여 다른 것을 생각하지 못하고, 교만하게도 자신의 힘을 믿고 독선적으로 창조주를 업신여기기까지에 이르렀다네. 하지만, 그 귀한 재능들이 아무리 크고 훌륭해 보일지라도, 자네는 그럴 만한 가치도 없는데 그것들이 주어졌다는 사실을 잊지 말고 교만하지 않으며 겸손해야 했어. 사실, 영원하신 주님이 아니라 이 세상의 주군에 관해 이야기해도, 자신의 신하들이 아무런 공적이 없음에도 불구하고 그들에게 선심을 베푸는 것보다 더 신하들을 진심으로 복종시키는 것이 있겠나. 이 경우 신하들은 자신들이 먼저 봉사해야 했으므로 최선을 다해 주군을 섬기려 할 것일세.

하지만 자네가 자랑거리로 삼고 있는 것들이 얼마나 초라한지 이제야 쉽게 알 수 있을 거야.

---

1   베르길리우스, 《아이네이스》 8. 385~386.
2   "교만"을 의미한다. "모든 피조물 중 가장 고귀한 영들"이란 천사들이고, 그들을 "타락시켰다"라는 것은 일부 천사들이 교만의 죄로 인해 타락하여 천국에서 추방되어 지옥으로 쫓겨난 것을 나타낸다.

자네는 재능과 풍부한 독서를 믿고 있지. 웅변을 자랑하며 죽어야 할 육체의 아름다움을 즐기고 있어. 그런데 자네 자신도 알고 있듯이, 그 재능이 얼마나 많은 경우에 자주 좌절하고, 얼마나 많은 종류의 기량에서 자네의 솜씨는 지극히 천한 자들의 속임수만도 못한가? 거기에 그치지 않고 하잘 것 없는 하등동물인데도 자네가 아무리 애써도 흉내조차 낼 수 없는 일을 하는 동물도 있네. 자, 가서 그 재능을 자랑해도 좋다고!

그런데 독서는 무슨 소용이 있었을까? 자네의 엄청난 독서 중 얼마나 많은 것이 마음에 남고 뿌리내렸을까? 얼마나 많은 것이 때맞춰 열매를 맺을까? 자네 속을 세심하게 들여다보면 알겠지만, 자네가 알고 있는 것 전부 다 해도 자네가 모르는 것에 비교한다면, 여름의 땡볕 아래 금방 말라 버리는 얕은 여울을 큰 바다와 비교하는 격이네.

게다가, 아무리 많은 것을 알고 하늘과 땅의 크기, 바다의 넓이, 천체의 운행, 풀과 나무나 돌의 일, 자연의 비밀 등을 안다고 해도 자기 자신에 대해서는 무지하다면, 그래서 무엇 하겠나?3 성경에 인도되어 엄격한 미덕의 바른길을 안다고 해도 정념에 사로잡혀 길을 벗

---

3 이 대목은 분명 아우구스티누스의 《고백록》 10.8의 다음 글을 염두에 두고 있다. "사람들은 밖으로 나가 산의 높은 정상, 바다의 거대한 파도, 하천의 광대한 흐름, 넓고 아득한 바다, 별들의 운행 등에 찬탄하며 자기 자신은 소홀히 하고 있다." 이 문장은 유명한 〈방투산 등반기〉(《친근 서간집》 4. 1)에도 그대로 인용되고 있다. 시인은 이 등산에서도 《고백록》의 작은 책을 가지고 있었는데, 산 정상에서 이를 펼쳤을 때 우연히 눈에 들어온 것이 이 문장이었다고 한다. 시인은 놀라 정신이 아찔하여 책을 덮고 침묵 속에 성찰에 잠기게 된다.

어난다면 무슨 소용이 있을까? 모든 시대의 위인들의 훌륭한 행동을 기억해도 자네 자신의 일상 속 행실을 조심하지 않는다면 무슨 소용이 있을까?

웅변에 대해 내가 말하고 싶은 것은 자네도 알아차렸을 거야. 즉, 자네가 종종 웅변에 대한 신뢰에 속았다는 것이지. 자네가 하는 말이 혹 청중의 찬동을 얻는다 하더라도 스스로가 판단했을 때 떳떳하지 못한 것이라면 무슨 소용이 있을까? 청중의 찬사는 분명히 웅변의 성과로서 얕보아서는 안 된다고 생각하지만, 변론자 자신이 진심으로 자신에게 찬사를 보낼 수 없다면 대중의 갈채가 얼마나 기쁨을 줄 수 있을까? 그런데 누구보다도 먼저 자기 자신을 기쁘게 하지 않고, 어떻게 변론을 통해 다른 사람을 기쁘게 할 수 있겠는가?

그 때문에, 자네는 웅변의 명예를 바라다가 종종 실패했네. 하지만 덕분에 자신이 얼마나 허무하고 하찮은 것을 자랑했는지 쉽게 인정할 수도 있었어. 사실, 모든 것을 소홀히 하고 게으름 속에서 언어 연구에 시간을 낭비하며, 맹목적으로 자신의 파렴치破廉恥함을 전혀 깨닫지 못하고 자신의 말솜씨에 홀려 기뻐하고 있는 이토록 어린애 같은 일, 아니 이렇게 미친 짓이 어디 있을까? 그 모양이라니, 자기 노래의 달콤한 맛에 도취하여 죽을 때까지 계속 지저귀는 어떤 작은 새의 습성을 빼닮았군.

더 부끄러운 것은 일상에서 종종 자네가 겪었던 일인데, 자신의 웅변에는 어울리지 않는 무가치한 것들도 말로 잘 표현할 수 없다는 점이네. 그러나 사물의 성질에 적절한 이름이 부족한 경우가 얼마나 많은가? 더욱이 아무리 많은 사물이 그 이름으로 알려져 있다고 해도,

실제로 경험하기 전까지 인간의 웅변으로 그 진정한 가치를 표현하기란 불가능하지 않은가? 자네는 마음만 먹으면 명확하고 쉽게 알 수 있는 것을 말이나 펜으로 충분히 표현할 수 없어 얼마나 자주 한탄하거나 언짢게 입을 다물었는가? 그래서 자네가 말하는 웅변은 결국은 이렇게 빈약하고 취약하여, 모든 것을 품을 수 없고 품은 것을 자기의 뜻대로 할 수도 없네. 그러한 웅변이란 무엇일까?

그리스인들은 자주 자네들 라틴인에게, 자네들은 또 그리스인에게 언어의 빈곤을 지적하며 서로 헐뜯고 있지. 분명히 세네카는 그리스인 쪽의 언어가 풍부하다고 보고 있지만,4 키케로는 《최고선악론》이라는 제목으로 공개한 저서의 첫 부분에서 다음과 같이 말하고 있네. "어떻게 우리나라 것이 이렇게 몹시 미움을 받는지 이상하지 않을 수 없다. 여기서 설명을 한다면 어울리지는 않겠지만, 내가 평소 느끼고 또 자주 논해 온 대로 라틴어는 일반적으로 생각하는 만큼 빈곤하지도 않을 뿐더러 그리스어보다 풍부하기까지 하다."5

그리고 키케로는 다른 곳에서도 자주 논하고 있지만, 《투스쿨룸 대화》 중에서 단언하고 있네. "오오, 그리스여! 너는 언어가 빈곤한데도, 언제나 풍부하다고 생각하고 있구나."6

키케로는 라틴 웅변의 일인자로서의 자각을 가지고 자신 있게 이렇게 잘라 말했네. 그리고 웅변의 명예를 위해 당시 이미 그리스에 싸움

---

4   세네카, 《루킬리우스 앞 서간집》 58. 1 참조.
5   키케로, 《최고선악론》 1. 3. 10.
6   키케로, 《투스쿨룸 대화》 2. 15. 35.

을 걸기를 주저하지 않았지. 그리스의 웅변에 심취한 세네카도 《연습변론집》에서 같은 말을 하고 있어. "로마의 웅변이 거창한 그리스에 대항하거나 능가할 수 있는 것들을 갖추고 있다면, 그것은 모두 키케로 주변에서 꽃피운 것이다."[7]

대단한 칭찬이지만 의심의 여지 없이 진실하다네. 그래서 보다시피 웅변의 왕좌를 둘러싸고서 우리 라틴인과 그리스인 사이뿐 아니라, 라틴의 석학들 사이에서조차도 큰 논쟁이 있지. 그리고 이쪽 진영에도 저쪽 편을 드는 사람이 있고, 저쪽 진영에도 아마 우리 편을 드는 사람이 있을 것이야. 저명한 철학자 플루타르코스도 그랬다고 하는군. 요컨대 우리 세네카는 이처럼 키케로의 몹시 감미로운 웅변이 지닌 위력에 압도되어 그에게 승리의 월계관月桂冠을 주었지만, 그 외에는 그리스의 손을 들어 주고 있어. 그리고 키케로의 생각은 그 반대야.

이 문제에 대해서 내 판단을 듣고 싶다면 이렇게 답하겠네. 그리스 쪽이 빈곤하다고 말하는 사람도 이탈리아 쪽이 더 빈곤하다고 말하는 사람도 모두 그 말이 맞는다고. 이처럼 유명한 두 나라에 대해서 이렇

---

7   세네카, 《반박변론집》(Controversiae) 1.6. 페트라르카는 이 책을 《연습변론집》(Declamationes) 이라고 부르는데, 당시에는 《반박변론집》의 요점을 뽑아 적은 책이 《연습변론집》인 것으로 알려졌다. 이 책의 저자 세네카는 유명한 철학자 세네카(기원전 4년경~기원후 65년) 가 아니라 그의 아버지인 변론가 세네카(기원전 55년경~기원후 37년경) 이다. 그러나 페트라르카는 두 명의 세네카를 동일인으로 생각했다. 라틴 고전문학에 대한 페트라르카의 조예는 당대로서는 최고였지만 그 역시 때로는 이렇게 틀릴 때도 있었다.

게 말하는 것이 맞는다면, 다른 나라에는 무엇을 바랄 수 있을까? 게다가 이탈리아 전체에서 언어의 빈곤을 엿볼 수 있다고 하는데, 그 이탈리아의 아주 작은 부분에 불과한 자네가 웅변에 관해서 어디까지 자신의 힘을 믿을 수 있는지 스스로 잘 생각해 보는 것이 좋겠네. 도저히 얻을 수 없고 얻었다고 해도 참으로 공허한 것에 이렇게 많은 시간을 낭비했다는 사실이 부끄러워질 거야.

자, 이제 다음 문제로 넘어가고, 그런데 자네는 신체의 장점을 자랑하고 있는가? "거기서부터 자네를 둘러싼 여러 가지 위험들을 눈치채지 못하는가?"[8]

그런데, 그 몸의 어디가 마음에 드는가? 힘일까, 축복받은 건강일까? 그러나 몸처럼 약한 것은 없네. 사소한 원인으로 몸에 숨어드는 쇠약, 몸에 생기는 각종 질병, 그리고 그 밖에도 작은 벌레에 물린다거나 바람을 조금 쐰다거나 하는 종류의 다양한 원인으로 몸은 망가지고 만다네.

아니면 뭔가 아름다움의 광채에 황홀해진 것일까? 그리고 자신의 얼굴빛과 생김새를 바라보면, 뭔가 넋을 잃고 볼 만한 것, 감탄할 만한 것, 쾌감을 자극하여 기쁘게 해줄 만한 것이 있을까? 자네는 나르시스의 이야기에 소름이 끼친 적이 없는가? 몸의 더러움을 망설임 없이 생각해보고, 자신의 몸속이 어떤지에 깜짝 놀랐던 적은 없는가?

자네는 겉의 피부만 보고 만족하여 기뻐하고 그 너머까지 마음의 눈으로 들여다보지 않는 것이야. 그러나 그 자그마한 육체의 꽃도 덧

8   베르길리우스, 《아이네이스》 4.561.

없이 스러지기 쉽다네. 그것을 증명하는 사례는 무수히 많지만, 그것들을 모두 생략하더라도, 적어도 밤낮을 가리지 않는 시간의 흐름 자체가 불을 보는 것보다 더 분명하게 이를 보여 줄 거야. 나이와 병 외에 몸의 아름다움을 변모시키는 다양한 원인이 있음에도 불구하고, 자네가 — 이런 말을 하기는 미안하지만 — 자신은 이런 것에 지지 않는다고 생각한다면, 적어도 모든 것을 파멸시키는 그 마지막만은 잊어서는 안 되었던 것이네. 그리고 저 풍자시인^{諷刺詩人}의 말을 가슴 깊이 새겨 두었어야 했어.

> 인간의 몸이 얼마나 초라한지
> 죽음만이 밝혀 준다. 9

내 생각이 틀리지 않는다면, 이러한 것들이 자네의 교만을 부추겨 자신의 비참한 상태에 대해 생각하거나 죽음을 떠올리는 것을 방해하고 있었네. 물론 원인은 아직 또 있으므로 앞으로 차례로 다루어 갈 생각이지만.

프란체스코 제발 잠깐만요. 잠시 멈추시지 않으면 너무 많은 추궁에 눌려 대답조차 할 수 없습니다.

아우구스티누스 자, 얘기해 보시게. 기꺼이 기다리지.

프란체스코 여태까지 한 번도 스스로 기억하지도 못하는 많은 일에 대해 비난을 받아 몹시 당황했습니다. 제가 재주를 믿고 있다고요?

---

9   유베날리스, 《풍자시집》 10. 172~173.

제게 작은 재능이 있다면 그 표시는 단지 한 가지, 조금도 재주를 믿지 않는다는 것뿐입니다. 제가 독서에서 얻은 것이라곤 얼마 안 되는 지식과 많은 정신적 피로의 씨앗뿐인데, 그런 독서 때문에 교만해질까요? 또한, 당신 자신도 지적하신 대로 제가 가장 화나는 것은 도저히 자신의 사상을 말로 표현할 수 없다는 점인데, 그래도 제가 말의 명예를 추구했다고 말씀하시는 건가요?

저를 시험해 보시려고 한다면 몰라도 아시다시피 저는 항상 제가 보잘것없다는 것을 자각하고 있었고, 또 설령 얼마간 자부하는 바가 있다고 해도 이는 단지 다른 사람의 어리석음을 생각했기 때문에 가끔 일어났던 일일 뿐입니다. 즉, 제가 입버릇처럼 말하는 것이지만, 키케로의 잘 알려진 말을 빌리자면 우리 자신의 역량에 의해서라기보다는 다른 사람들의 무력함으로 인해 힘이 실리게 된 것입니다. 10

하지만 말씀하신 그 재능을 제가 비록 풍족하게 받았다고 할지라도 대체 그 재능이 뭔가 자만해도 좋을 만큼 훌륭한 것을 저에게 가져다주었을까요? 저는 그렇게 분수도 모르거나, 이러한 산들바람의 어루만짐에 몹시 흥분할 정도로 경박하지도 않습니다. 저의 재능과 지식과 웅변도 거의 도움이 되지 않았고, 저의 마음을 괴롭히는 병은 전혀 치유되지 않았습니다! 이 문제에 대해서는 어느 편지에서 크게 한탄했던 것을 기억합니다. 11

또 몸의 장점에 대해서 거의 진지하게 말씀하셨을 때는 금방이라도

---

10   키케로, 《의무론》 2. 21. 75.
11   페트라르카, 《운문서간집》 1. 6. 20~26.

터져 나올 것 같았습니다. 이 작은 몸뚱이, 죽어야 할 덧없는 몸이 나날이 쇠퇴해 가는 것을 느끼고 있는데, 그런 육체에 희망을 걸었다고요? 딱 질색이에요. 하기야 젊었을 때는 머리를 다듬고 얼굴을 손질하는 일에 신경 썼던 적도 있었습니다. 그러나 그것도 청춘과 함께 사라졌습니다. 그리고 지금은 저 도미티아누스 황제의 말을 뼈저리게 경험하고 있습니다. 황제는 벗에게 보내는 편지에서 자기의 일을 적으며 육체의 아름다움이 급속히 사라져 감을 한탄하고 있습니다. "우아한 아름다움만큼 기분 좋은 것은 없고, 이만큼 덧없는 것은 없다고 알게나."12

아우구스티누스 자네의 그 논의에 반대하여 크게 논할 수도 있을 것일세. 그러나 나의 언변이 아닌, 자네 자신의 양심에 이끌려 스스로 부끄러워했으면 좋겠군. 나는 고집하지도 않을 것이고 억지로 입을 열게 하지도 않을 걸세. 오히려 관대한 심문자처럼, 자네의 단순한 부인으로 만족하고 자네가 지금까지 저지른 적이 없다고 우기는 그 잘못을 앞으로 전력을 다해 피하도록 권유하는 데 그치겠네.

하지만, 언젠가 자네 외모의 아름다움이 뜻밖에도 자네의 마음을 어지럽히기 시작하는 일이 생긴다면, 그 즉시 생각해 보기를 바라네. 지금 자네를 기쁘게 하는 이 육체가 곧 어떻게 될까? 얼마나 추하고 얼마나 끔찍해질까? 만약 자네가 그것을 보게 된다면 자네 자신의 눈에도 얼마나 무섭게 비칠까? 그와 동시에, 저 철학자의 말을 스스로 되씹어 보게. "나는 이 육체의 노예가 되는 것보다도 더 고귀한 목적

---

12   수에토니우스, "도미티아누스 편", 《황제전》 18.

을 위해 태어났다. "13

확실히, 자기 자신을 소홀히 하고 자신의 거처인 육체와 손발을 꾸미는 것만큼 인간으로서 어리석은 짓은 없네. 만약 어떤 사람이 어둡고 축축하고 병적인 악취로 가득 찬 감옥에 잠시 갇힌다면 어떨까? 미쳤다면 몰라도 되도록 벽면이나 땅과의 접촉을 피해서 더러워지지 않도록 하지 않을까? 그리고 출옥할 때가 되면 귀를 기울이며 해방자가 오기를 고대하는 것은 아닐까? 그런데 그런 생각을 내팽개치고 감옥의 오물이나 공포에 익숙해져 출옥을 두려워하며 더구나 그 음습한 장소 그 자체를 잘 극복해 보려는 헛된 생각을 품고 주변의 벽을 칠하고 꾸미는 일에 매달린다면, 당연히 불쌍하게 여겨져야 할 미친 짓으로 보이지 않을까?

자네들 또한 비참하게도 자신들의 감옥을 알면서도 그것을 사랑하고 있어! 그리고 곧 감옥에서 풀려나거나 혹은 억지로 끌려갈 것이 확실한데도 그 감옥에 매달려서 기를 쓰고 꾸미고 있네. 오히려 미워해야 하는데! 자네도 자신의 저서 《아프리카》에서 대*스키피오의 아버지를 시켜 말하게 하지 않았는가?

우리는 덫을 미워하고, 자유를 묶는 저 사슬을 두려워하며,
지금 있는 그대로의 자신을 사랑한다. 14

---

13   세네카, 《루킬리우스 앞 서간집》 65. 12.
14   페트라르카, 《아프리카》 1. 329~330.

참으로 좋군. 다만, 다른 사람을 시켜 말하게 했던 바를 자네 자신에게 타일렀다면! 그런데 그동안의 논의를 돌이켜 보면 자네에게는 겸손 그 자체로 여겨질지도 모르지만, 나에게는 오만하기 짝이 없다고 여겨지는 것이 하나 있어서, 이것을 눈감아 줄 수는 없네.

프란체스코 뭔가 거만한 말투를 썼다면 유감입니다. 하지만 행동과 말을 영혼이 지시한다면, 제가 어떤 오만한 말도 하지 않았다는 사실은 영혼 그 자체가 증언해 주고 있습니다.

아우구스티누스 다른 사람을 깔보는 것은 자기 자신을 부당하게 칭찬하는 것보다 훨씬 질이 나쁜 교만한 짓이야. 남을 모두 짓밟고 경멸해 놓고 교만하게도 겸손의 방패로 몸을 감싸다니! 그보다는 자신이 남보다 낫다고 생각하더라도 남을 칭찬하는 편이 훨씬 바람직하네.

프란체스코 어떻게 취급하시든 자유입니다. 저는 저 자신이나 다른 사람을 별로 평가하지 않습니다. 제가 경험을 통해 많은 사람의 일을 어떻게 생각하고 있는지는 입에 담기조차 망설여집니다.

Ⅱ. 시기와 탐욕

아우구스티누스 자신을 비하하는 것은 지극히 안전하지만 남을 비하하는 것은 매우 위험하고 참으로 헛된 일이네. 그러나 나머지 문제로 넘어가세. 그 밖에 무엇이 자네에게 길을 잘못 들게 하고 있는지 아시는가?

프란체스코 무엇이든지 말씀해 주십시오. 질투를 이유로 저를 고발하시는 것만 아니라면요.

아우구스티누스 분명히 교만도 질투의 죄 정도로밖에 자네를 해치지 않았으면 좋았을 텐데. 생각해 보니 자네는 이 죄는 면하고 있으니까 말이야. 그러나 그 밖에 몇 가지 할 말이 더 있네.

프란체스코 앞으로는 어떤 고발에도 당황하지 않을 겁니다. 제가 길을 잘못 들고 있는 것이 무엇이든, 분명히 말씀해 주십시오.

아우구스티누스 이 세상의 재화^{財貨}에 대한 욕망.

프란체스코 농담이시죠! 이토록 말도 안 되는 소리를 들어 본 적이 없습니다.

아우구스티누스 자기가 한 약속도 잊어버리고 갑자기 당황해서 말이야! 질투에 대해서는 전혀 말하지 않았는데 말일세!

프란체스코 하지만 탐욕이라니요. 저만큼 이 죄와 거리가 먼 사람을 저는 알지 못합니다.

아우구스티누스 자네는 변명하느라 애쓰고 있군. 그런데 그거 아는가? 자네는 자신이 생각하는 것만큼 이 병과 무관하지 않네.

프란체스코 저는 탐욕의 오명^{汚名}을 면할 수 없는 건가요?

아우구스티누스 야심의 오명도.

프란체스코 그럼 부디 추궁의 손을 늦추지 마시고 오히려 강하게 고발자의 일을 해주십시오. 또 뭔가 새로운 상처를 입히려고 하시는 것 같은데, 각오는 되어 있습니다.

아우구스티누스 자네는 유감스럽게도 진실의 증언을 고발이나 상처라고 불렀네. 참으로 풍자시인의 말은 진리이군.

진실을 말하는 자는 고발자가 될 것이다. 15

희극시인의 말도 이에 못지않게 진리이네.

아첨은 친구를 낳고 진실은 증오를 낳는다. 16

그렇다 하더라도, 자네의 마음을 괴롭히는 그 걱정이나 고민은 도대체 무엇 때문인지 듣고 싶네. 이토록 짧은 인생인데 무슨 필요가 있어 그토록 긴 희망을 만들어 냈는가?

인간 세상이 짧으면 긴 희망을 품지 말지어다. 17

자네는 항상 이런 시구를 읽으면서도 별로 주의하지 않고 있어. 생각건대, 자네는 친구들을 향한 사랑에 어쩔 수 없다고 대답하며 자신의 잘못에 대한 훌륭한 구실을 찾아낼 것이야. 그러나 남에게 친절하기 위해 자네 자신에게는 적대적으로 싸움을 선언하다니 정말 미친 짓이 아닌가!

프란체스코 저는 친구들 때문에 속을 썩일 일이 없을 정도로 이기적이거나 비인간적이지 않습니다. 특히, 그 미덕이나 선행 때문에 저

---

15   유베날리스, 《풍자시집》 1. 161.
16   테렌티우스, 《안드로스의 딸》 1. 68.
17   호라티우스, 《송가》 1. 4. 15.

와 친하게 지내는 친구들을 위해서라면 더욱 그렇습니다. 사실, 제가 깊이 빠져 있는 친구도 있고, 존경하는 친구와 사랑하는 친구도 있고, 동정을 금할 수 없는 친구도 있습니다. 하지만 저는 친구를 위해서 일신의 파멸도 마다하지 않을 만큼 인심이 좋지도 않습니다. 그런 말을 할 수 있는 처지가 아닙니다. 그저 하루하루의 생활을 위해 얼마간의 저축을 하고 싶을 뿐입니다. 당신이 호라티우스의 창槍으로 저를 공격하시므로 같은 호라티우스의 방패防牌로 몸을 지키기로 하겠지만, 제가 그런 염려를 하는 것은 다름 아닙니다.

> 만약의 때를 헤아려 불안에 떨지 않도록
> 책들과 1년 치 곡물만은 넉넉히 모아 두고 싶다. 18

그리고 같은 시인의 말처럼,

> 초라하게도 하프 하나 없네.
> 그런 노년의 날을 보내지 말지어다. 19

이것이 제 소원이고 또 혹시나 오래 살아서 여러 가지 예상치 못한 사건을 만나지 않을까 걱정이 들기도 하기에, 이 모든 것에 대비하여 자신을 위해 멀리 생각하고, 학문을 연구하는 틈틈이 가정에도 신경

---

18   호라티우스, 《서간시집》 1. 18. 109~110.
19   호라티우스, 《송가》 1. 31. 9~20.

을 쓰는 것입니다. 그러나 가정 쪽은 게을러서 필요에 따라 마지못해 관여하는 정도입니다.

아우구스티누스　이해는 하지만, 광기狂氣 말고는 변명의 여지가 없는 이런 생각들이 자네의 마음에 얼마나 깊이 자리 잡고 박혀 있는지. 그렇지만 왜 저 풍자시인의 말이 한결같이 자네의 마음에 스며들지 않았던 것일까?

무엇 때문에 이렇게 힘들게 재물을 긁어모으시나요?
그럭저럭 부자가 되어 죽기 위해 가난 속에 살다니.
더 이상 제정신이 아니에요, 분명 미친 짓인데. **20**

생각건대, 자네는 호화로운 깔개 위에 숨을 거두어 대리석 분묘에 길게 눕고, 상속인들 사이에 막대한 유산을 둘러싼 다툼을 남기는 것을 틀림없이 멋진 일로 여기고 있는 거야. 그래서 이러한 결말을 가져올 부富를 열망하는 것이지. 헛수고, 아니 오히려 어리석고 못난 고생이라고 말하고 싶네.

자네가 인간 공통의 자연 본성을 생각해 보기만 하면, 이는 작은 것으로도 만족할 수 있는 것임을 알게 될 걸세. 더구나, 자신을 돌아보고 자신의 본성을 생각해 보면 알겠지만, 대중에 의해 잘못된 길로 이끌리지 않는 한, 자네만큼 하찮은 것에 만족하는 사람은 드물다네. 시인이 다음과 같이 말했을 때 그는 세상 사람들은 풍성하고 맛있는

20　유베날리스, 《풍자시집》 14. 135~137.

음식을 좋아한다고 여기거나, 혹은 아마도 그 자신의 심경에도 주목하고 있었을 거야.

> 땅 위에 먹을 것은 모자라고
> 가지에는 돌멩이 같은 열매,
> 풀뿌리 뽑아내어 배고픔을 달래는구나. 21

　만약 자네가 어리석은 속세의 규범에 따르지 않고 자신의 규범대로 산다면, 자네는 오히려 이런 음식만큼 달콤하고 맛있는 것은 없다고 인정할 거야. 그런데 왜 힘들어하는가? 스스로의 본성에 비춰 보면 자네는 오래전부터 부자였어. 대중의 동의를 잣대로 삼는다면 결코 부유해질 수는 없을 걸세. 항상 무엇인가 부족한 것이 있고, 그것을 추구하면서 욕망의 벼랑으로 끌려가게 될 거야.

　기억하고 있을까? 자네는 과거에 기쁨에 가득 차 먼 시골을 얼마나 떠돌아다녔던가. 그리고 어느 때는 들판의 풀 위에 몸을 눕혀 물살의 속삭임에 귀를 기울이며, 어느 때는 전망 좋은 언덕에 앉아 아래의 평지를 한눈에 보고, 또 어느 때는 양지바른 골짜기 그늘에서 달콤한 잠을 청하며 기분 좋은 정적静寂을 즐겼네. 그것도 결코 헛되이 지냈던 것이 아니라, 마음속으로는 항상 뭔가 심오한 생각을 하고 있었지.

21　베르길리우스, 《아이네이스》 3. 649~650. 오디세우스의 동료 아카에메니데스가 하는 말이다. 그는 시칠리아섬에서 동료와 떨어져 외눈박이 거인족 키클로페스의 복수를 두려워하며 홀로 산과 들을 떠돌다가 과거의 적 트로이아의 영웅 아이네이스의 선단에 구조된다. 그때 말하는 신상 이야기의 한 구절이다.

그리고 오직 뮤즈만이 친구였는데 어디에 있든 결코 혼자가 아니었어. 요컨대, 베르길리우스의 시에 보이는 저 노인,

마음에 왕과 제후와 재물을 찾으면서
밤도 늦게 내 집에 돌아오면
나만의 요리로 식탁을 채우고 있었다. 22

저 노인처럼 자네도 석양이 질 무렵 좁은 집에 돌아오면, 그 자리에 있는 것만으로 만족하고 이 세상 누구보다도 훨씬 부유하고 행복에 가득 차 있다고 느끼지 않았는가?

프란체스코 아 그랬어요! 생각납니다. 그 시절을 생각하면 한숨이 나옵니다.

아우구스티누스 한숨이 나온다고? 도대체 누가 어리석게도 자네의 불행의 원인을 만들어 냈냐고? 물론 자네의 그 마음이지. 그 마음이 항상 자신의 본성의 규범을 따라야 한다는 것을 부끄러워했고, 이 규범의 고삐를 끊지 않는 것은 노예와 같은 복종을 의미한다고 믿었던 것이네. 그 마음이 지금 자네를 세차게 납치하려 하네. 자네가 고삐를 죄지 않으면 자네를 죽음으로 전락시킬 거야.

자네는 자신의 나무에서 나는 열매를 싫어하기 시작했고, 검소한 옷이나 시골 사람들과의 교제를 깔보게 되자 탐욕에 사로잡혀 도시의 소란스러운 한복판으로 되돌아갔어. 23 그러나, 자네가 그곳에서 얼

---

22 베르길리우스, 《농사시집》 4. 132~133.

마나 즐겁고 평화롭게 살고 있는지는 그 표정이나 말투에서도 뚜렷하
군. 참으로 자네는 그토록 불행한 일을 당하고도 완강히 그 경험을 무
시하고 도시에 가득 찬 참혹함에 눈을 감았던 것이네! 그리고 아직도
그곳에 달라붙어 있지. 필시 죄의 그물에 붙들려 묶여 있는 것일세.
아니면, 일찍이 다른 사람의 감독 아래에서 소년 시절을 보냈던 같은
장소에서 이번에는 자신의 의지로 불쌍한 노년을 보내라는 하느님의

---

23 여기에서 말하는 "도시"란, 당시 교황청이 있던 남프랑스 프로방스의 아비뇽을
말한다. 또한, 앞서 시골살이의 서술은 아비뇽에서 멀지 않은 한적한 시골 보클
뤼즈의 "고독 생활"을 가리킬 것이다. 이 부분에서 판단한다면, 이 책에서의 가
공의 '대화'는 저자가 보클뤼즈에서 되돌아온 아비뇽에서 이루어진 것이 된다.
그러나 서문에 보이는 "나의 고독의 은신처"라는 표현은 보클뤼즈의 산장을 연상
시킨다.
　페트라르카가 여기에 은거한 것은 1337년 여름, 33세의 시기이다. 이후 시인
은 프로방스 체류 중에는 이곳을 생활의 본거지로 삼았다. 그러나 은거 중에도
자신이 모시는 조반니 콜론나 추기경이나 교황청과의 관계 때문에 때때로 아비
뇽에 나가서 지내야 했다. 즉, 아비뇽과의 관계는 더욱 긴밀한 것이었다. 첫째,
시인의 "고독한 생활"의 경제적 기반 자체가 교황청에서 받는 성직자 녹봉에 있었
다. 1337년의 은거까지 그는 이미 콜론나 추기경 저택의 성당 사제직 외에 피레
네 산지에 가까운 롱페즈의 성당참사회원직도 얻으면서 은거를 위한 경제적 기
반을 갖추고 있었다. 그리고 1342년에는 피사의 성당참사회원직도 얻게 된다.
두 개의 성당참사회원직은 모두 콜론나 추기경의 배려에 의한 것으로 추기경 의
존의 증거이기도 할 것이다.
　그러나 이 의존이나 봉사 없이는 페트라르카는 "고독한 생활"이나 문학 활동을
위한 경제적 기반을 마련할 수 없었다. 은거 후에도 끊을 수 없었던 아비뇽과의
인연은 단지 라우라를 향한 연정이나 애인 관계의 까닭만이 아니었다. 그렇기에
시인은 보클뤼즈의 "고독한 생활"을 사랑하면서도 때때로 "탐욕에 사로잡혀 도시
의 소란스러운 한복판으로 되돌아갔다." "탐욕"도 또한 아비뇽 집착의 한 원인이
었다.

뜻일지도 모르지.

자네가 아직 젊었을 때는 탐욕과 야심에도 전혀 해를 입지 않았고, 언젠가는 상당한 인물이 되리라는 징후를 보였네. 그런 자네를 나는 한편에서 지켜보고 있었지. 그런데 이제 자네는 불행히도 삶의 방식을 바꿔 버리고 인생의 종말에 가까워질수록 점점 더 악착스럽게 남은 여정을 위해 노잣돈을 모아 두고 있네. 그 결과, 자네를 기다리고 있는 것은 무엇일까? 당장 죽음이 찾아올 때 —물론 그날은 아마 이미 가까워져 먼 훗날의 일이라 할 수 없는 것은 분명하지만 —그때 거의 죽은 몸으로 금전욕에 불타 금전 장부 위에 몸을 구부려 웅크릴 것이 뻔하군. 사실, 나날이 성장하는 모든 것은 반드시 마지막 날에 정점에 도달해서 성장을 멈추기 때문이니까.

프란체스코 미리 노년기의 가난과 궁색함을 내다보고 지친 노후^{老後}를 위해 대책을 마련해 둔다고 해서 이것이 그만큼 비난받아야 할 일인가요?

아우구스티누스 그 얼마나 웃기는 배려, 어리석은 태만인가! 자네는 아마 노년까지 갈 일은 없을 것이고 설령 그렇더라도 아주 짧은 기간밖에 그곳에 머물지 않을 텐데, 그런 노후에 대해 걱정하면서도 반드시 가야만 하는 것, 그것도 한 번 가면 그곳에서 돌아오지 못할 것을 잊고 있어. 무엇보다 이것은 자네들 인간의 혐오스러운 습성인데, 자네들은 일시적인 것을 걱정하며 영원한 것을 소홀히 하지. 자네가 자신의 잘못에 대한 변명으로 노후의 가난을 언급한 것은 베르길리우스 시구의 영향을 받은 결과로 보이는군.

노후의 빈곤을 두려워하는 개미24

이렇게 해서 자네는 인생의 스승으로 개미를 선택했는데 풍자시인
도 다음과 같이 말하고 있으니 더욱 변명이 된다는 것이네.

어떤 남자들은 개미에게 가르침을 받았고,
마침내 굶주림과 추위를 두려워하기 시작했다. 25

그러나 자네가 개미의 가르침에 몸을 맡기지 않는다면 알겠지만,
언젠가 가난에 시달리지 않기 위해 항상 가난에 시달리는 것만큼 비
참하고 어리석은 일은 없네. 그럼 어떻게 하느냐, 가난을 권하는 것
아니냐고? 아닐세. 나는 결코 가난을 추구하라고 권하는 게 아니라
인간사를 교란하는 운명에 가난을 강요당한다면 단호히 이를 견뎌 내
라는 것이네. 물론, 어떤 경우에도 중용中庸을 추구해야 한다고 생각
하지만 말이야. 그러므로 다음처럼 말하는 사람들의 가르침을 자네
에게 권할 생각은 없네.

인간이 살기에는 빵과 물로 충분하고, 이것만 있으면 아무도 가난하지
않다. 자신의 욕망을 이만큼만 제한시킨 자는 유피테르26 신과도 행복

---

24 베르길리우스, 《농사시집》 1. 168.
25 유베날리스, 《풍자시집》 6. 360∼361.
26 그리스신화의 제우스이다.

을 다툴 것이다. 27

또 "물과 곡물"28을 인간 삶의 기준으로 삼을 생각도 없네. 실제로
이러한 의견은 분명히 훌륭하긴 하지만, 동시에 예로부터 인간에게
는 듣기 괴롭고 싫은 말이야. 그래서 자네의 나약함에 걸맞은 조치
로, 자네의 본성을 말살하는 대신 통제하는 법을 가르쳐 주겠네. 자
네 스스로 충분하다는 것을 알고만 있었다면, 자네의 자산은 당연히
자네의 필요를 충족시킬 수 있었을 것이네.

그런데 지금 자네는 스스로 결핍을 만들어 놓고 그것에 고통받고
있어. 실제로 재물을 모으면 모을수록 필요나 걱정이 커지는 것은 이
미 자주 언급해 왔기 때문에 이제 새삼스럽게 거론할 필요도 없네. 인
간의 영혼은 훌륭한 본성을 갖추고 그 기원은 하늘에 있는데도, 하늘
나라의 부富를 등한시하고 인간 세상의 부를 갈망하는 것은 놀랄 만한
잘못이고 가엾은 시각 장애인 같은 모습이군.

자, 날카롭게 성찰하시게. 그리고 마음의 눈을 닦아 주변 황금의
반짝임에 눈이 어두워지는 일이 없도록 하게. 자네가 탐욕의 발톱에
걸려 고상한 관심사에서 이런 저열한 것으로 향할 때마다 천상에서
지상으로 곤두박질쳐 가는 줄 모르는 건가?

프란체스코 물론 알고 있습니다. 이렇게 굴러떨어질 때 얼마나 심

---

27 세네카가 인용하는 에피쿠로스의 말. 《루킬리우스 앞 서간집》 25. 4.
28 원문을 직역하면 "하천과 케레스"이다. 케레스는 로마 신화에서의 곡물의 여신이
    다. 이 표현의 근거는 루카누스의 《파르살리아》의 한 문장으로 생각된다. 즉,
    "사람들에겐 하천과 케레스로 충분한 것이다."(같은 책, 4. 381)

한 타격을 받는지 말로 표현할 수 없을 정도입니다.

아우구스티누스 그럼 왜 이토록 종종 겪었던 일을 두려워하지 않는 가? 그리고 천상^{天上} 같은 곳으로 올라갔을 때, 더 굳건하게 머무르지 않는가?

프란체스코 물론 그 노력은 합니다. 그러나 인간에게 필연적인 요 구에 흔들려 어쩔 수 없이 멀리 떨어지고 맙니다. 참으로 고대 시인들 이 파르나소스의 한 쌍의 봉우리를 두 기둥의 신에게 바치며, **29** 지식 의 신이라 불리는 아폴로**30**에게는 내적인 마음의 수호를 기원하고 다 른 한쪽의 바쿠스**31**에는 외적인 것의 충족을 기원한 것도 당연하다고 생각합니다.

제가 이와 같은 견해에 쏠리는 것도 사물과 현상의 스승인 경험뿐 만 아니라 많은 석학의 권위 있는 증언 때문이기도 한데, 그 사람들의 이름을 당신을 위해 열거할 필요는 물론 없습니다. 그렇기에 많은 신 이란 가소롭기 짝이 없다 하더라도 시인들의 이 생각 자체는 결코 어 리석은 것은 아닙니다. 그래서 이 생각을 모든 구원의 원천이신 주님 한 분께 적용하여도 엉뚱한 착각은 아니라고 생각합니다. 다만, 당신 도 동의해 주신다면 말이죠.

아우구스티누스 자네의 말이 옳다는 것을 부정하지는 않지만, 자네 가 이렇게 시간 낭비를 하는 것은 안타깝군. 일찍이 자네는 모든 생활

---

29 파르나소스의 한 쌍의 봉우리는 "킷트라"와 "뉴사"이다. 킷트라는 아폴로 신의 성 지, 뉴사는 바쿠스 신의 성지로 여겨졌다.

30 그리스신화의 아폴론이다.

31 그리스신화의 디오니소스이다.

을 고상한 연구에 관여하는 데 바쳤고, 부득이하게 다른 일에 시간을 쏟을 때는 시간 낭비라고 여겼어. 하지만 지금은 탐욕이 우선이고 남은 시간만 고상한 데 쓸 뿐이네. 누구나 더 성숙한 나이에 도달하기를 간절히 바라는데, 그 나이에 인간의 생각이 이렇게 바뀌다니!

그렇다면 어디를 한계로 하고 어떤 기준을 마련하고 있는가? 미리 목표를 정하고 그곳에 도달하면 멈춰 서서 한숨 돌리는 것이 좋네. 자네도 알다시피 다음의 말은 인간의 입에서 나온 것이라지만 신탁神託의 무게가 있네.

욕심쟁이는 언제나 게걸스럽게 굴고 있네.
소망에는 바르게 한계를 세우도록. 32

하지만 자네의 소망에는 어떤 절제가 있을까?

프란체스코 모자랄 정도도 남아돌 정도도 아니고, 남들 이상도 이하도 아닙니다. 이것이 저의 절제입니다.

아우구스티누스 모자람을 느끼지 않게 되기 위해서는 인간성을 벗어던지고 신이 되어야 할 것이야. 모든 동물 중에서 인간만큼 모자람을 느끼기 쉬운 동물도 없다는 사실을 모르는 건가?

프란체스코 종종 들었지만, 다시금 그 기억을 되살리고 싶습니다.

아우구스티누스 좋아. 인간은 발가숭이의 추한 모습으로 울음소리와 눈물 속에 태어나 얼마 안 되는 모유로 위로받아야 하네. 비틀비틀

---

32   호라티우스, 《서간시집》 1. 2. 56.

기어다니고 사람들의 도움이 필요하며 쓸모없는 동물들에게 길러지고 입혀진다네. 몸은 덧없고 마음은 불안하며 여러 가지 질병에 시달리고 엄청난 감정들에 지배당하게 되지. 사려가 부족하여 기쁨과 슬픔 사이에서 흔들리고, 자유의지는 무력하며 욕망을 통제할 수 없네. 자신에게 무엇이 얼마나 도움이 되는지 모르고, 먹고 마시는 기준도 모른다네. 몸에 영양을 주는 음식도 다른 동물이라면 자연에서 당장 얻을 수 있는데, 힘든 고생을 해서 얻어야 하고, 잠을 자면 의식을 잃고, 먹으면 배부르고 술 마시면 몸이 상하며, 잠을 자지 않으면 초췌해지고 굶으면 여위고 목이 마르면 메말라 버리게 되지.

탐욕스럽고 게다가 겁쟁이며, 소유하면 싫증나고 잃으면 한탄하며, 현재를 걱정하고 과거의 일도 미래의 일도 역시 걱정만 하고 있네. 비참함 속에서도 교만, 즉 자신의 약점까지 자각하고 있다네. 천한 벌레만도 못하여 생애는 짧고 언제 죽을지도 모르네. 쇠약의 숙명은 피할 수 없고 모든 종류의 죽음에 직면해 있는 거야.

프란체스코 엄청난 비참함과 부족함을 잇달아 말씀하셔서 이제는 인간으로 태어난 것이 후회될 정도입니다.

아우구스티누스 인간이 이토록 허약하고 부족한 상황에서, 자네는 황제나 왕이나 제후諸侯도 완전히 얻을 수 없는 부와 힘을 원하고 있네.

프란체스코 도대체 누가 그런 말을 사용했나요? 누가 부富와 힘을 말했나요?

아우구스티누스 그러나 부족함을 느끼지 않는 것보다 더 좋은 부富가 있을까? 누구에게도 복종하지 않는 것보다 더 큰 힘이 있을까? 사실 지상의 왕이나 영주들도 비록 부유하고 고귀한 것처럼 보이지만 역시 무수한 결핍을 느끼고 있네. 군대를 이끄는 지휘관들도 그 휘하에 있는 것처럼 보이는 군대에 종속되어 있지. 그들은 그 군단 때문에 두려운 존재이지만 그들 자신 또한 그 군단에 둘러싸여 있으니 당연히 이를 두려워하지 않을 수 없어.

불가능한 것은 이제 그만 바라게. 그리고 인간의 운명에 만족하면서, 부유하게 사는 것도 가난하게 사는 것도 배우고 지배하는 것도 지배받는 것도 똑같이 배우게. 자네처럼 살다가는 왕과 제후의 목까지도 죄고 있는 운명의 굴레를 떨쳐 버릴 수 없을 거야.

자네가 인간의 모든 감정을 이겨 내고 미덕의 지배에 몸을 내맡길 때, 비로소 그 굴레가 풀렸다고 느낄 것이네. 그때야말로 자네는 자유로워지고 아무런 결핍도 느끼지 않고 누구에게도 종속되지 않을 것이네. 요컨대, 진정으로 강력하고 절대적으로 행복한 왕이 된다네.

프란체스코 제가 계획한 일들이 이제 후회되어 아무것도 하지 않기를 원하고 있습니다. 그러나 잘못된 습관에 이끌려 항상 마음속에 뭔가 채워지지 않는 것을 느낍니다.

아우구스티누스 바로 그것일세. 이야기를 주제로 되돌리자면, 그것이야말로 자네를 죽음의 성찰에서 떼어 놓는 거야. 그럴 때 자네는 세속世俗의 관심에 사로잡혀 더 높은 곳으로 눈을 들지 못하지. 이 세속의 관심이야말로 이른바 영혼을 해치는 무거운 짐이네. 아시겠나, 이것을 뿌리치게. 그리고 이것을 뿌리치는 것은 그다지 힘든 일은 아닐 거야. 다만 그러기 위해서 자네는 자신의 본성에 순응하여 대중들의 광기狂氣가 아니라 자신의 본성에 따라 자신을 이끌고 다스려야 하네.

III. 야심, 대식, 분노

프란체스코 꼭 그러고 싶습니다. 그런데, 야심에 관해 얘기하기 시작하셨던 것을 아까부터 여쭤보고 싶었는데 ….

아우구스티누스 자네가 스스로 대답할 수 있는 것을 왜 나에게 물어보는 건가? 자네의 속마음을 살펴보게. 다른 여러 병病에 섞여 야심이 적잖이 자리를 차지하고 있음을 알 수 있을 거야.

프란체스코 그렇다면, 가능한 한 도시를 벗어난 것도 아무런 도움이 되지 않았던 셈입니다. 대중들과 직무를 경시했던 것이나 숲속의 은둔처나 시골의 정적을 바라면서 헛된 영예를 피하였던 일도 말이죠. 아직도 야심의 혐의로 비난받을 줄이야!

아우구스티누스 인간이 많은 것을 포기하는 이유는 그것들을 얕보기 때문이 아니라 그것을 얻을 수 있다는 사실에 절망하기 때문이네. 실제로 희망과 욕구는 서로 자극하여, 한쪽이 식으면 다른 쪽도 열이 식고 한쪽이 다시 뜨거워지면 다른 쪽도 끓어오른다네.

프란체스코 그렇다면 무엇이 제가 희망하는 것을 방해했을까요? 저에게 좋은 재능이 그렇게 부족했던 것일까요?

아우구스티누스 좋은 재능은 둘째 치고, 특히 오늘날 출세에 필요한 재능은 분명히 자네에게 부족했네. 권력자의 집 앞을 맴돌고, 아부하고, 속이고, 약속하고, 거짓말하고, 위선과 내숭을 떠는 재능, 요컨대 온갖 번거로운 일과 굴욕적인 일을 참아 내는 재능이 부족했다는 거야. 자네는 이런 종류의 재능이 부족하고 자신의 본성을 이겨 낼 수 있다고도 생각하지 않기 때문에 다른 활동을 지향한 것이네. 분명히 신중하고 현명한 일일세. 키케로도 말하듯이, "거인족巨人族을 따라 신들과 싸우는 것은 자연스럽게 거역하는 것이 아니고 무엇인가?"[33]

프란체스코 그런 재능으로 얻는 것이라면 큰 영예라도 딱 질색입니다.

아우구스티누스 잘 말했네. 그러나 그것만으로 아직 자네의 결백이 완전히 증명되지는 않았어. 실제로 자네는 영예를 구하는 번거로움을 걱정하고 있지만, 영예를 바라지 않았다는 것을 확증하지는 않았네. 그것은 마치 로마를 목표로 여행을 떠난 사람이 여행의 어려움에 겁을 먹고 도중에 발길을 돌렸다고 해서 로마를 보기 싫어하지는 않는 것과 같네. 더구나 자네 스스로 발길을 돌렸다고 믿으면서 나에게도 믿게 하려 하고 있지만, 사실은 발길을 돌리지는 않았어. 손바닥으로 하늘을 가리려는 짓은 그만두게. 자네의 생각과 행동이 모두 이 눈에는 훤히 들여다보이네.

도시를 벗어나 숲을 사랑했다는 것을 자랑하고 있지만, 그렇다고 핑계가 될 수는 없고 그저 죄의 형태가 바뀌었음을 보여 줄 뿐이야. 하나의 목표에 이르기까지에도 많은 길이 있기 때문이지. 괜찮을까, 자네는 세상 사람들이 걸었던 길을 버렸다고 말은 하지만 자신이 경멸했다는 그 야심을 샛길에서 노리고 있어. 자네의 여가, 고독, 세상일에서의 도피, 그리고 연구 활동이 마찬가지로 야심에 이끌리고 있네. 자네의 연구 활동의 목적도 지금까지 쭉 명예였던 것이야.

프란체스코 저는 막다른 곳에 몰렸지만, 이 궁지는 벗어날 수 있을

---

33 키케로, 《노년에 대해서》 2.5.

것 같습니다. 하지만 시간이 많지 않고, 또 많은 문제에 그것을 할당해야 하므로 가능하면 나머지 문제로 넘어가고 싶습니다.

아우구스티누스 그럼 내가 앞장설 테니 따라오게. 과식過食하는 죄에 대해서는 말하지 않겠네. 자네가 이 욕망에 사로잡히는 일은 결코 없을 거야. 다만, 가끔 친구들의 식도락食道樂에 빌붙어 사치스러운 회식에 매료되거나 하지 않는다면 말일세. 그러나 이 부분에 대해서는 아무 걱정도 하지 않고 있네. 자네가 도시를 떠나 시골로 내려갈 때마다 이러한 향락의 덫은 모두 순식간에 사라져 버리네. 이러한 향락과는 별개로, 사실 자네는 기꺼이 절제하며 검소하게 살고 있네. 자네 나이에 걸맞은 것 이상으로, 그리고 같은 세대의 사람들보다 더 낫게 말이지.

분노의 죄도 거론하지 않겠네. 자네는 종종 심할 정도로 분노에 불타는 경우가 있지만, 타고난 온후한 성격 때문에 호라티우스의 충고를 떠올리고 즉시 마음의 충동을 억누르는 것이 보통이네.

분노는 한때의 격정. 마음을 다스려라. 다스리지 않으면
당기도록 하라. 밧줄로, 쇠사슬로, 마음을 잡아라. 34

프란체스코 사실은 이 시구와 철학자들의 이런 많은 충고는 어느 정도 도움이 되었습니다. 그러나 특히 도움이 되었던 것은 인생의 짧음을 상기하는 것입니다. 참으로 우리가 사람들 사이에서 보내는 얼

---

34 호라티우스, 《서간시집》 1. 2. 62~63.

마 안 되는 나날을 사람들을 증오하고 파멸시키는 것에 허비하다니 무슨 미친 짓인가요? 곧 마지막 날이 찾아와서 인간의 마음에서 이 불꽃을 끄고 증오를 끝나게 해줄 것입니다. 그리고 적에 대해 죽음보다 더 큰 재앙을 바랄 수 없다면 이 도리에 어긋난 부탁도 들어줄 것입니다. 그렇게 다른 사람과 자신을 모두 파멸시키고 나면 무슨 소용이 있을까요?

잠깐의 인생에서 가장 좋은 부분을 낭비해서 무슨 도움이 될까요? 그리고 현세의 고상한 기쁨이나 내세에 대한 사색을 위해 써야 할 나날들과 아무리 알뜰하게 배분해도 자기 혼자 쓰기에도 부족한 나날들을, 자기 자신의 필요에 이용하지 않고 다른 사람들과 나 자신을 비탄과 죽음으로 몰아가는 것에 써 없애고 나면 무슨 소용이 있을까요? 이러한 반성은 사실 저에게는 매우 유익했기 때문에 분노에 사로잡혀도 자제심을 잃어버리지는 않았고 자기를 잃어버려도 다시 일어섰습니다. 그러나 조금도 분노의 격정에 사로잡히지 않게 하는 것은 지금까지 아무리 노력해도 소용이 없었습니다.

아우구스티누스 하지만, 이 정도의 격정으로 몸을 망칠 우려는 자네든 다른 누구든 할 필요가 결코 없을 것이네. 그래서 자네가 영혼의 병을 근절하겠다고 약속하는 스토아학파의 설說을 실천하지 않고, 이 문제에서는 오히려 페리파토스파의 온화함으로 만족한다고 해도 나는 쉽게 받아들일 수 있을 거야. 35 그러면 이들 감정은 이제 이 정도로

---

35 이 대목은 아마 키케로의 《투스쿨룸 대화》 제4권에 따르고 있을 것이다. 거기에는 다음과 같은 문장이 보인다. "페리파토스파는 영혼이 혼란을 입는 것은 필

하고, 더 위험하고 훨씬 주의 깊은 조치가 필요한 감정으로 서둘러 넘어가겠네.

프란체스코 뭐라고요! 더 위험한 것이 아직 남아 있는 겁니까?

IV. 정욕

아우구스티누스 자네는 얼마만큼 정욕^{情慾}의 불길에 타고 있는가?

프란체스코 확실히 이 불꽃은 때로는 매우 강하기 때문에, 감각이 없는 사람으로 태어나지 못한 것이 슬퍼 견딜 수 없을 정도입니다. 이렇게 많은 육체적 충동에 시달리기보다는 움직이지 않는 돌이 되는 것이 낫습니다.

아우구스티누스 그래서 모든 신성한 사색에서 자네를 멀리하게 하는 원인은 바로 자네 자신 안에 있네. 플라톤의 숭고한 학설36이 권고

연적이라고 하지만, 또한 혼란이 그 이상으로 정도가 심해져 가면 안 된다는 한도를 마련한다."(같은 책, 17. 38) "우리는 영혼의 혼란(*pertur-bationes*)을 근절해야 한다고 생각하지만, 그 페리파토스파가 말하기를 그것은 자연스러울뿐더러 유용한 것으로서 자연이 준 것조차 있다."(같은 책, 19. 43)

한편, 페리파토스파, 즉 아리스토텔레스파가 말하는 "온화"(*mitigatio*)에 대해서는 아리스토텔레스의 《니코마코스 윤리학》 2. 7. 1108A도 참조. 아리스토텔레스는 분노에 대해서, 그 과잉과 부족의 중용으로서 "온화"를 생각하고 있다.

36 "플라톤의 숭고한 학설"이란 《파이돈》(80A~84B, 특히 80E~81C)에 기술되어 있는 학설이다. 페트라르카는 이 학설을 주로 키케로의 작품이나 라틴어 번역 《파이돈》을 통해 알았다고 생각된다. 참고로 페트라르카가 《친근 서간집》 18. 2 (1354년)과 만년의 《무지에 대해서》에서 증언하고 있는 바에 따르면 당시 라틴어

하는 것도 실은 다를 바가 없어. 영혼을 육욕內慾에서 멀리하고 다양한 육욕의 생각을 없애 버려서, 영혼이 순수해지고 가벼워지며 신성의 심오한 교의에 대한 통찰로 높아져 가는 것이지. 또 자기의 죽음이 정해져 있음에 대한 성찰도 신성의 심오한 교의와 깊이 관련되어 있다네. 내가 말하려는 것은 자네도 알고 있네. 자네가 최근 플라톤의 작품을 탐독했다고 하니, 이 학설도 그 독서로 잘 알겠군.

프란체스코 정말, 기대에 부풀어 열정적으로 탐독했습니다. 그러나 그 외국어에 서툰 데다 외국어 교사의 갑작스러운 여행 때문에 저의 계획은 좌절되었습니다. 37 하지만 지금 말씀하신 학설은 그의 저서와 다른 플라톤학파 사람들이 전하는 바를 통해 잘 알고 있습니다.

로 번역되어 있던 작은 플라톤 《대화편》은 모두 지니고 있었을 뿐만 아니라, 플라톤의 그리스어 원전도 수십 편 소장하고 있었다. 하지만 그리스어를 잘 읽지 못했기 때문에, 그리스어 사본은 거의 이용하지 못한 것 같다. 단지 단기적으로는 얼마간 플라톤 원전을 읽은 것으로 생각된다.

37 1342년 여름, 페트라르카는 아비뇽에서 칼라브리아 태생의 그리스인, 바시리오 수도회의 수사 발라암을 스승으로 삼고 그리스어 학습을 시작하지만, 곧 발라암이 칼라브리아의 지에라치에 주교로 임명되어 급히 떠났기 때문에 학습은 좌절된다. 플라톤 탐독과 관련되는 이 부분의 진술을 솔직하게 받아들이면 페트라르카는 단기간이라도 플라톤 원전을 열심히 읽은 셈이다. 아마 발라암의 도움을 받아 읽었으리라고 추정된다.

또한, 이 부분에서 추측하자면, 그가 그리스어 학습을 시작한 주요 동기도 플라톤 원전을 읽기 위함이었던 것 같다. 이후에도 페트라르카는 발라암에게서 그리스어를 배울 기회를 기대했으나, 발라암의 죽음(1347년)으로 목적을 달성하지 못했다. 최초의 좌절에서 거의 15년 후 다시 그리스어를 배우기 시작하지만, 이번에도 뚜렷한 성과를 얻을 수 없었다. 그리고 결국 스스로 평가하고 있듯이 "그리스어의 초보자"에 머무른다.

아우구스티누스 진리를 배우고 익히는 데 누구에게서 가르침을 받았는지는 전혀 문제가 되지 않네. 다만 종종 권위 있는 저자는 매우 유익하지만.

프란체스코 특히 플라톤과 같은 인물의 권위는 저에게는 유익합니다. 그에 대해 키케로가 《투스쿨룸 대화》에서 말하는 것은 마음에 깊이 새겨져 있습니다. "내가 얼마나 플라톤에 심취해 있는가에 대한 증거이겠지만, 그가 아무런 이유를 말하지 않더라도 그 권위만으로 나는 설득을 당할 것이다."[38]

저도 플라톤의 신과 같은 재능을 자주 생각하기 때문에 플라톤에게 자신의 학설에 대해 이유와 설명을 요청하는 것은 부당하다고 생각합니다. 피타고라스의 무리조차도 그 스승에게 설명을 면제하고 있으니까요.[39] 그러나 주제에서 많이 벗어나지 않고 플라톤의 견해로 돌아가 보면, 이토록 참되고도 거룩한 학설은 없다는 것을 의심하지 않습니다. 권위와 이성과 경험이 저에게 오랫동안 이 견해를 권해 왔기 때문입니다. 사실 저도 가끔 하느님의 도움으로 일어섰고 무언가 믿기 어려울 정도의 큰 기쁨에 젖어 들면서, 그 당시 무엇이 저에게 이익이 되었는지 그 전에는 무엇이 저에게 해를 끼쳤는지 알게 되었습

---

38 키케로, 《투스쿨룸 대화》 1. 21. 49.

39 피타고라스는 기원전 6세기에 그리스에서 활동했던 종교적·신비주의적 경향이 강한 철학자이자 과학자다. 피타고라스 교단에서 그의 가르침은 강력한 권위를 가져 그의 가르침과 말에 의문을 품는 것은 금지되었으며 "그가 그렇게 말했다"란 말은 절대적인 무게를 지니고 있었다고 한다. 페트라르카가 근거로 들었던 것은 키케로의 《신성론》 1. 5. 10일 것으로 추정된다.

니다.

그리고 지금, 저는 자신의 무거운 짐 때문에 예전의 비참함으로 굴러떨어져, 저를 다시 타락시킨 일을 지독히 괴롭게 체험하고 있습니다. 40 이것을 알려드린 것도, 제가 플라톤의 이 학설을 실제로 체험했다고 말씀드려도 놀라시지 않도록 하기 위함입니다.

아우구스티누스 조금도 놀라지 않았네. 나는 자네의 고난을 목격했고, 자네가 추락하는 것과 일어서는 것을 모두 쭉 봐왔다네. 그리고 지금 자네가 의욕을 잃고 있는 것을 불쌍히 여겨 구조의 손길을 내밀자고 결심한 것이야.

프란체스코 동정심 깊은 배려에 감사드립니다. 하지만 저에게는 어떤 인간의 힘이 아직 남아 있을까요?

아우구스티누스 조금도. 그러나 하느님의 힘은 무한하시네. 물론, 하느님께서 은혜롭게 주시는 것이 아니라면 누구라도 정욕을 자제하는 것은 불가능하지. 41 그러므로 무엇보다도 먼저 겸손하게, 반복적으로 눈물을 흘리면서 이 은혜를 하느님께 청해야 하네. 바르게 구한다면 하느님께서는 거부하지 않으실 걸세.

프란체스코 너무 자주 청을 드려 싫어하실까 봐 걱정될 정도입니다.

---

40 "정욕"의 죄와 관련으로 이야기되는 "타락"은 둘째 딸 프란체스카의 탄생, 이에 이르기까지의 이성 관계를 가리킬 것이다.

41 아우구스티누스의 《고백록》 6. 11. 20 및 10. 29. 40을 참조. 그리고 〈지혜서〉 8장 21절 참조. ⋯⋯ 지혜는 하느님께서 주지 않으시면 달리 얻을 수 없음을 깨달았다. 지혜가 누구⋯⋯ 아는 것부터가 예지 덕분이다. 그래서 나는 주님께 호소하고 간청하며 마음을 다⋯⋯ 렸다."

아우구스티누스 하지만 정말 겸손하고 순순하게 바라지는 않았어. 언제나 미래의 애욕愛慾을 위해 얼마의 여지를 남겨 둔 거야. 언제나 간청을 미뤄 왔던 것이지. 나는 내 경험에서 말하고 있네. 같은 일이 이 몸에도 생겼으니까. 나는 말하고 있었네. "하느님! 순결을 주시옵소서. 하지만 지금 당장은 아니고, 조금 있다가요. 그 시기는 금방 올 것입니다. 지금은 아직 젊은 청춘이 그 길을 걷게 하고, 그 방식을 따르게 하고 싶습니다. 이런 청춘으로 다시 돌아오는 것은 더욱 부끄러운 일입니다. 42 그러니 시간이 지나서 이러한 것들에 지금처럼 마음이 끌리지 않게 되고 쾌락에도 질려 버려서 이러한 것들로 되돌아갈 염려가 없어졌을 때 비로소 이들과 헤어지게 될 것입니다."

자네도 이해했겠지만, 이렇게 말하는 동안 어떤 것을 원하면서 사실은 다른 것을 기도하고 있었던 거야.

프란체스코 왜일까요?

아우구스티누스 내일을 위해 간청하는 자는 현재를 소홀히 하기 때문이네.

프란체스코 저는 종종 눈물을 흘리며 현재를 위해 간청했습니다. 동시에 장래를 위해서도 희망했습니다. 이 애욕의 올가미를 끊고 삶의 참담함을 극복하여 구원받고 싶다고. 그리고 이토록 쓸모없는 마음고생의 폭풍우를 피해 이른바 구원의 항구로 들어가고 싶다고. 하지만 아시다시피 그 후에도 여러 차례 같은 암초 사이에서 좌초坐礁했잖습니까? 그리고 지금 내버려진다면 몇 번이고 다시 좌초할 것입니다.

---

42 아우구스티누스, 《고백록》 6. 11. 19 참조.

아우구스티누스 좋아. 자네의 기도는 항상 무엇인가 부족했네. 그렇지 않았으면 지극히 높으신 주님께서는 기도를 들어주셨을 거야. 혹은 바오로 사도使徒에게 하신 것처럼, 미덕의 힘을 완전하게 하려고 또 자신의 약함을 경험하게 하려고 기도를 들어주시지 않았을 걸세. **43**

프란체스코 맞는 말씀이라고 생각합니다. 그래도 저는 끊임없이 기도할 것입니다. 계속 기도하며 부끄러워하지 않고 절망하지 않을 것입니다. 어쩌면 전능하신 하느님은 저의 고난에 불쌍함을 느끼시어, 매일 하는 기도에 귀를 기울여 주실지도 모릅니다. 그리고 그 기도가 올바르고 은총을 거절하지 않으신다면 그분께서 기도 자체를 바로잡아 주실지도 모릅니다.

아우구스티누스 좋은 마음가짐이야. 그러나 쓰러진 사람이 잘하는 것처럼 자네는 힘을 다해 자신의 팔로 몸을 지탱하고 덮쳐드는 재앙을 조심해야 하네. 그리고 자네의 내동댕이쳐진 몸이 뭔가 큰 것에 갑자기 부딪혀 다치는 일이 없도록 하게. 또 그동안 자네를 일으켜 세워 주실 수 있는 하느님의 도움을 열렬히 기도하게. 하느님께 버림받았다고 생각하는 그때 필시 하느님은 자네 곁에 계실 거야.

특히 늘 명심해야 하지만, 신성을 인식하는 데는 격렬한 정욕만큼 걸림돌이 되는 것은 없다는 앞서 말한 플라톤의 가르침을 소홀히 해서는 안 되네. 그러니까 이 가르침을 마음속에서 차분히 음미하게.

---

43 〈코린토후서〉 12장 9절. "그러나 주님께서는, '너는 내 은총을 넉넉히 받았다. 나의 힘은 약한 데에서 완전히 드러난다' 하고 말씀하셨습니다. 그렇기에 나는 그리스도의 힘이 나에게 머무를 수 있도록 더없이 기쁘게 나의 약점을 자랑하렵니다."

이것이 나의 충고의 요점일세.

프란체스코 저는 이 가르침을 사랑해 왔습니다. 그 증거로, 이 가르침이 자신의 집에서 살고 있을 때뿐만 아니라 살 수 없는 숲에 몸을 숨기고 있을 때도[44] 이를 열렬히 껴안았습니다. 그리고 제 눈에 띈 이 가르침의 그 부분을 마음에 새겨 온 것입니다.

아우구스티누스 자네가 하고 싶은 말을 들어보겠네.

프란체스코 아시다시피 베르길리우스는 트로이가 함락되던 두려운 마지막 밤에 영웅 아이네이스에게 엄청난 위험 속을 뛰어다니게 했습니다.

아우구스티누스 알고 있어. 모든 학교에 이토록 잘 알려진 것이 있을까? 시인은 영웅 자신에게 그 체험을 자세히 이야기하게 하지.

그날 밤의 살육 참극을 누가 말로 표현할까.

그 괴로움에 합당한 눈물을 대체 누가 흘릴 수 있을까.

천년의 영화를 자랑하는 왕도는 스러지고,

시체는 온통, 겹겹이 길거리에

집 안에 신전의 입구에 흩날린다.

죄를 피로 씻는 것은 트로이인에 머무르지 않고,

패잔敗殘의 가슴에도 몇 번인가 용맹의 마음은 되살아나

---

44 이 표현이 의미하는 것은 다음과 같은 것이다. 즉, '이 학설이 플라톤이나 플라톤 학파의 철학 저서에서 발견될 때뿐만 아니라 다른 작품 중에 섞여 발견될 때도'라는 의미일 것이다. 사실, 그 사례로 바로 다음에 베르길리우스의 몇 행이 인용되고 설명된다.

승리에 기뻐하는 그리스인들도 역시 쓰러지고,
곳곳에 비참 공포 무수한 죽음의 형체. **45**

프란체스코 그러나 아이네이스는 오랫동안 사랑의 신 비너스와 함께 적군과 불속을 이리저리 돌아다녔는데, 그러는 사이에는 보이지도 않고 모독당한 신들의 노여움을 알아채지 못해 사랑의 신이 말을 건네는 동안 지상의 것밖엔 이해할 수 없었습니다. 그러나 여신이 사라지면서 무슨 일이 일어났는지는 아시는 바와 같습니다.

사실 계속해서 노래하고 있는 것처럼, 영웅은 즉시 신들의 분노한 얼굴을 알아차리고 신변의 모든 위험을 깨달았던 것입니다.

신들의 두려운 얼굴이 드러나
트로이를 미워하는 강력한 신의 뜻이 보이네. **46**

여기서 제가 읽고서 이해한 것은 사랑의 신을 가까이하면 신성이 사라진다는 것입니다.

아우구스티누스 자네는 구름 사이로 멋지게 빛을 찾아내었네. 이처럼 시적 허구 속에도 진리는 분명히 깃들어 있지만 약간의 틈을 통해서 그것에 접근해야 해. 그러나 이 문제는 다시 돌아가야 하므로, 이 문제에서 말하고 남은 것**47**은 마지막에 다루기로 하세.

---

45 베르길리우스, 《아이네이스》 2. 361~369.
46 같은 책, 2. 622~623.

프란체스코 어떤 길을 통해 이끌어 주실지 알고 싶은데, 도대체 어디로 되돌아가실 생각이신가요?

아우구스티누스 자네 마음의 가장 무거운 상처는 아직 건드리지 않았어. 이 문제를 일부러 뒤로 미룬 것도 이것을 마지막으로 다룸으로써 자네의 기억에 확실히 새기고 싶기 때문이야. 육욕에 대해서는 이미 얼마간 얘기했지만, 육욕의 또 하나에 대해서는 논할 것이 훨씬 많을 거야.

프란체스코 그럼 마음대로 말씀을 진행해 주십시오.

아우구스티누스 자네가 부끄러움을 모르는 고집쟁이라면 모를까, 앞으로 말다툼할 일은 전혀 없네.

프란체스코 언쟁言爭의 원인이 이 세상에서 사라지는 것을 볼 수 있다면, 이것만큼 기쁜 일은 없습니다. 사실은, 아무리 잘 알고 있는 문제에 대한 논쟁이라도 언제나 이를 싫어했습니다. 친구 사이에 벌어진 논쟁조차 뭔가 가시가 돋쳐 적대감을 불러일으키고 우정을 해치는 경우가 있으니까요. 어쨌든, 제가 바로 동의하리라고 생각하시는 문제가 있다는 것인데, 그 문제를 말씀해 주세요.

---

47 "이 문제에서 말하고 남은 것"은 이 문제(욕망) 외의 한 단면으로, 즉 평생의 연인 라우라에게 기울인 사랑을 말한다. 이는 세 번째 대화에서 언급되며, 이 책의 주제 중 가장 많은 부분을 차지한다.

V. 우울병

아우구스티누스 영혼의 어떤 치명적인 나쁜 병이 자네를 사로잡고 있네. 근대인은 이를 우울병[48]이라 했고 고대인은 번민(煩悶)이라 불렀지.

프란체스코 이 병은 이름만 들어도 끔찍합니다.

아우구스티누스 당연하네. 자네는 오랫동안 이 병에 심하게 시달렸었네.

프란체스코 맞습니다. 그뿐이 아닙니다. 저를 괴롭히는 모든 병은 일반적으로 뭔가 달콤함, 비록 가짜일지라도 달콤함이 섞여 있기 마련인데, 이 우울함 속에서는 모든 것이 씁쓸하고 비참하고 끔찍하며, 불행한 영혼을 파멸로 몰아넣는 길은 항상 절망으로 열려 있습니다. 그뿐만 아니라, 다른 감정으로 겪는 발작은 자주 있지만 짧고 일시적인데, 이 나쁜 병은 때때로 매우 끈질기게 저를 붙잡고 놓지 않기 때문에 저는 그 포로가 되어 밤낮없이 괴롭힘을 당합니다. 그럴 때 저의 하루는 전혀 빛이나 삶과는 무관하며 지옥의 밤이나 냉혹한 죽음과도 같습니다. 더구나 이것이야말로 불행의 극치라고 할 수 있지만, 저는

---

48 여기에 "우울병"이라고 번역한 라틴어 '아케디아'(*acedia*)는 그리스도교에서 말하는 일곱 가지 대죄 중 하나인 '나태'를 뜻하기도 한다. 이 병은 또 '우울'(*tristitia*) 이라든지 '영혼의 우울'(*animi tristitia*)이라고 불린다. 페트라르카는 고대인들이 말하는 "번민"과 근대인이 말하는 "우울병"을 같은 것이라고 하는데, 적어도 자신의 "우울병"은 키케로 등이 말하는 "번민"과는 다소 다르지 않을까? 페트라르카를 심하게 괴롭혔던 "우울병"은 첫 번째 대화에서 논의된 "환상의 병", 즉 의지의 쇠약이나 결여와 같은 증상일 것이다. "우울병"의 다양한 증후는 다른 작품, 그중에서도 많은 시에 반복적으로 나타나고 있다.

눈물과 비탄으로 제 몸을 돌보지 않으면서 어떤 어두운 쾌락에 젖기 때문에 이것에서 벗어나기가 싫습니다.

아우구스티누스 자네는 자신의 병을 잘 알고 있어. 곧 원인도 알 수 있을 걸세. 그러니 대답해 주게. 자네를 이토록 우울하게 하는 것은 무엇일까? 이 세상의 덧없음인가? 육체적인 고통인가? 아니면 뭔가 가혹한 운명이 휘두르는 폭력일까?

프란체스코 그것 중 하나뿐이라면 어느 것도 그다지 강력하지 않을 것입니다. 저는 각각의 시련은 반드시 견딜 수 있습니다. 그런데 지금은 그것들이 모두 한 떼가 되어 덤벼들고 있는 것입니다.

아우구스티누스 무엇이 자네를 괴롭히는지 좀 더 확실하게 얘기하는 것이 좋겠군.

프란체스코 저는 운명으로부터 어떤 타격을 받을 때마다, 그것에 당한 지독한 일을 자주 극복해 왔던 것을 기억하며 태연하게 움직이지 않습니다. 운명이 곧 두 번째 타격을 가해 오면 조금 비틀거리기 시작합니다. 두 번의 타격에 이어서 셋째, 넷째로 추격을 당하면 그때는 어쩔 수 없이 이성理性의 보루로 피합니다. 다만, 당황해서 도망치지는 않고 슬슬 퇴각하는 것입니다. 그러나 운명이 총공세로 여러 곳에서 덮쳐 와 저를 제압하려 들고 인간들 처지의 비참함이나 과거 고난의 기억이나 미래의 무서운 광경을 잇달아 쏟아부으면, 저도 결국 사방팔방에서 타격을 받고 이러한 엄청난 재앙에 부들부들 떨며 비명을 지릅니다.

여기서부터 저 지독한 비탄悲嘆이 생기는 것입니다. 무수한 적에게 오롯이 포위된 사람처럼, 이제 출구는 하나도 없고 동정에 매달릴 희망과 어떠한 위로도 없이 모든 것이 두렵게 다가옵니다. 여러 가지 성城을 공격하는 기구가 조립되고, 땅속에는 굴이 파이며, 이미 탑은 흔들리고, 보루에는 사다리가 걸리고, 성벽에는 전차가 바싹 붙어 있고, 화염은 마루를 핥고 있습니다. 그리고 사방에 시퍼런 칼날의 반짝임과 무서운 적의 얼굴이 보이고 드디어 최후가 닥쳤음을 생각할 때, 그리고 이 모든 위험이 그친다고 해도 자유를 잃는 것이 용감한 자들에게 비참 그 자체가 될 때, 왜 두려움에 떨며 비명을 지르지 않을까요?

아우구스티누스 자네가 대략적인 설명을 해줘서, 꽤 혼란스럽기는 하지만 자네의 모든 재앙이 잘못된 생각 탓임을 알 수 있네. 이 잘못된 생각이 지금까지 무수한 사람을 파멸시켰고 앞으로도 파멸시킬 것이야. 자신이 불행하다고 생각하는가?

프란체스코 불행 따위는 아닙니다.

아우구스티누스 원인이 무엇인가?

프란체스코 원인은 물론 하나가 아니라 셀 수 없이 많습니다.

아우구스티누스 자네는 마치 조금이라도 모욕을 당하는 즉시 또다시 묵은 원한을 떠올리는 사람들을 빼닮았군.

프란체스코 저에게는 망각이 지워 줄 만큼 오래된 상처는 하나도 없습니다. 저를 괴롭히고 있는 상처는 모두 새로운 것뿐입니다. 어쩌다 시간이 치유해 줘도 운명은 다시 되돌아와 계속 공격하기 때문에 어떤 상처도 그대로인 채 절대 아물지 않습니다. 게다가 인간의 처지에 대한 혐오와 모멸이 더해지는데, 이 모든 것에 압박을 받아서 저는 몹시 침울해질 수밖에 없습니다. 이것을 번민 혹은 우울병 혹은 그 외에 무엇이라고 정의하시든 상관없습니다. 사실 자체에 대해서는 우리는 일치를 보고 있는 것입니다.

아우구스티누스 내가 보기에 이 병은 깊이 뿌리를 내리고 있기에, 표면에서 베어 내는 것만으로는 충분하지 않네. 곧 다시 싹을 틔울 테니까. 반드시 송두리째 뽑아 제거하지 않으면 안 되는데 어디부터 손을 대야 좋을지 모를 정도로 문제가 많군. 그러나 되도록 효과적인 치료가 되도록 일을 나누고, 문제를 하나씩 개별적으로 다루어 논의해 나가세. 그럼 말해 주게. 가장 꺼림칙하다고 생각하는 것은 무엇인가?

프란체스코 보는 것, 듣는 것, 느끼는 것 모두입니다.

아우구스티누스 뭐라! 뭐 하나 마음에 안 든다고?

프란체스코 무엇 하나. 혹은 거의 아무것도.

아우구스티누스 하다못해 유익한 것만이라도 마음에 들었으면 좋겠는데! 그런데 특별히 마음에 들지 않는 것은? 부디 대답 좀 해주게.

프란체스코 이미 대답했습니다.

아우구스티누스 이것은 모두 내가 우울병이라고 부른 것의 특징들이네. 자네의 모든 것이 자네의 마음에 들지 않는 거야.

프란체스코 사람 일도 그에 못지않게 말이죠.

아우구스티누스 이것도 같은 근원에서 나오고 있어. 그러나 조금이라도 순서대로 말하고 싶으니까 들어 보세. 자네의 일이 자네의 말처럼 그렇게 마음에 안 드는가?

프란체스코 그런 시시한 질문으로 사람을 괴롭히지는 말아 주십시오. 도저히 말로 표현할 수 없을 만큼 마음에 들지 않습니다.

아우구스티누스 그렇다면 많은 사람이 부러워하는 대상이 되는 것도 자네는 싫은 거야.

프란체스코 비참한 저를 부러워하는 것이라면 그 자신도 몹시 비참한 것이 틀림없습니다.

아우구스티누스 그나저나 가장 마음에 안 드는 것은 무엇인가?

프란체스코 모르겠습니다.

아우구스티누스 그래? 그럼 내가 열거列擧해 나가면 그걸 말해 줄 건가?

프란체스코 솔직하게 말할 것입니다.

아우구스티누스 자네는 자신의 운명에 화가 나 있어.

프란체스코 운명은 오만하고 흉포하며 맹목적이고, 변덕스럽게 인간의 일들을 농락하는데 어찌 미워하지 않을 수 있겠습니까?

아우구스티누스 누구나 공통으로 겪는 난폭亂暴과 오만傲慢에 대하여 분개하는 것은 또한 모든 사람이 마찬가지라네. 그러나 지금은 자네 자신이 당하고 있는 난폭과 오만만을 문제 삼을 것일세. 자네의 분개가 만약 부당한 것이라면 어떻게 할 것인가? 운명과 화해할 생각은 없는가?

프란체스코 아무리 해도 저를 설득하실 수 없을 것입니다. 그러나 부당하다는 것을 증명해 주신다면 저의 마음도 가라앉을 것입니다.

아우구스티누스 자네는 운명이 자신에 대해서는 심하게 군다고 생각하고 있어.

프란체스코 정말이지 너무 가혹합니다. 오히려 너무 불공평하고, 너무 오만하고, 너무 잔인합니다.

아우구스티누스 "불평쟁이"49는 그저 희극시인의 작품에 등장할 뿐 아니라 무수하게 있네. 자네도 또한 지금까지 있었던 그 다수자多數者

중 한 명이네. 차라리 소수자少數者 중 한 명이었으면 좋겠는데. 아무튼, 워낙 오래된 문제인 만큼 뭔가 새로운 치료법을 마련하기가 어려운데, 오래된 병에 예로부터의 치료법을 쓰는 것을 받아들여 주지 않겠는가?

프란체스코 아무쪼록.

아우구스티누스 그럼 묻겠는데, 자네는 가난 때문에 굶주림이나 갈증이나 추위에 시달려 본 적은 없는가?

프란체스코 저의 운명은 그렇게 험하지는 않았습니다.

아우구스티누스 하지만, 이는 얼마나 많은 사람에게 흔한 일인가?

프란체스코 가능하면 다른 치료법을 사용해 주시면 안 될까요? 이 치료법은 저에게는 조금도 효과가 없습니다. 자신이 불행해졌을 때 주변에 비탄에 잠긴 불행한 사람들이 많이 있는 것을 보고 기뻐하는 그런 사람들과는 무관합니다. 때로는 자신의 비참함 못지않게 남들의 비참함을 슬퍼합니다.

아우구스티누스 내가 기대하는 것은 남들의 비참함에 기뻐하는 것이 아니라 위로받는 것이네. 다른 사람들의 운명을 보고 자신의 운명에 만족하는 법을 배우기를 바라네. 모두가 1등을 차지할 수 없으니까. 더욱이, 1등에 이어 2등이 없다면 어떻게 1등이 있을 수 있겠는가. 아아, 죽음을 피할 수 없는 인간들이여! 이토록 엄청난 운명의

---

49 "불평쟁이"는 고대 로마 말기(4세기)의 희극 〈불평쟁이〉(*Querulus*)의 주인공 이름이다. 이 작품은 플라우투스(기원전 254년경~184년)의 희극 〈황금 항아리〉(*Aulularia*)의 번안으로 12세기에 비달 드 블로바의 〈황금 항아리〉에서도 이용되었다.

장난 속에서 밑바닥까지 내려가는 일 없이 중간 정도의 대우를 받기만 해도 여전히 축복받고 있는 것일세. 극도로 가혹한 대우를 받는 사람들을 도와주려면 그들에게 걸맞은 무언가 더 강력한 치료법을 써야 하지만, 자네가 운명으로부터 입은 상처는 중간 정도이기 때문에 지금 그런 치료법은 하나도 필요하지 않네.

그런데 인간들이 이렇게 힘들어 하는 것은 다름이 아니라, 누구나 제 분수를 잊고 마음속에서 최고의 지위를 바라기 때문이야. 그러나 이미 말했듯이 모두가 그곳에 도달할 수는 없기에 헛된 노력 끝에 그들은 혐오감에 휩싸이게 되지. 하지만 만약 인간들이 가장 높은 지위의 비참함을 알게 된다면, 그들이 열망하는 그것이 두려워질 걸세. 그 증거로 고생에 고생을 거듭해 정상에 오르자 너무 쉽게 소원이 이루어졌음을 금방 탄식歎息하는 사람들이 있지 않은가. 이 일은 많은 사람이 알고 있지만, 특히 자네는 잘 알고 있을 거야.

가장 높은 지위에 오른 사람의 처지는 언제나 고생과 근심거리가 많고 정말로 불쌍하다는 것은 자네도 오랜 경험으로 이해하지 않는가? 이런 까닭에 어느 지위에 있더라도 탄식이 따라다니기 마련이지. 소원을 이룬 사람도 실패한 사람도 당연히 탄식의 원인을 가지고 있으니 말이야. 즉, 전자는 속았다고 생각하고, 후자는 홀대받았다고 생각하는 걸세. 그러니 세네카의 충고에 따르시게. "많은 사람이 너의 앞길을 가고 있는 것을 깨달았다면 얼마나 많은 사람이 뒤따르고 있는지 생각해 보라. 신에게 감사하고 너의 삶에도 감사하고 싶다면 얼마나 많은 사람을 앞질러 왔는지 생각하라."50

또, 그 세네카가 같은 곳에서 말하는 것처럼, "한도를 정해 두게.

넘고 싶어도 넘으면 안 되는 한도를 말이야. "51

프란체스코 이미 오래도록 자신의 욕망에 제대로 한도를 두어 왔습니다. 그것도 제가 잘못 생각하지 않았다면, 매우 조심스럽게 말입니다. 하지만 우리 시대의 뻔뻔한 풍속 사이에서 겸손의 미덕 같은 것은 어디에 파고들 여지가 있을까요? 세상은 멍청하거나 무기력하다고 말합니다.

아우구스티누스 그렇다면 세상의 평판이 자네의 정신 상태를 어지럽게 하는 것은 아닐까? 세상의 평판이라는 것은 조금도 올바른 판단을 내리지도 않고, 도무지 사물을 적절한 이름으로 부르지도 않는데 말일세! 그러나 내 기억이 확실하다면 자네는 항상 이것을 경멸하고 있었네.

프란체스코 정말, 이렇게 경멸해 온 적은 없습니다. 저에 대한 대중의 평가 따위, 짐승의 무리가 내리는 평가만큼도 문제 삼지 않고 있습니다.

아우구스티누스 그래서?

프란체스코 같은 또래 중에 저만큼 소박한 소망을 품고 있던 사람을 잘 모르지만, 누구도 저만큼 고생하지 않고서도 소망을 다 이루었습니다. 이것은 저에게는 참기 힘든 일입니다. 저는 물론 가장 높은 곳을 바랐던 것은 아닙니다. 우리 둘뿐만 아니라 모든 사람을 지켜보고 계시는 이분(진리의 여신)이 그 증인입니다. 이분은 항상 저의 생

---

50 세네카, 《루킬리우스 앞 서간집》 15. 10.
51 같은 책, 15. 11.

각을 깊이 내다보고 계셔서 잘 아시겠지만, 저는 종종 인간 마음의 습관에서 그 상황의 모든 단계를 하나하나 음미했습니다.

그리고 그때마다 깨달았지만, 무엇과도 바꿀 수 없다고 생각하는 마음의 안락함과 평온함은 결코 행운의 절정에서는 찾을 수 없습니다. 그래서 저는 고민과 걱정으로 가득 찬 생활을 혐오하고 항상 신중하게 판단하며 중간 정도의 생활을 선호해 왔습니다. 그리고 표현뿐만 아니라 사상적으로도 호라티우스의 시구에 공감했습니다.

무릇 황금의 중용을 사랑하는 자,
안전하게도 허물어진 집의 누추함을 피하고,
신중하게도 시샘을 초래하는 궁전을 피한다. 52

그리고 이것도 표현 못지않게 내용을 좋아하는데,

거목은 바람에 흔들리는 일 빈번하게
우뚝 솟은 탑은 쓰러지면 심하게
번개는 산꼭대기를 때린다. 53

슬프게도 이런 중용은 전혀 달성할 수 없었습니다.

아우구스티누스 자네가 중간 정도로 여기는 것이 바로 손이 닿는

---

52   호라티우스, 《송가》 2. 10. 5~8.
53   같은 글, 2. 10. 9~12.

곳에 있다면 왜 슬퍼하지? 진정한 중용을 벌써 손에 넣고 있다면? 게다가 충분히 손에 쥐고 있다면? 자네는 이미 중용을 훨씬 넘어섰고 이제 많은 사람의 멸시는커녕 선망의 대상이 되고 있다면?

프란체스코 비록 그렇다 하더라도, 저에게는 그 반대인 것처럼 보입니다.

아우구스티누스 분명히, 그 뒤바뀐 생각이 온갖 재앙, 특히 이 재앙의 원인이네. 그러니까 키케로도 말하듯이 힘껏 노를 젓고 돛을 펼쳐 이 재앙의 소용돌이에서 벗어나야 해.**54**

프란체스코 어디에서 벗어나고 어디를 향해 뱃머리를 돌리라는 것입니까? 이 눈으로 보고 있는 것 외에 무엇을 믿으라는 말씀입니까?

아우구스티누스 자네는 시선을 두고 있는 방향밖에 보지 못했어. 그러나 뒤를 돌아보면 알겠지만, 수많은 사람이 뒤따르고 있고 자네는 맨 뒷줄보다 맨 앞줄 쪽에 조금 더 가깝네. 그런데도 너무 오만하여 자신의 의도를 고집한 나머지 뒤를 돌아볼 수 없는 일인 거야.

프란체스코 아뇨, 가끔 뒤를 돌아보면서 많은 사람이 뒤따라온다는 것을 알고 있었습니다. 자신의 처지가 부끄럽다고는 생각하지 않지만, 고민이 많은 것이 싫고 아쉽습니다. 실은, 호라티우스의 말을 다시 빌리자면, "만일의 경우를 생각하여 불안해 겁을 먹고 있다"**55**는 것입니다. 이러한 불안만 없어진다면 제가 현재 소유하고 있는 것만으로도 충분할 것이고, 호라티우스가 같은 책에서 하는 말들을 차분

---

54 키케로, 《투스쿨룸 대화》 3. 11. 25에 유사한 표현이 있다.
55 호라티우스, 《서간시집》 1. 18. 110.

한 마음으로 읊을 수도 있을 겁니다.

벗이여 내 소원이 무엇이라고 생각하는가?

지금보다 적은 자산이라도 좋으니 계속 유지하는 것.

그리고 더 오래도록 살 수 있는 것이 허락된다면

여생을 마음대로 보내는 것. 56

그런데 저는 항상 미래의 일이 염려되어 늘 마음이 편치 않고 운명의 선물에도 아무런 달콤함을 느끼지 못합니다. 더구나 아시다시피 지금까지 남을 위해 살고 있지만, 57 이렇게 비참한 일도 없습니다. 그러니 적어도 노후에 조금은 오래 버텨 폭풍우의 파도 속에서 살아남은 후 항구 안에서 죽고 싶은 것입니다.

아우구스티누스 그러면 자네는 인생의 이러한 혼란과 변동의 한가운데에 있고 미래를 덮고 있는 깊은 어둠 속에 있으며, 한마디로 "운명의 여신"의 지배 아래에 있는데, 많은 사람 중 자기 혼자 고민 없는

---

56 같은 책, 1. 18. 106~108.

57 아비뇽 교황청과 콜론나 가문을 섬기고 있었던 것, 특히 콜론나 추기경에 대한 신하와 같은 예속을 가리키는 말이라고 생각된다. 이 관계에 전기가 찾아오는 것은 1347년이다. 이 해 5월, 고대 공화정 로마를 목표로 하여 콜라·디·리엔초가 로마에서 혁명을 일으키자 시인은 이를 열광적으로 지지하며 혁명에 적대적인 콜론나 가문과 대립하고 곧 교황청과도 대립하게 된다.

   그리고 그해 11월, 시인은 아비뇽에는 더 있을 수 없어 조국 이탈리아로 향하지만, 이는 일종의 도피였다. 이와 함께 콜론나 추기경과의 친밀하지만 긴장된 관계는 끝난다. 그리고 다음 해 1348년 흑사병의 유행으로 추기경도 급사하게 된다.

삶을 살겠다는 말인가? 죽어야 할 인간의 몸으로 무엇을 바라며 무엇을 요구하는가!

그런데 자네는 자신을 위해 살아오지 않았다고 탄식하고 있는데, 이것은 가난 때문이 아니라 신하처럼 예속隸屬에 매인 탓일세. 이 예속은 분명히 자네 자신도 말하듯이 매우 비참하네. 하지만 자네 주변을 둘러보면 알겠지만 자기 자신을 위해 살아온 것 같은 사람은 극히 적네. 실제로, 많은 사람에게 인정받고 더없이 행복하리라고 생각되는 사람들도 역시 남을 위해 살고 있어. 이를 증명하듯, 그들은 조심하며 고생을 일삼고 있지 않은가? 가장 좋은 예를 떠올려 보면 율리우스 카이사르일세. "인류는 소수의 인간을 위해 산다"라고 호언장담했던 인물이지. **58** 이것은 오만한 말이긴 하지만 정곡을 찌르고 있네. 그러나 그 카이사르조차, 인류를 자신의 지배하에 두고 인류가 그 한 사람을 위해 살게 된 후에도 역시 다른 사람을 위해 살지는 않았을까?

"누구를 위해?"라고, 아마 자네는 묻겠지. 물론 그를 살해한 사람들이야. 결국, 브루투스, 킴베르, 그 외 배신을 음모한 장본인들이지. 그토록 많은 은혜를 베푼 카이사르도 그들의 갈망을 충족시켜 주지 못한 것일세.

프란체스코 당신 말씀에 정말로 감명받았기 때문에, 제가 남을 섬기는 몸인 것도 가난한 것도 이젠 싫지 않습니다.

아우구스티누스 차라리 현명하지 못한 일이야말로 싫어해야 하네. 오직 현명함만이 자유도 진정한 부富도 줄 수 있었을 거야. 그리고 원

---

58 루카누스, 《파르살리아》 5. 343.

인의 부재나 부족함은 기꺼이 받아들이면서, 성과를 얻지 못하는 것을 탄식하는 사람은 원인과 결과 모두 잘 모르고 있는 것이네. 그런데 이미 거론한 병 말고, 뭔가 자네를 괴롭히는 게 없는지 곰곰이 생각해 보게. 육체의 허약함인가, 아니면 뭔가 남모르는 고민인가?

프란체스코 확실히 저 자신을 반성할 때 이 육체는 언제나 부담이 되었습니다. 그러나 다른 사람들의 육체적 부담에 비교해 솔직히 이 육체는 매우 순종적인 종입니다. 영혼에 대해서도 이렇게 자랑스럽게 말할 수 있으면 좋으련만, 영혼은 주인인 양 행동합니다.

아우구스티누스 영혼이 이성의 지배 아래에 있었으면 좋았을 텐데! 그러나 육체로 돌아가세. 어떤 불쾌한 일을 육체적으로 겪고 있는가?

프란체스코 누구에게나 공통적인 것 이외에는 어떤 것도요. 즉, 육체는 멸망해야 하는 것이고, 그 고통으로 저를 끌어들이고, 그 무게로 저를 짓누르며, 비록 정신은 깨어 있어도 육체는 잠에 빠져들게 합니다. 그 외에 인간에게 필요한 여러 가지 일로 저를 힘들게 하지만, 그것을 하나하나 열거해 나가면 끝이 없고 마음이 무거워집니다.

아우구스티누스 제발 마음을 가라앉히고 자네가 인간으로 태어났다는 것을 기억하게. 그러면 그런 고민은 곧 사라질 것일세. 그 외에도 뭔가 자네를 괴롭히고 있는 것이 없는지 곰곰이 생각해 보게.

프란체스코 악의적인 "운명"이 단 하루 만에 저를 박살내고 저의 모든 희망과 재산, 가족과 집을 파괴했습니다.[59] 그 잔혹한 처사를 들

---

59   아마 아버지 페트라코가 고국 피렌체에서 망명하게 되어 그곳에 소유하고 있던
     자산을 몰수당한 사건을 가리킬 것이다. 이 때문에 가족도 당분간 서로 헤어져

어보신 적이 없습니까?

아우구스티누스 눈에 눈물이 글썽거리고 있지 않은가. 자, 계속 나아가세. 지금 자네에게 필요한 건 배우는 게 아니라 충고를 받는 거니

살게 된다. 하지만 망명은 1302년 10월의 일로, 페트라르카가 태어나기 전이다. 페트라르카는 1304년 아버지의 망명지 아레초에서 탄생했다. 생후 수개월 만에 아버지와 헤어져 어머니와 함께 피렌체 영내의 마을 인치자로 옮겨, 친할아버지에게 맡겨진다. 이 문장이 보클뤼즈의 페트라르카 집이 강도 일당에게 약탈과 방화를 당한 것을 가리킨다는 주장도 있다.

사실, 몇 줄 뒤에는 "자네의 오두막집이 여러 왕궁과 함께 잿더미로 변한 것"이라는 표현도 보인다. 강도들이 보클뤼즈 마을을 휩쓸고 약탈을 자행한 후 불을 질렀던 것은 아마 1353년에 벌어진 일일 것이다. 페트라르카는 후에 1367년의 편지(《노년 서간집》 10. 2)에서 이 사건을 회상하며 그가 "그곳을 떠나고 곧 다가왔던" 크리스마스 날에 일어났다고 말했다. 시인이 최종적으로 귀국을 결심하고 프로방스를 떠난 것은 1353년 5월이어서 보클뤼즈가 강도들에게 습격당한 크리스마스 날은 아마 1353년 크리스마스, 아니면 1354년의 크리스마스일 것이다.

보클뤼즈의 집에 남겨 둔 30권 정도의 책은 관리인 아들의 재치로 건지게 되었다. 그는 강도의 습격이 자신의 마을에도 미칠 것을 우려해 주인의 소중한 서적을 인근 성채에 옮겨 놓은 것이다. 강도들은 이 성이 무방비인지 모르고, 굳이 습격하려 하지 않았다(같은 서간). 페트라르카는 당시 거주하고 있던 밀라노에서 이 소식을 듣자 책을 가져오게 한다. "자네의 오두막집이 여러 왕궁과 함께 잿더미로 변한 것"이라는 표현이 이 사건을 가리키고 있다면, 이 표현은 나중에 밀라노에서 추가로 써넣은 구절일 것이다.

그러나 문제의 문장은 물론 이 사건만을 가리키는 것은 아닐 것이다. 이 사건도 시인의 염두에 있었을지 모르지만, 전체적으로는 오히려 아버지 페트라코의 피렌체로부터의 망명, 이에 따른 여러 가지 손실이나 불행을 가리키는 것으로 보는 편이 자연스러울 것이다. 또 1318년, 페트라르카가 14세에 맞이한 어머니 에렛타의 죽음, 그리고 특히 1326년 4월에 아버지 페트라코가 사망한 다음 아버지가 지정한 유언집행인의 비리나 하인들의 도둑질로 풍부했던 유산을 잃어버린 일 등, 시인을 덮쳤던 많은 불행에 대한 생각도 담겨 있는 것은 아닐까?

116

까. 그러니 다음 한 가지 일을 상기하는 것만으로도 충분할 것일세. 개개 가족의 멸망뿐만 아니라 모든 시대의 유명한 왕국의 멸망도 생각할 것. 그래야 비극 작품을 읽은 보람이 있고, 자네의 오두막집이 여러 왕궁과 함께 잿더미로 변한 것 따위는 그다지 안타까워하지 않을 수 있을 것이네. 그럼 이야기를 진행하게. 지금 간략하게 한 말은 잘 기억해 두었다가 나중에 곰곰이 되새기는 것이 좋아.

프란체스코 제 생활의 불쾌함과 나날의 번거로움. 지상에서 가장 울적하고 시끄러운 이 거리. 60 그야말로 온 세상의 오물로 가득 찬, 숨이 막힐 것 같은 끝없는 쓰레기 터. 이것들을 누가 충분히 표현할 수 있을까요? 곳곳에서 구역질 나게 하는 모든 것을 누가 다 말할 수 있겠습니까? 악취로 가득 찬 길거리. 으르렁거리는 사나운 개떼에 섞인 더러운 돼지들. 벽을 흔드는 수레바퀴의 삐걱거림. 이리저리 엇갈려 뒤섞이면서 교차하여 달리는 마차. 그리고 갖가지 잡다한 인간들. 수많은 거지의 끔찍한 광경과 부자들의 미친 짓들. 혹은 슬픔에 잠겨 있는 사람들, 혹은 쾌락과 방탕에 빠진 사람들. 게다가 뭔가 서로 반목하는 사람들. 여러 가지 그럴듯한 수단과 농간. 엄청나게 크게 떠드는 소리로 인한 지독한 소음. 몰려들어 서로 밀치는 군중.

---

60 아비뇽을 가리킨다. 이 도시에 대한 극심한 혐오를 페트라르카는 종종 나타내 보이는데, 그의 아비뇽에 대한 혐오는 부분적으로 정치적·종교적 동기에서 비롯되었다. 이러한 동기에서 아비뇽에 대한 비판은 주로 두 가지 점에 집중되었다. 하나는 원래 로마에 있어야 할 교황청이 아비뇽에 있어 "바빌론 포로"라는 굴욕스러운 상태에 놓여 있었던 것이고, 다른 하나는 교황청과 그 주위에 모여 들었던 고위 성직자들이 저지른 부패와 타락이다.

이것들은 모두 더 나은 일에 관한 친숙함을 없애고 고귀한 영혼으로부터 휴식을 빼앗아, 올바른 학예 연구를 방해합니다. 부디 주님의 자비로 제 작은 배가 이러한 난파로부터 무사히 구원받기를! 참으로, 제 주위를 둘러봐도 지옥에 빠져 사는 것 같은 느낌이 들 때가 많습니다. 자, 지금이야말로 가서 뭔가 좋은 일을 해야지! 이제 바로 가서 고상한 사색에 잠기는 게 좋아!

자, 가서 운율이 절묘한 시를 엮고. 61

아우구스티누스 자네가 뭘 그렇게 탄식하는지 저 호라티우스의 시구에서 분명해졌군. 자네는 자신의 연구에 적합하지 않은 곳에 정착해 버린 것이 슬픈 거야. 정말, 호라티우스가 또 말하는 것처럼, "시인은 한결같이 숲을 사랑하고 도시를 피한다네."62 자네 자신도 어떤 편지에서 말은 달라도, 같은 생각을 기술한 적이 있어.

뮤즈는 숲에 이끌리고, 도시는 시인에게는 살기 어렵네. 63

그러나 자네 마음의 혼란이 가라앉고 나면, 물론 자네를 둘러싼 소음은 자극이야 주겠지만 영혼을 어지럽히지는 않을 것이네. 하기야

61   호라티우스, 《서간시집》 2. 2. 69.
62   같은 책, 2. 2. 77.
63   페트라르카, 《운문 서간집》 2. 3. 43.

자네가 진작 알고 있는 것을 새삼스레 들려주는 짓은 그만두세.

사실, 자네는 이 문제에 대해서는 세네카의 유익한 서간64을 지니고 있네. 같은 세네카의 《마음의 평정에 대해서》와 이러한 마음의 번민을 모두 없애려면 어떻게 해야 하는가를 논한 키케로의 결작도 가지고 있고 말일세. 이는 브루투스에 헌정된 것으로 키케로의 투스쿨룸 산장에서 열렸던 토론의 사흘째에 해당하네.65

프란체스코 아시다시피, 이 책들은 모두 열심히 읽었습니다.

아우구스티누스 그래서? 조금도 도움이 안 되었나?

프란체스코 아니오. 읽는 동안에는 크게 도움이 되었습니다. 그러나 책을 놓으면 모든 공감은 곧 사라져 버리는 것이었습니다.

아우구스티누스 독자들의 흔한 폐단으로서, 그 때문에 저 역겹고 괴상한 일들이 일어난다네. 즉, 학식을 뽐내는 자들의 추악한 무리가 세상에 활개치고, 삶의 방식과 관련된 문제에 대해 학교에서 많이 논의되는데도 거의 실행되지는 않는다는 거야. 그러나 자네는 책의 중요한 부분에 적절한 써넣기66를 하면 독서의 성과를 얻을 수 있을 걸세.

프란체스코 어떤 글일까요?

---

64 세네카, 《루킬리우스 앞 서간집》 56. 특히 이 서간 5~7을 참조. 이 서간에서는 연구 활동과 조용함의 관계가 논해졌다. 인간과 생활환경의 관계, 특히 페트라르카처럼 연구와 작품 활동에 종사하는 사람과 환경 간의 관계는 1346년에 착수된 《고독한 생활》의 중심 주제의 하나가 된다.

65 키케로의 《투스쿨룸 대화》 제3권은 바로 '영혼의 치료법'(*animi medicina*)에 대해서, 즉 '영혼의 병'(*animi morbi*)의 치료법에 대해서 논했다.

66 실제로 페트라르카가 지니고 있던, 현존 사본에는 이러한 "써넣기"가 많이 보인다.

아우구스티누스 책을 읽을 때 마음을 북돋우거나 긴장시키는 유익한 글을 만날 때마다 자신의 능력에 의존하려 하지 말고 그 글들을 기억 속에 간직하여 꼭 피와 살이 되게 하게. 그러면 자네는 숙련된 의사에게서 흔히 볼 수 있듯이 언제 어디서 응급처치가 필요한 병이 닥치더라도 그 처방전을 말하자면 마음에 기록해 두고 있게 될 것이네. 사실, 인간의 몸뿐 아니라 영혼에도 늦으면 치명적일 수 있는 병이 있어서 치료가 늦어지면 구원에 대한 희망도 사라진다네.

실제로 잘 알려진 바와 같이, 예를 들어 어떤 종류의 충동은 매우 강렬하기 때문에 그 발단에서 이성이 억누르지 않으면 영혼과 육체, 그리고 인간의 모든 것을 파멸시켜서 뒤늦은 치료를 아무리 하더라도 소 잃고 외양간 고치는 격이 되고 말지.

이들 충동 중에서도 첫째 자리를 차지하는 것은 분노라고 생각하네. 어떤 사람들이 영혼을 세 부분으로 나누고,[67] 이성의 자리는 분노의 자리 위에 있다고 한 것도 맞는 말이야. 즉, 이성은 성채城砦라고도 할 수 있는 머릿속에 있고, 분노는 가슴에, 욕망은 횡격막 아래에 있고, 이렇게 이성은 그 아래에 있는 질병의 격렬한 충동을 즉시 억제하거나 높은 곳에서 퇴각을 명령한다네. 이러한 억제는 분노에는 특히 필요하므로 분노는 그만큼 이성 가까이에 놓여 있는 것이지.

프란체스코 확실히 지당하십니다. 그런데 이런 생각들을 단지 철학책뿐만 아니라 시인들의 작품에서도 찾아냈다는 점을 이해해 주셨으면 합니다. 사실 베르길리우스가 표현하는 분노의 사나운 바람은

67　키케로에 의해서 소개된 플라톤의 설. 《투스쿨룸 대화》 1. 10. 20 참조.

동굴 깊숙이 숨어 있고 그 위에는 산들이 우뚝 솟아 있으며 산꼭대기에는 왕〔바람의 신 아이올로스〕이 자리를 차지하여 그 왕권을 통해 바람을 잠재우고 있는데,68 이 바람은 분노나 영혼의 충동을 나타내고 있는지도 모른다는 생각을 자주 했습니다. 즉, 그것들은 가슴속 깊이 숨어 있지만, 만약 이성의 고삐로 제어되지 않는다면 역시 같은 곳에서 말하듯이,

바다도 땅도 높은 하늘도
세차게 데리고 가서, 불어 흩뜨리네. 69

'땅'이라는 말로 시인이 의미하는 것은 육체를 만드는 흙이라는 질료가 아니라 무엇일까요? 바다가 의미하는 것은 우리의 생명을 기르는 몸의 물이며, 높은 하늘이 의미하는 것은 내면의 깊은 곳에 사는 영혼으로 같은 시인이 다른 곳에서 말하는 것처럼, "하늘에서 유래하였으며 불의 힘을 잉태하는"70 영혼이 아니라 무엇일까요? 그래서 분노를 의미하는 바람은 육체와 영혼을, 즉 모든 인간을 한번 지배하면 이를 파멸로 몰아갑니다. 반면, 산과 그곳에 자리를 차지하고 있는 왕은 성채인 머리와 그곳에 사는 이성이 아니라 무엇일까요? 사실 시인은 이렇게 말하고 있는 것입니다.

---

68 베르길리우스, 《아이네이스》 1. 52 이하.
69 같은 책, 1. 58~59.
70 같은 책, 6. 730.

아이올로스 왕은 그 넓은 동굴에
휘몰아치는 바람이나 울부짖는 사나운 폭풍을
그 힘으로 눌러서 쇠사슬과 감옥에 가둔다네.
분노에 미친 바람은 요란하게 산으로 둘러친
울타리의 속을 윙윙거리고
산꼭대기에는 아이올로스, 왕홀王笏을 들고
자리를 차지하네. 71

시인은 이렇게 말하고 있는데, 저는 단어 하나하나를 음미하고 분
노의 의미를 깨달았습니다. 휘몰아치는 바람, 울부짖는 사나운 폭
풍, 바람의 굉음이나 윙윙거리는 신음의 의미도 이해했습니다. 이것
들은 모두 분노와 연관 지을 수 있습니다. 더욱, 산꼭대기에 자리를
차지하는 왕의 의미도 깨달았습니다. 그가 왕홀을 쥐는 것, 그 힘으
로 짓누름, 쇠사슬과 감옥으로 제어하는 것의 의미도 깨달았습니다.
　이것들은 이성과 관계 지을 수 있음을 누가 의심할 수 있겠습니까?
게다가 모든 것이 영혼과 그 영혼을 어지럽히는 분노에 대해서 말하
고 있다는 사실은 시인이 다음과 같이 덧붙여 쓰고 있는 것을 보아도
분명합니다.

왕은 바람의 마음을 달래고 분노를 가라앉히네. 72

71　같은 책, 1.52~57.
72　같은 책, 1.57.

아우구스티누스 시 작품에 숨겨진 이런 의미에 감탄스럽고, 자네는 이런 의미에 잘 통하는 것 같군. 베르길리우스 자신이 이 글에서 이 점을 고려했든 아니면 이러한 생각과는 무관하게 이 시구로 단지 바다의 폭풍을 묘사하려고 했을 뿐이든, 어쨌든 자네가 분노의 충동이나 이성에 의한 통제에 대해 말한 바는 꽤 교묘하고 적절하다고 생각하네.

하지만 이야기를 처음으로 되돌리세. 분노와 다른 충동, 그리고 특히 지금까지 많이 논의해 왔던 그 나쁜 병에 대해서 항상 뭔가 대책을 생각해 두게. 그리고 주의 깊게 독서를 하다가 그런 것을 만났을 때는 그 유익한 글에 앞서 말한 것처럼 적절한 써넣기[73]를 하면 좋다네. 그렇게 하면 그것이 갈고리와 같은 역할을 하여 문장이 기억에서 벗어나려고 해도 이를 멈출 수 있을 거야.

이러한 도움을 받는다면 자네는 분명, 다른 병에 대해서도 그렇지만 영혼의 우울병에 대해서도 확실히 저항할 수 있을 것일세. 참으로 이 병은 마치 해롭기 짝이 없는 응답처럼 미덕의 씨앗도 온갖 정신적 열매도 시들게 하지. 요컨대 이 병은 키케로가 적절히 말했듯이 모든 비참함의 근원이자 시작이네.[74]

그런데 자신과 다른 사람들의 일을 깊이 생각해 보면 분명 비탄의 원인을 많이 갖고 있지 않은 사람은 아무도 없고, 자네도 자신의 잘못을 생각해 내면 당연히 슬프고 걱정도 될 것이네. 그러나 이러한 사실들을 떠나서, 자네는 이미 스스로 인정하겠지만 하느님으로부터 많

---

73 이러한 "써넣기"는 이미 앞에서도 언급되었다.
74 키케로, 《투스쿨룸 대화》 4. 38. 83.

은 은혜를 받고 있기에 수많은 사람이 슬픔에 한숨짓는 속에서 위로나 기쁨을 찾을 수 있네.

자네는 지금까지 자신을 위해 살아오지는 않았음을 탄식하고 도시의 소란에 진절머리를 내고 있지만, 이것은 위대한 사람들의 한탄이기도 하다는 사실로 적지 않은 위로를 받을 것이고, 또한 자네 자신의 의지로 이 곤경에 빠졌으니 자네가 정말 원하기만 하면 탈출할 수 있다75고 생각하는 것도 큰 위안이 될 거야. 또 자신의 귀를 잘 훈련해서 사람들이 떠드는 것을 들어도 물살 소리처럼 기분 좋게 느끼도록 습관을 들인다면 이렇게 뿌리내린 습관도 도움이 될 것이네.

더구나 이것은 이미 말했듯이 자네 마음의 소음을 먼저 가라앉혀버리기만 하면 아주 쉽게 할 수 있을 것일세. 사실, 마음속이 평온하고 고요하다면 주위를 맴도는 성가신 구름도 바깥에서 울리는 소음도 아무런 영향을 주지 않네. 이렇게 해서 자네는 말하자면 마른 기슭에 안전하게 서서 아득히 다른 사람들의 난파선을 바라보고, 파도 사이에서 표류하는 사람들의 애처로운 목소리를 말없이 들을 것이네. 그 끔찍한 광경에 동정심이 일더라도 남의 재난에 비해 자신의 처지의 안전함이 그만큼 기쁘게 여겨질 것일세. 이런 식으로 하면 자네는 영

---

75 페트라르카가 아비뇽 거주라는 "괴로운 처지"에서 최종적으로 "탈출"한 것은 1353년 5월이다. 이보다 앞선 1347년에도 콜라 혁명을 놓고 표면화된 콜론나 추기경이나 교황청과 뿌리 깊은 갈등 때문에 고국 이탈리아로 피했지만, 1351년 6월 당시 교황의 요청을 거절하기 어려워 아비뇽으로 돌아왔고 주로 보클뤼즈에 머무른다. 그리고 1353년 5월, 치밀하게 준비한 후 이탈리아를 향해 프로방스를 떠난 다음, 다시는 그곳으로 돌아가지 않았다.

혼의 우울함을 모두 신속하게 없애 나갈 것이 틀림없네.

프란체스코 크게 이의가 있습니다. 무엇보다도 먼저, 도시를 버리는 것은 쉬운 일이며 저의 자유의지에 달려 있다는 생각입니다. 하지만, 많은 점에서는 지당하신 말씀이라고 생각하므로 여기서도 반박당하기 전에 항복하겠습니다.

아우구스티누스 그럼 이제 우울함을 쫓아 버리고 자신의 운명과 화해할 수 있을까?

프란체스코 물론 가능합니다. 다만 운명이 뭔가 실체가 있는 것이라고 한다면 말입니다. 아시다시피 이 문제에 대해서는 그리스의 시인 호메로스와 우리들의 라틴 시인 베르길리우스와의 사이에서 견해차가 커서, 그리스 시인 쪽은 운명이 존재하지 않는다고 믿는 듯 작품 속에서 아예 이름도 꺼내지 않는 한편, 우리 라틴 시인 쪽에서는 운명을 자주 이름 부르고 어떤 곳에서는 그것을 전능全能이라고까지 부르기도 합니다.[76] 그리고 유명한 역사가와 탁월한 변론가도 이 설을 지지하고 있습니다. 역사가 살루스티우스는 운명은 분명히 모든 일에 지배력을 휘두른다고 말했고,[77] 변론가 키케로 또한 운명은 인간사의 지배자라고 단언하기를 주저하지 않습니다.[78]

그럼 제 견해는 어떨까요? 이것을 말하기에는 아마 다른 시간과 다른 장소가 어울릴 것 같습니다.[79] 그러나 본론으로 돌아가면, 당신의

---

[76] "운명"의 문제를 둘러싼 호메로스와 베르길리우스의 대비는 막로비우스의 대화편 〈사투르누스 축제〉 5. 16. 8을 따르고 있을 것이다.

[77] 살루스티우스, 《카틸리나 전기(戰記)》 8. 1.

[78] 키케로, 〈마르켈루스 변호〉 2. 7.

충고가 많은 도움이 되어서 대부분 사람과 비교했을 때 저의 처지가 평소와 같이 비참하지는 않았습니다.

아우구스티누스 자네에게 도움이 되었다면 기쁘네. 좀 더 도움이 되고 싶군. 하지만 오늘은 이미 충분히 이야기를 나눴으니 나머지는 셋째 날로 연장하여 셋째 날에 대화를 끝내기로 하면 어떨까?

프란체스코 더 바랄 나위도 없이 3이라는 숫자를 진심으로 환영합니다. 삼미신三美神이 이 숫자에 의해 연결되어 있기 때문이라기보다는 아시다시피 신성神性이 가장 선호하는 숫자이기 때문입니다. 이것은 단지 당신을 비롯한 진정한 종교에 귀의하고 삼위일체를 전적으로 믿는 사람들의 확신일 뿐만 아니라 이교 철학자들의 확신이기도 합니다. 사실, 그들의 말에 따르면 그들도 신들을 위한 의식에서 이 숫자를 사용하고 있었던 것입니다. 이 일은 우리의 베르길리우스도 알고 있었던 것 같고 이렇게 말하고 있습니다. "신은 홀수를 기뻐하신다."[80]

그가 '3'이라는 수에 대해 말하고 있다는 것은 이 시구 바로 앞의 시행詩行에서 분명하게 드러납니다.[81] 그래서 3개의 부로 이루어진 이 선물의 제3부를 계속 당신으로부터 기대하고 있습니다.

---

79 특히 《노년 서간집》 8. 3 참조.

80 베르길리우스, 《목가집》 8. 75.

81 여기에서 말하는 "홀수"가 "3"을 의미한다는 것은 페트라르카의 말 그대로이다. 사실, "바로 앞의 시행"에는 다음과 같은 표현이 보인다. "나의 노래여, 데리고 돌아오라. 다프니스를 마을에서 데리고 돌아오라. 먼저 그 조각상에 색이 다른 세 가닥의 실을 감싸럼. 다음엔 세 번 상을 받들어 올리고 제단을 둘러보라. 신은 홀수를 기뻐하신다네."

사랑과 명예욕에 대한 세 번째 대화

I. 두 개의 쇠사슬

아우구스티누스 그동안 내 이야기가 도움이 됐다면 부디 남은 이야기도 순순히 받아들여 주길 바라네. 그리고 논쟁적이고 완고한 마음은 버렸으면 좋겠어.

프란체스코 그렇게 하죠. 충고 덕분에 대부분의 고민에서 해방되었다고 느꼈고, 그 때문에 남은 이야기를 계속하고 경청할 마음이 생겼습니다.

아우구스티누스 자네의 속을 파고든 끈질긴 상처는 아직 건드리지 않았네. 게다가 이 상처에 조금만 닿아도 얼마나 거센 논란이나 항변을 불러일으켰는지 생각하면 언급하기가 두렵군. 그렇지만 다른 한편으로는 기대하고 있네. 이제부터 자네의 영혼이 더 강해지고 더 심한 고통을 차분하게 견뎌 낼 것이라고.

프란체스코 걱정하실 필요는 없습니다. 제 병명을 듣거나 의사의 치료를 견디는 데에는 이제 익숙해졌습니다.

아우구스티누스 자네는 아직도 두 개의 쇠사슬로 좌우에서 묶여 있네. 그래서 죽음과 삶에 대해서 사색할 수가 없지. 이 쇠사슬이 자네를 파멸시키지는 않을까 늘 걱정이었네. 지금도 역시 안심이 되지 않아. 자네가 그것을 떨쳐 버리고 자유로워지기 전까지는 앞으로도 안심할 수 없을 거야. 그것은 분명 어려운 일이지만 불가능하다고 생각하지 않네. 그렇지 않으면 나는 불가능한 일에 매달려 헛수고를 하게 될 것이기 때문이야.

그런데 다이아몬드를 깨뜨리는 데는 염소의 피가 매우 효과적이라고 하는데,[1] 이런 견고한 믿음을 풀어 주는 데 놀랄 만한 효과가 있는 것은 또 다른 피라네. 완고한 마음을 접하면 그것을 부수고 들어가는 피.[2] 그러나 이 문제에는 자네의 동의도 필요한데, 자네가 동의할 수 없는 것은 아닐까, 아니면 오히려 동의하고 싶지 않은 것은 아닐까 하고 걱정되는군. 쇠사슬의 눈부신 빛이 현혹하여 동의를 방해하지 않을까 매우 두렵네.

그리고 또 어떤 탐욕스러운 사람이 황금 사슬에 묶여 감옥에 갇혔을 경우에나 일어날 법한 일이 어쩌면 현실이 되지는 않을까 하고 두려워지기도 하는군. 즉, 풀려나고 싶어도 사슬은 잃고 싶지 않다는 거지. 그러나 자네는 바로 감옥의 규칙을 부과받고 있네. 사슬을 던져 버리지 않는 한 풀려날 수 없는 거야.

프란체스코 아아! 저는 생각했던 것 이상으로 비참했습니다! 저는

---

1 플리니우스, 《박물지》 37. 15. 59.
2 그리스도의 피를 가리킬 것이다.

아직도 두 개의 사슬로 영혼이 묶여 있는데 그 사슬을 모른다는 것이 겠지요.

아우구스티누스 아니, 매우 잘 알고 있어. 단지, 그 아름다움에 매혹되어 쇠사슬이 아닌 보물로 믿어 버리고 있을 뿐이네. 아까의 비유를 사용한다면 누군가가 황금 수갑이나 족쇄에 채워져 있는데도 황금을 바라보고 기뻐하며 속박을 보지 않는 셈이지. 이것과 똑같은 일이 자네에게도 생기고 있네. 자네도 지금 자신을 붙들어 맨 것을 눈 뜨고 보고 있는데 무슨 짓인가! 죽음으로 끌고 가는 포승줄을 기뻐하며, 게다가 비참하기 짝이 없는 것을 자랑하고 있어.

프란체스코 쇠사슬이라고 하시는 게 무슨 말씀인가요?

아우구스티누스 사랑과 명예.

프란체스코 뭐라고요! 그 말씀은 제게 이상하게 들리는군요! 당신은 이 둘을 쇠사슬이라고 하는데, 저만 받아들인다면 이것을 빼앗아 버릴 속셈이신가요?

아우구스티누스 그렇게 하고 싶지만, 결과는 자신이 없네. 왜냐하면, 자네를 묶었던 다른 사슬은 모두 이처럼 견고하지도 매력적이지도 않았기 때문에 그것을 깨부술 때는 자네도 거들어 주었지만, 이 두 개의 사슬은 자네를 해치지 않으면서도 아름다운 겉모습으로 자네를 기쁘게 하여 속이고 있으므로 더욱 힘든 것일세. 실제로 자네는 내가 자네의 최고의 보물을 빼앗기라도 하는 것처럼 저항할 거야. 그래도 한번 시험해 보세.

프란체스코 제가 당신에게 언제 어떤 일을 했기에 저의 가장 아름다운 관심사를 빼앗고 제 영혼의 가장 맑고 밝은 부분을 영원한 암흑으로 단죄하려 하십니까?

아우구스티누스 불쌍하게도! 그렇다면 그 철학적 명제를 잊어버렸는가?

잘못된 추측으로 판단하여서 이렇게 틀림없다고 믿어 버리면 불행이 불행의 꼬리를 물고 이어지게 된다. 3

프란체스코 절대 잊어버리지는 않았지만, 저희의 주제에서 보면 빗나간 명제입니다. 사실 왜 그렇게 틀림없다고 생각하시는 건가요? 진실로 당신이 비난하시는 이 두 감정보다 더 고귀한 것은 없다고 생각합니다. 그리고 제가 이 정도로 올바른 생각을 했던 적은 지금까지도 없었고 앞으로도 없을 것입니다.

II. 사랑과 그 실상

아우구스티누스 당장은 이 두 가지를 나누고 그 치료법을 찾아보기로 하세. 그렇지 않으면 이리저리 서성거려 그 어느 쪽에도 별로 힘을 쏟지 못하게 될 거야. 그래서 사랑을 먼저 언급했으니 우선 사랑에 관해 묻겠는데, 이것이야말로 광기의 으뜸이라고 생각하지 않는가?

---

3   모든 고민과 불행은 잘못된 "추측으로 판단함"에 기인한다는 스토아 사상은 다른 곳에서도 가끔 반복된다(《친근 서간집》 2.2, 21.12 외).

프란체스코 일반적 진리로는 이렇게 말할 수 있다고 생각합니다. 사랑은 대상의 차이에 따라 영혼의 가장 비천한 감정이기도 하고, 가장 고귀한 작용이기도 하다고 말입니다.

아우구스티누스 그러려면 예증이 필요하니 사례를 조금 알려 주게나.

프란체스코 저속하고 천한 여자에게 열정을 불태운다면 그것은 지극히 불건전한 감정입니다. 그러나 만약 세상에 드문 미덕의 모범이라고도 할 수 있는 사람에게 끌려 그 사람을 한결같이 사랑하고 존경한다면 어떻게 생각하십니까? 이 정도 차이점에 아무런 구별도 없으십니까? 우리는 그만큼 파렴치해진 걸까요? 그러나 제 생각을 조금 말하자면 첫째, 사랑은 영혼에 해로운 부담이며, 둘째, 이 사랑만큼 행복한 것은 거의 없다고 생각합니다. 만약 이의가 있다면 각자 자기의 생각을 따르도록 하시죠. 아시다시피 의견이라는 것은 매우 다양하고 그만큼 판단의 자유도 큽니다.

아우구스티누스 모순되는 사안에 대해서는 의견도 가지각색이지만 진리는 항상 동일하네.

프란체스코 그것은 맞다고 생각합니다. 그런데 우리 인간은 끈질기게 자신의 낡은 의견에 집착하고 좀처럼 거기에서 벗어나지 못하며 그 때문에 잘못을 저지르게 됩니다.

아우구스티누스 자네 말이 맞네. 사랑의 모든 문제에 대해서도 이렇게 올바르게 생각하면 좋을 텐데.

프란체스코 물론입니다. 저는 이 문제에 대해서도 매우 올바르게 생각하고 있다고 여기기 때문에, 다른 생각을 지닌 사람은 머리가 이상한 게 분명합니다.

아우구스티누스 모든 권위가 시간의 길이에 따라 결정되기라도 하는 것처럼 예로부터 뿌리내린 허위를 진리로 간주하고 갓 발견한 진리는 허위로 간주한다네. 이토록 어리석은 일은 없어.

프란체스코 헛수고가 될 것입니다. 저는 누구의 말도 믿지 않습니다. 키케로의 말이 다시 기억납니다. "만약 이 점에서 내가 틀렸다고 해도 나는 틀리는 것으로 만족할 것이다. 그리고 내가 살아 있는 한, 틀렸다는 이 사실을 빼앗기고 싶지 않다."[4]

아우구스티누스 키케로는 물론 영혼의 불멸에 대해 모든 의견 중 가장 아름다운 것을 말하면서, 또한 이 의견에 대해서도 조금도 의심하지 않고 반대 의견 따위는 듣고 싶지도 않다는 것을 보여 주려고 이런 말을 사용했네. 그런데 자네는 역겨운 거짓 의견 때문에 같은 말을 남용하고 있어. 사실, 설사 영혼은 죽어 없어지더라도 죽지 않는 것으로 간주하는 것이 좋고, 이 잘못은 미덕에 대한 사랑을 불러일으키는 데 유익하다고 볼 수도 있네. 미덕이란 비록 보상을 기대할 수 없더라도 그 자체를 위해 추구해야 할 것이라고는 말하지만, 영혼이 죽어 없어지게 된다면 미덕에 대한 소망은 약해질 것이 분명하네.

이에 반해 거짓이더라도 미래의 삶이 약속된 것은 인간의 마음을 북돋우는 데 효과적이라고 생각하지. 그런데 자네의 그 잘못된 의견

---

4 키케로, 《노년에 대하여》 23. 85. 키케로의 원문은 다음과 같이 되어 있다. "나는 인간의 영혼이 불멸이라고 믿지만, 만약 이 점에서 잘못된 것이라고 해도 달게 그르치게 하자. 그리고 생명이 있는 한 내가 기뻐하는 이 잘못을 빼앗기고 싶지 않다."

이 자네에게 무엇을 가져오려고 하는지는 다 아는 그대로이네. 자네의 영혼을 온갖 광기에 몰아넣으려고 하지만, 거기서는 수치심과 근심과 두려운 마음도 없어질 뿐만 아니라 충동을 억제하는 이성도 진리에 대한 인식도 모두 사라져 버릴 것일세.

프란체스코 이미 말씀드렸지만, 헛수고가 될 것입니다. 왜냐하면, 지금 생각해 봐도 추악한 것을 사랑한 일은 결코 없었고, 가장 아름다운 것들만 사랑했기 때문입니다.

아우구스티누스 아름다운 존재를 추악한 방법으로 사랑할 수 있는 것도 확실하지.

프란체스코 저는 사랑의 대상 면에서도 사랑의 방식 면에서도 물론 결백합니다. 이제 추궁은 그만두십시오.

아우구스티누스 그럼 어떤 미치광이들처럼 이상한 짓을 하거나 웃거나 하면서 죽어 가고 싶은가, 아니면 아직도 비참하게 앓고 있는 사람들에게 뭔가 치료를 해주고 싶은 건가?

프란체스코 제가 치료를 필요로 한다는 것을 보여 주신다면 결코 그것을 거부하지 않겠습니다. 그러나 건강한 사람에게 치료를 강요하는 것은 종종 재앙이 됩니다.

아우구스티누스 자네가 나아지기만 하면, 흔히 있는 일이지만 자신이 중병에 걸렸었다는 걸 알게 될 거야.

프란체스코 결국 거절할 수가 없네요. 당신의 충고가 유익하다는 것은 평소에도 종종 경험했지만, 특히 지난 이틀간은 더욱 그러했습니다. 그럼 계속하여 주십시오.

아우구스티누스 그렇다면 미리 한 가지만 말해 두고 싶은데, 화제의 성격상 자네가 기뻐하는 것에 대해 다소 따끔한 말을 할지도 모르네. 지금부터 이미 예상할 수 있지만, 진리가 얼마나 자네의 귀에 거슬릴까!

프란체스코 그 전에 좀 여쭤보겠습니다. 어느 여성을 화제로 삼을 것인지 알고 계신가요?

아우구스티누스 모든 것을 잘 고려했네. 우리가 지금 논의하려고 하는 것은 한 명의 필멸의 존재인 여성일세. 안타깝게도 자네는 그녀를 향한 그리움과 찬미 속에서 생애 대부분을 낭비하고 말았네. 자네와 같은 성격의 인간에게 이만한 광기가 이렇게 오래 계속되다니 매우 놀랍군.

프란체스코 제발 욕은 하지 말아 주십시오. 타이스5와 리비아6도 반드시 죽어야만 하는 인간인 여성이었습니다. 게다가 화제로 삼고 계시는 사람이 어떤 여성인지 아십니까? 그녀는 세상의 고뇌를 모르고 고상한 소망에 불타고 있으며 그 외모에는 거룩한 아름다움이 불을 보듯이 뚜렷하게 빛나고 있습니다. 그 삶의 모습은 완벽한 청렴의 표본입니다. 그녀의 음성과 눈빛은 완전하고 걸음걸이도 인간의 것

---

5 타이스는 기원전 4세기의 사람으로서 아테네의 유명한 창녀이다. 고대 그리스 로마 문학에서도 다루어지지만, 인물상은 완전히 바뀐다. 페트라르카가 여기서 염두에 둔 것은 테렌티우스의 희극 〈거세노예〉 속 타이스일 것이다. 그녀는 마음이 착한 현명한 창녀로 묘사되어 있다.

6 리비아는 아우구스투스 황제의 아내이다. 황제는 이미 유부녀였던 리비아를 사랑하여 그녀를 이혼시키고 자신도 이혼한 뒤 그녀와 결혼했다. 아우구스투스의 후계자가 된 티베리우스 황제는 그녀의 의붓아들이다. 페트라르카는 종종 그녀에게 찬사를 보낸다(《친근 서간집》 2. 15 및 같은 책, 21. 8).

이라고는 생각되지 않습니다. 부디 이러한 점을 잘 헤아려 주시기 바랍니다. 그러면 분명 어떤 말을 사용해야 좋을지 아실 것입니다.

아우구스티누스 아아, 어리석구나! 이렇게 자네는 16년째가 될 때까지,7 거짓 즐거움에 취해서 마음에 정념情念의 불꽃을 키워 오지 않았던가. 그 옛날에 용맹한 이름을 떨치던 적장敵將 한니발도 이토록 오랫동안 이탈리아를 위협하지는 않았어. 그때의 이탈리아는 자네가 이만한 세월 동안 격정의 불꽃과 충동에 시달린 것만큼 잦은 전란에 고통을 받지 않았고 그렇게 심한 전쟁의 불길에 타지도 않았지. 게다가 마침내 이 적장을 퇴각시키는 인물도 나타났지.

그럼 자네의 한니발은? 자네 자신이 한니발이 퇴각하는 것을 막아서고 기꺼이 그의 노예가 되어 자네의 곁에 머무르도록 유혹한다면, 도대체 누가 한니발을 자네의 목덜미로부터 쫓아낸단 말인가? 자네는 불행히도, 자신의 재앙을 기뻐하고 있는 거야! 하지만 자네가 몸을 망칠 만큼 좋아하는 그 눈이 마지막 날 감길 때, 죽음으로 인해 변해 버린 그녀의 모습과 창백해진 그 몸을 바라본다면, 자네는 자신의 불멸할 영혼을 덧없는 육체의 노예로 삼았던 것이 부끄러워질 것이고 지금 끈기 있게 계속하여 날조하고 있는 그녀에 대한 찬사를 생각하

---

7 "16년째가 될 때까지"(*in sextum decimum annum*). 이 책의 가공의 "대화"는 시인 이 라우라를 만나고 16년 만에 이루어진 것이다. 라우라와의 만남은 1327년 4월 6일에 일어난 일로서, 이 표현을 엄밀히 받아들인다면 "대화"가 이루어진 것은 1342년 4월 7일 이후 1년 이내이다. 또한, 시인은 1342년 3월에서 1343년 8월까 지는 확실히 프로방스에 머물고 있었으므로 "대화"는 1342년 봄부터 1343년 봄까 지 어느 시기에 프로방스에서 이뤄졌을 것이다.

며 얼굴을 붉힐 것일세.

프란체스코 그런 불길함은 딱 질색입니다! 그런 일은 보고 싶지도 않습니다.

아우구스티누스 그래도 반드시 일어날 거야.

프란체스코 알고 있습니다. 그러나 운명의 별들도 그녀의 죽음으로 인해 자연의 질서를 어지럽힐 만큼 그렇게 저에게 적의敵意를 품고 있지는 않습니다. 제가 먼저 세상에 왔습니다. 제가 먼저 세상을 뜰 것입니다.

아우구스티누스 분명 기억하겠지만, 자네는 정반대의 것을 두려워했던 적도 있었네. 그때는 그녀가 금방이라도 죽을 것처럼 슬픔에 사로잡혀 애도의 노래를 읊어 바치곤 했었지. 8

프란체스코 물론 기억하지만, 너무 슬펐습니다. 지금 생각해도 소름이 끼칩니다. 그녀는 이 세상에 존재한다는 사실만으로 내 인생을 달콤하게 만들어 주었는데, 그런 그녀를 먼저 보내려니 제 영혼의 가장 고귀한 부분을 도려내는 듯해 몹시 싫었습니다. 그 노래는 이 생각을 울면서 읊은 것인데, 그때 눈물의 비에 젖어 태어났습니다. 노래의 의미와 내용은 기억하고 있습니다. 노래의 가사도 기억할 수 있다

---

8 이 애도의 노래는 다음의 시구로 시작되는 24행의 라틴어 시를 가리키는 것으로 보인다. "아직 초록 잎의 감미로운 월계수 시들어 간다(laurus amena virens moritur)." 글머리의 여성명사 "라우루스"(laurus, '월계수'라는 뜻)는 연인 라우라를 의미하는 동시에 명예의 상징 월계관을 의미한다. 이 소품은 페트라르카의 어느 시집에도 담겨 있지 않다. 1910년 문학사학자 프란체스코 노바티(1859~1915년)에 의해 비로소 세상에 소개되었다.

면 좋겠지만요.

아우구스티누스 자네가 그녀의 죽음을 두려워한 나머지 얼마나 눈물을 흘렸고 얼마나 슬퍼했는지는 아무도 궁금해하지 않는다네. 자네가 꼭 알았으면 하는 것은 예전에 자네를 부들부들 떨게 했던 그 공포가 언제든 다시 돌아올 수 있다는 바로 그 사실이네. 게다가 그녀도 나날이 죽음에 가까워지니 더욱 그렇다네. 저 멋진 육체도 병이나 잦은 출산으로 수척해져 예전의 젊음을 많이 잃었어.

프란체스코 이런 저도 마음의 피로가 점차 더해지고 나이도 점점 더 들어 가고 있습니다. 그래서 그녀가 죽음에 가까워졌다고는 하지만, 제가 더 앞서 있습니다.

아우구스티누스 얼마나 어리석은가! 출생의 순서에서 죽음의 순서를 끌어내다니! 의지할 곳도 없는 늙은 부모의 비탄은 꽃다운 청춘의 한창때에 세상을 떠난 자식의 요절天折 때문이 아니고 무엇일까. 또 늙은 유모의 비탄은,

깜깜한 날에 달콤한 삶을 빼앗기고
젖가슴에서 떼어져
요절의 어둠에 잠긴9

어린아이의 덧없는 수명이 아니고 무엇인가.

하지만 자네는 그녀보다 조금 나이가 많다는 사실만으로, 자네의

---

9   베르길리우스, 《아이네이스》 6. 428~429.

광기의 근원인 그녀보다 먼저 죽을 것이라는 헛된 희망을 품고 있네. 게다가 이 자연의 질서를 움직일 수 없는 일로 굳게 믿고 있어.

프란체스코 그것이 움직일 수 없는 일은 아니기에 반대의 일이 벌어질 수 있다는 사실을 모르는 것은 아닙니다. 그러나 그렇게 되지 않도록 계속 기도하고 있습니다. 그리고 그녀의 죽음을 생각할 때마다 항상 오비디우스의 시구가 마음속에 되살아납니다.

그날은 멀리, 우리 시대보다 나중에![10]

아우구스티누스 그런 횡설수설은 이제 더 듣고 싶지도 않네. 그녀가 일찍 죽을지도 모른다는 것을 자네도 알고 있겠지만, 그녀가 정말로 죽는다면 자네는 도대체 어떻게 말할까?

프란체스코 그런 불행을 당하면 너무 비참해질 것이고, 지난날의 추억 속에서 위안을 찾을 수밖에 없겠죠. 이것 말고 무엇을 말씀드릴 수 있을까요? 하지만 이런 이야기는 바람에 흩날리고 불길한 예감도 폭풍에 날려 버리는 것이 좋겠습니다.

아우구스티누스 오오, 이 무슨 맹목적인! 사라져야 할 것에 영혼을 종속시키는 것이 얼마나 어리석은 일인지 아직도 모르다니! 그것은 욕망의 불꽃으로 영혼을 불태우지만, 평온함을 주지 않는 데다 끝까지 존재할 수도 없네. 그리고 영혼을 기쁘게 해주겠다고 약속하면서 사실은 부단한 충동으로 계속 괴롭히지.

---

10   오비디우스, 《변신 이야기》 15. 868.

프란체스코 뭔가 더 효과적인 논박論駁이 있으시다면 그것을 제시해 주십시오. 전 이런 논쟁에는 꿈쩍도 하지 않을걸요. 실제로 제가 이 영혼을 사라져야 할 것에 바쳤다고 생각하고 계시겠지만 결코 그런 일은 없었습니다. 거듭 알아주셨으면 좋겠지만, 제가 사랑한 것은 그녀의 육체라기보다는 그녀의 영혼입니다. 제가 매료된 그녀의 삶은 인간의 그것을 넘어섰고 이를 눈앞에서 보면 천국에 있는 자들도 이러할까 하고 생각됩니다. 그래서 이건 듣기만 해도 고통스러운 일인데, 만약 그녀를 먼저 보내고 뒤에 남겨진다면 어떻게 할 것이냐고 물으시나요? 로마 최고의 현자賢者 라엘리우스와 함께 저의 비참함을 달래시죠.

내가 사랑한 것은 그 사람의 미덕이며 이것은 사라지지 않는다. 11

저도 이렇게 말하겠습니다. 게다가 라엘리우스가 자신과 훌륭한 우정을 맺고 있던 그 친구가 죽은 후에 이야기했다는 다른 말도 입에 담을 것입니다.

아우구스티누스 자네는 견고한 오류의 성채에 틀어박혀 있기 때문에 거기서 쫓아내기가 쉽지 않네. 이렇게 애착이 있는 것을 보니, 그녀에 관해서보다는 자네 자신에 대해서 솔직한 말을 듣는 편이 훨씬 견디기 쉬울 것일세. 자, 자네의 가련한 여자를 얼마든지 찬양하시게

---

11 키케로, 〈우정에 대해서〉 27. 103. 여기서 말하는 "그 사람"이란 대 스키피오의 손자인 소 스키피오(기원전 185~139년)를 말한다. 다음 줄의 "그 친구"도 소 스키피오를 가리킨다.

나. 조금도 반대할 생각은 없네. '여왕마마'라고도 '성녀님'이라고도 부를 일이야. 이렇게 말하는 것도 좋을 걸세.

분명 여신일 것이다!
아니면 아폴론의 자매, 아니면 님프의 한 분일까?[12]

하지만 그녀의 커다란 미덕도 자네의 오류를 변명하는 데는 조금도 도움이 되지 않을 것일세.

프란체스코 어떤 새로운 논쟁을 시작할 생각이십니까?

아우구스티누스 의심의 여지도 없이 매우 아름다운 것이 추하게 사랑받는 일도 종종 있네.

프란체스코 이 문제에 대해서는 조금 전에 답변해 드렸습니다. 사실 제 마음을 지배하고 있는 사랑의 진짜 얼굴을 볼 수 있다면 "진리"의 얼굴을 닮지 않았음을 알 수 있을 것입니다. 제가 아무리 찬양해도 모자라는 이분의 얼굴을요. 저희의 대화를 지켜봐 주시는 이분이 증인이지만, 저의 사랑에는 조금도 추한 점도 음란한 점도 없습니다. 요컨대, 비난받아야 할 점은 단 하나, 너무나도 크다는 것입니다. 여기에 절제를 부여해 보세요. 이렇게 아름다운 것은 생각할 수 없을 것입니다.

아우구스티누스 여기에는 키케로의 말로 대답할 수 있지. "자네는 악덕에 절제를 구하고 있네."[13]

---

12   베르길리우스, 《아이네이스》 1. 328~329.

프란체스코 악덕이 아니라 사랑입니다.

아우구스티누스 키케로가 이렇게 말했을 때도 사랑에 대해 말하고 있었네. 그 구절을 알고 있을까?

프란체스코 왜 알지 못하겠습니까. 《투스쿨룸 대화》에서 읽었습니다. 하지만 키케로가 그곳에서 생각했던 것은 사람들의 통상적인 사랑이지만 제 사랑에는 뭔가 특별한 점이 있습니다.

아우구스티누스 물론 다른 사람들도 자신의 사랑에 대해서는 아마 그렇게 생각하고 있을 것이네. 실제로 다른 감정에도 그렇지만 애정의 경우는 특히 누구라도 자기 일에 호의적 해석을 내리지. 다음 시구는 어느 속세 시인의 작품이긴 하지만 사람들의 속성을 잘 꿰뚫고 있다는 것을 알 수 있다네.

장가드는 것도 사람에 따라 각각 다르네
나에게는 내 아내.
사랑하는 것도 사람에 따라 각각 다르네
나에겐 내 사랑. **14**

프란체스코 칭찬하고 감탄하지 않을 수 없는 것들이 많이 있는데, 시간이 되신다면 그것을 좀 설명해드려도 될까요?

---

13 키케로, 《투스쿨룸 대화》 4. 18. 41.

14 키케로, "아티쿠스에게 보내는 편지", 《서간집》 14. 20 서간에 있는 시구. 작가는 기원전 2세기의 희극시인 아티리우스. 키케로는 그를 "미숙한 시인"(*poeta durissimus*)이라고 부른다. (같은 서간)

아우구스티누스 내가 저 시구를 모른다고 생각하는 건가?

사랑하는 자는 스스로 꿈을 섬세하게 엮어낸다. 15

모든 학교에서 잘 알려진 노래이지. 그렇다고 하더라도 자네 입에서 이런 어리석은 말이 나오다니 유감일세. 더 깊이 알고 말했으면 좋았을 텐데!

프란체스코 적어도 이것만은 당신에 대한 감사한 마음에서든 저의 어리석음 때문이든 침묵을 지킬 수 없습니다. 저에게 어느 정도라도 장점이 있다고 한다면 그것은 그녀 덕분입니다. 이 가슴에 자연이 깃들여 준 자그마한 미덕의 씨앗을 그녀가 비길 데 없는 고귀한 심정으로 길러주지 않았다면 저는 비록 보잘것없는 것일지라도 지금의 명성과 명예를 결코 얻지 못했을 것입니다. 그녀는 나의 젊은 영혼을 더러움과 혼탁함에서 불러내어, 말하자면 갈고리로 끌어당겨 높은 곳을 지향하라고 재촉했던 것입니다.

참으로 어떻게 제가 연인의 삶에 따라 변모하지 않을 수 있었겠습니까. 실제로, 아무리 신랄한 비방자라 해도 그녀의 명성에는 손끝 하나 건드리지 못했고, 그 품행은 물론 행동거지나 말투에 대해서 왈가왈부 시비하려 해도, 한 점 흠잡을 곳조차 찾지 못했습니다. 이렇게 모든 것에 트집을 잡아 온 무리도 그녀에 관해서만큼은 찬탄과 경의를 품고 욕설을 삼갔습니다. 이렇게도 영예로운 그녀의 명성은 당

---

15 베르길리우스, 《목가집》 8. 108.

연히 훌륭한 명성을 얻고 싶다는 열망을 우리 안에도 불러 깨우고 또이 소망의 실현을 위한 견디기 어려운 노고를 완화해 주었습니다.

참으로 청년기의 저는 오직 제가 좋아하는 유일한 사람인 그녀의 마음에만 들기를 원했습니다. 이 소망을 달성하기 위해 저는 아시다시피 엄청난 쾌락의 유혹을 물리치고 얼마나 많은 몸과 마음의 고생을 자진하여 떠맡았던 것일까요? 그런데도 그녀를 잊으라, 혹은 사랑하지 못하게 기다리라 명령하시는 겁니까? 정말로 그녀는 저를 세속의 동료로부터 떼어놓아 주고 저의 모든 걸음을 인도하는 사람으로서, 이 둔한 사람을 고무하며 잠자던 영혼을 불러 주었던 것입니다.

아우구스티누스 불행한 일이구나! 이런 말을 할 바에는 차라리 가만히 있는 편이 얼마나 좋았을까! 가만히 있더라도 자네의 그런 속마음을 꿰뚫어 봤을 것이고, 무엇보다도 이렇게 끈질긴 주장 자체가 혐오나 메스꺼움을 불러일으키네.

프란체스코 도대체, 왜 그런가요?

아우구스티누스 왜냐고? 잘못된 생각을 품는 것은 무지의 표시이지만, 뻔뻔스럽게 잘못된 것을 주장하는 것은 무지할 뿐만 아니라 교만하기까지 하다는 표시니까.

프란체스코 제가 그렇게 잘못 생각하거나, 또는 주장하고 있다는 증거가 뭐가 있습니까?

아우구스티누스 자네가 생각해 내는 것들 전부 다일세! 먼저, 자네가 현재 존재하는 것은 그녀 덕분이라는 그 말. 현재 자네가 그녀 덕택에 존재한다고 생각한다면 자네는 분명히 거짓말을 하고 있어. 그러나 그녀가 현재의 자네보다 더 나은 사람이 되도록 허용하지 않았다고 생각한다면 진실을 말하고 있네.

아아! 만약 그녀가 아름다운 외모로 매혹해서 자네의 걸음을 되돌리는 것과 같은 일을 하지 않았더라면, 자네는 얼마나 위대한 인물이 될 수 있었을까! 그래서 현재 자네의 존재는 자연의 덕택일세. 현재의 자네 이상이 될 가능성은 그녀가 앗아가 버렸어. 아니, 오히려 자네 자신이 내던진 것이지. 그녀는 죄가 없으니까. 참으로 그녀 외모의 아름다움을 자네는 매우 매력적이고 달콤한 것으로 여겼기 때문에 자네의 천부적인 미덕의 씨앗에서 풍성하게 맺어야 할 열매를 모두 타오르는 소망의 불길과 끊임없는 눈물로 망쳐 버린 거야.

다음으로, 그녀가 자네를 온갖 더러움과 혼탁함에서 되돌려 주었다는 점인데, 자네는 터무니없는 착각으로 자만하고 있네. 아마 많은 더러움과 혼탁함에서 되돌려 주었을지 모르지만, 더 큰 고뇌로 밀어 떨어뜨렸던 것일세. 여러 가지 오물로 더러워진 길을 피하라고 충고해 놓고도 사실은 절벽으로 인도하고, 또는 이것저것 작은 상처를 치료해 주면서 목구멍에 치명상을 입힌다면 이것은 해방이라기보다는 살해殺害라고 해야 할 것이네. 자네가 자신의 인도자라고 극구 칭찬하는 그녀 또한 자네를 많은 오물에서 떼어 놓으면서 눈부신 나락의 바닥으로 떨어뜨린 것이야.

그런데 그녀가 높은 곳을 지향하는 것을 가르쳐 주고 자네를 대중으로부터 떼어 놓아주었다는 점인데, 이것은 그녀가 자네를 오직 자기에게만 끌어당겼다는 소리나 다름없네. 그리고 자네를 그녀만이 지닌 달콤함의 포로로 삼아서 그 외의 것들은 모두 경멸하고 싫어하며 무시하도록 했다는 것과도 다름없어. 말할 것도 없이 인간사회에서 이토록 나쁜 태도는 없네. 자네는 그녀 때문에 무수한 고통에 휘말린 것을 상기하고 있는데, 이것만은 진실을 말하고 있네. 그러나 생각해 보게. 여기에서 얼마나 큰 선물을 찾아낼 수 있는가? 피할 수 없는 고생만도 여러 가지인데 자진해서 새로운 고생을 추구하다니 얼마나 어리석은가!

그런데도 자네는 그녀 덕분에 뛰어난 명성을 열망하게 됐다고 자랑하고 있는데, 자네의 착오에는 동정을 금할 수 없네. 자네 영혼의 무거운 짐 속에서 이렇게까지 치명적인 것은 없다는 사실을 보여 줄 걸세. 그러나 아직 거기까지는 이야기가 진행되지 않고 있어.

프란체스코 검술의 고수高手는 위협하고, 상처를 입힙니다. 저는 상처에도 위협에도 기가 죽어 심하게 동요하기 시작했습니다.

아우구스티누스 자네에게 중상을 입혔다면 얼마나 심하게 동요할까! 자네는 그녀를 격찬하고 자신이 모든 것을 그녀에게 빚졌다고 우기지만, 그녀야말로 자네를 망쳐 버린 거야.

프란체스코 도대체 어떻게 그런 것을 이해할 수 있겠습니까?

아우구스티누스 그녀는 자네의 영혼을 거룩한 것에 대한 사랑에서 멀리하도록 하고 자네의 소망을 창조주에서 피조물로 돌리게 해버렸어. 이것이야말로 죽음에 이르는 유일한 지름길이었네.

프란체스코 제발 성급히 판단을 하지 말아 주십시오. 제가 하느님을 사랑하는 데에는 그녀에 대한 사랑이 확실히 도움이 되었습니다.

아우구스티누스 그러나 질서를 뒤집어 놓았네.

프란체스코 어떻게 해서일까요?

아우구스티누스 창조주를 사랑하기 때문에 모든 피조물을 사랑해야 하는데도 자네는 반대로 피조물인 그녀의 매력에 사로잡혀 올바른 방법으로 하느님을 사랑하지 않았네. 하느님께서 세상의 모든 것 중 그녀보다 아름다운 것은 아무것도 만드시지 않은 마냥 하느님을 그녀의 창조자로 찬양했을 뿐이야. 그런데 육체의 아름다움은 모든 아름다움 중에서 가장 낮은 것일세.

프란체스코 여기 계신 분〔진리의 여신〕께서 증인이 되어 주시고 저의 양심을 공동 증인으로 삼겠지만, 앞서 이미 말씀드린 바와 같이 그녀의 영혼보다 육체를 더 사랑한 적은 없습니다. 이는 다음과 같은 사실에서도 알 수 있습니다. 나이와 더불어 육체의 아름다움이 손상되어 가는 것은 피하기 어려운 일이지만, 그녀의 나이가 들어 갈수록 저의 이 확신도 점점 강해졌습니다. 참으로 그녀 청춘의 꽃은 시간의 흐름과 함께 눈에 띄게 퇴색해 갔지만, 마음은 해마다 아름다움을 더해 갔습니다. 이 마음의 아름다움이야말로 일찍이 제게 사랑을 불러일으켰고 이후 이를 변함없이 계속 키우며 이어온 것입니다. 그게 아니라 만약 육체에 빠져 있었다면 오래전 처음의 마음도 바뀌었을 것입니다.

아우구스티누스 지금 사람을 놀리는 것인가? 같은 마음이 지저분한 주름투성이의 몸속에 있었다면 똑같이 좋아했을까?

프란체스코 물론 거기까지는 말씀드리기 어렵습니다. 마음은 눈에 보이지 않고 육체의 모습은 마음의 모습까지는 보증해 주지 않았겠지요. 그러나 만약 마음이 눈에 보인다면 비록 추한 육체의 구석에 그 마음이 있더라도 반드시 그 아름다움을 사랑할 것입니다.

아우구스티누스 그저 발뺌에 불과하네. 눈에 보이는 것밖에 사랑할 수 없다면 결국 육체를 사랑한 셈이야. 그렇다고 하더라도 그녀의 마음이나 삶의 태도 또한 자네 사랑의 불꽃에 기름을 부은 것도 부정할 수 없을 것일세. 곧 이야기하겠지만, 사실 그녀의 이름 자체도 약간은, 아니 오히려 더 크게 자네의 광기를 부추겼어. 실제로 영혼의 모든 감정, 특히 이 감정에서 사소한 불티 때문에 큰불이 나는 경우가 흔하다네.

프란체스코 저를 어디로 몰아넣으려고 하시는지 알겠습니다. 오비디우스와 함께 이렇게 말씀하시려는 겁니다.

나는 몸도 마음도 사랑하고 있었다. 16

아우구스티누스 그리고 다음 일도 자백해야 할 걸세. 어느 쪽도 충분하리만큼 순결하게 사랑하지 않았고 어느 쪽도 올바르게 사랑하지 않았어.

프란체스코 그런 것을 인정하게 하려면 저를 고문해야겠죠.

아우구스티누스 더 나아가 이 일도. 자네가 이 사랑으로 큰 불행에 처박혔던 것도.

프란체스코 그런 것은 설령 고문을 당하더라도 인정하지 않을 것입니다.

아우구스티누스 아니, 내 설명이나 질문을 소홀히 넘기지 않는다면 자진해서 어느 쪽이라도 금방 인정할 거야. 그러니 말해 보게, 소년

---

16   오비디우스, 〈사랑의 노래〉 1. 10. 13.

시절의 일을 기억하는가? 아니면 현재의 엄청난 마음고생 때문에 그 시기의 기억은 완전히 사라져 버린 걸까?

프란체스코 물론 유소년기의 일은 어제 일처럼 눈앞에 떠오릅니다.

아우구스티누스 기억하고 있는가? 그 당시에 자네는 얼마나 하느님을 두려워했던가? 얼마나 죽음에 대해 깊이 생각했고 얼마나 종교적인 감정이 풍부했으며, 얼마나 청렴함을 사랑했던가?

프란체스코 잘 기억하고 있습니다. 그리고 슬프게도 이 아름다운 미덕들은 나이와 함께 쇠약해져 갔습니다.

아우구스티누스 정말로, 나는 저렇게 빨리 피는 꽃이 차가운 겨울바람에 시들지는 않을까 늘 두려워하고 있었네. 만약 저 꽃이 흠이 없는 채로 완전했다면, 이윽고 때를 맞아 훌륭한 열매를 맺었을 것이야.

프란체스코 주제에서 벗어나지 마십시오. 우리가 말하기 시작했던 당면한 문제와 이것이 무슨 상관이 있는지요.

아우구스티누스 그것을 이야기하세. 자네는 모든 것을 선명하게 기억한다고 하니 잠자코 마음속으로 자신의 전 생애를 바라다보게. 그리고 도대체 어느 시점에서 자네의 삶에 큰 변화가 생겼는지 생각해 보게.

프란체스코 네, 눈 깜짝할 사이에 지난 세월을 잇달아 떠올려 보았습니다.

아우구스티누스 그래서 무슨 깨달은 것이 있는가?

프란체스코 예전에 듣거나 읽었던 이른바 피타고라스의 문자[17]가

---

17 "피타고라스의 문자"는 글자 'Y'를 말한다. 글자의 형태 때문에 중세에는 인생의

반드시 공허한 이론은 아니라는 것입니다. 참으로 저는 올바른 길을 올라가면서 갈림길에 다다르기 전까지는 겸손하고 착실했지만, 그때 오른쪽 길로 가라는 명령을 받자 경솔했는지, 혹은 완고하며 사리에 어두웠는지 왼쪽으로 돌아섰습니다. 소년 시절에 자주 책을 읽었던 것도 도움이 되지 못했던 것입니다.

이 자리야말로 가는 길이 둘로 나뉘는 곳.
오른쪽이면 위대한 저승의 왕의 땅에 이르고,
거기서부터 길은 낙원을 향하네. 그렇지만 왼쪽은,
악한들에게 벌을 내리고 비정한 지옥으로 보내는 길. 18

물론 이러한 것들을 저는 미리 읽었지만 경험하기 전까지는 이해하지 못했습니다. 실은 그때부터 더러운 옆길에 빠져들어 종종 눈물과 함께 돌아다보았지만 끝내 오른쪽 길을 따라가지 못했습니다. 오른쪽 길을 버린 바로 그때, 제 삶의 방식이 혼란스럽게 된 것입니다.

아우구스티누스 그때가 자네 생애의 어느 시점인가?

프란체스코 청춘의 정열이 한창일 때19입니다. 잠깐만 기다려 주

상징, 갈림길의 상징으로 여겨졌다. 인생의 어느 시점에 이르면 진로가 둘로 나뉘고, 그중 하나는 미덕의 길, 다른 하나는 쾌락의 길이라고 여겨진 것이다. 이시도루스, 《어원사전》 1. 3. 6~7 참조.

18   베르길리우스, 《아이네이스》 6. 540~543. 주인공 아이네이스를 저승으로 안내하는 여자 예언자 시빌라의 말이다.

19   "청춘의 정열이 한창일 때"라는 표현은 "청년기"의 복판이라는 의미도 담고 있을

시면 그때가 몇 살이었는지 바로 생각해 낼 수 있습니다.

아우구스티누스 그렇게 정확한 계산을 바라지는 않네. 차라리 이쪽을 확실히 밝혀 줬으면 좋겠는데, 그녀의 미모를 처음 접한 게 언제였을까?

프란체스코 그것은 절대 잊지 않을 것입니다.

아우구스티누스 그러면 두 개의 시점을 연결해 보게.

프란체스코 분명히 그녀와의 만남과 저의 빗나감은 동시에 일어났습니다.

아우구스티누스 내가 말하고 싶었던 게 그거야. 자네는 망연자실했고 예사롭지 않은 빛에 눈이 멀었던 게 틀림없어. 실로 놀라움은 사랑의 시작이라고 하지. 그래서 인간의 본성에 통달한 시인도 노래하고 있네.

첫눈에 시돈의 여자 디도는 망연자실했네. [20]

그 뒤에 다음 말이 계속된다네.

것이다. 이시도루스의 《어원사전》에 따르면 "청년기"는 15세부터 28세까지이며 그 중심은 21세에서 22세다. 시인이 라우라를 만난 것은 1327년 4월 6일 만 22세일 때이고 그해 7월에 만 23세가 되었다.

[20] 베르길리우스, 《아이네이스》 1. 613. "시돈의 여자 디도"란 카르타고의 여왕 디도를 가리킨다. 카르타고는 지중해 동쪽 해안의 마을인 시돈의 식민지였기 때문에 카르타고인은 시돈인이라고도 불렸다. 서사시 《아이네이스》에서의 디도는 아이네아스를 그리워하다가 버려지고 난 뒤 절망하여 자살한다.

　자네도 잘 알다시피 이것은 완전히 꾸며낸 이야기22에 지나지 않는다고는 하지만, 시인은 창작할 때도 자연의 질서를 고려했던 셈이지. 그러나 자네는 그녀와 만나 망연자실했을 때, 왜 일부러 왼쪽으로 돌아갔는가?

　프란체스코　그쪽이 평탄하고 넓다고 생각했기 때문입니다. 사실 오른쪽 길은 험하고 좁습니다.

　아우구스티누스　그렇다면 고생을 두려워한 거야. 하지만 그 훌륭한 귀부인은 자네가 생각하는 바로는 천상에 이르기 위한 가장 확실한 인도자인데, 왜 자네가 곤혹스러워하며 떨고 있을 때 이끌어 주지 않았을까? 또 앞이 보이지 않는 사람을 대하듯이 자네 손을 잡고 어느 쪽으로 가야 할지 알려주지도 않았는가?

　프란체스코　가능하면 그렇게 해주었습니다. 그 증거로 어떤 간청에도 흔들리지 않았고 어떤 유혹에도 지지 않았으며 여성으로서의 품위를 굳게 지켰습니다. 게다가 그녀와 저는 모두 청춘이었음에도 불구하고, 또 아무리 지조가 굳은 사람도 타락하지 않을 수 없을 것 같은 여러 환경에 있으면서도, 항상 의연하게 꿈쩍도 하지 않았습니다.

21　같은 책, 4. 101.

22　"완전히 꾸며낸 이야기"라는 표현은 단순한 시작품(詩作品) 이상의 의미를 담고 있다. 시인들은 카르타고의 창설자로 알려진 여왕 디도가 《아이네이스》에서 보듯이 영웅 아이네아스의 애인이 되었다는 것을 시대 고증의 면에서 의심해 고대로부터 잘못 내려온 상식을 고치려 하는 것이다.

그녀가 지닌 여성으로서의 마음가짐은 남성은 어떠해야 하는지를 분명하게 보여 주었고, 또한 제가 신중함의 이상理想을 추구하는 데 세네카의 말23을 사용하면 부족하지 않게 모범과 질책을 해주었습니다. 마지막으로, 제가 자제自制의 고삐를 끊고 날뛰는 모습을 보면 저를 따르기보다는 차라리 버리는 쪽을 택했습니다.

아우구스티누스 그렇다면 자네는 가끔 뭔가 추한 것을 원했던 거야. 아까는 부정하고 있었지만 말이야. 그러나 이것은 사랑에 빠지거나 오히려 미친 사람들에게는 흔하게 마주하는 혼란이네. 그러니까 다음 말은 그들 누구에게나 해당하지. "나는 원한다, 아니 원하지 않는다. 나는 원하지 않는다, 아니 원한다."24

무엇을 원하는지 또는 원하지 않는지 그들 자신도 모르는 것일세.

프란체스코 무심코 덫에 걸렸습니다. 그러나 과거에 아마 다른 욕망을 가졌다고 하더라도 그것은 사랑과 젊음 때문이었습니다. 지금은 제가 무엇을 원하고 무엇을 바라는지를 알게 되었고 겨우 마음의 동요를 가라앉혔습니다. 이에 대해 그녀는 자신의 의도에 충실한 채 한결같이 그녀 자신으로 계속 있었습니다. 그런 여성으로서의 지조志操를 알면 알수록 더욱 감탄하는 마음이 커집니다. 이것이 그녀의 뜻인가 하여 예전에는 슬퍼했지만, 지금은 오히려 기쁘고 감사하게 생각하고 있습니다.

아우구스티누스 한 번 실패한 사람이 신용을 되찾기란 쉬운 일이 아

---

23   세네카, 《행복한 삶에 대하여》 19. 2 참조.
24   테렌티우스의 희극 〈포루미오〉의 등장인물 포루미오의 대사. (제5막 중 950)

닐세. 자네의 마음이 변했다는 것을 다른 사람들에게 이해시키는 첫 번째 방법은 자신 삶의 방식과 습관, 생활을 바꾸는 것이야. 아마 자네의 감정은 누그러지고 약해지기는 했지만, 불꽃은 물론 꺼지지 않았어. 그런데 자네는 애인을 무척 과대평가하지만, 그녀를 무죄로 만들어서 자네 자신을 얼마나 크게 단죄하고 있는지 깨닫지 못하는가? 그녀가 성녀 중 성녀였다고 인정해도 좋지만 그렇게 하면 자신이 어리석고 죄인이라고 인정해야 할 것이야. 게다가 그녀는 행복 그 자체였는데, 자네는 그녀에 대한 사랑으로 비참 그 자체였다고도 말일세. 이것이 사실은 내 이야기의 시작이었는데, 기억하고 있겠지?

프란체스코 물론 기억합니다. 당신이 옳다는 것을 부정할 수 없고, 조금씩 어디로 이끌려 왔는지도 알겠습니다.

아우구스티누스 좀 더 확실히 알 수 있도록 잘 주의해서 듣게. 세속적인 것에 대한 사랑만큼 하느님을 잊게 하고 소홀히 하게 만드는 것은 없네. 그중에서도 고유명사로 "사랑"이라고 불리고, 심지어 "신"이라고까지 불리는 것이 특히 그렇다네. 이는 결국 인간의 광기에 종교적 구실을 더해 주고 끔찍한 죄악을 하느님의 탓으로 돌려 정당화하기 위한 핑계에 지나지 않아. 게다가 이 감정이 인간의 마음속에서 막강한 힘을 휘두른다고 해도 놀라기엔 부족하네.

실제로 자네들이 다른 사물에 끌리는 것은 눈에 보이는 것의 아름다움이라든지 기쁨을 누리고자 하는 기대감이라든지 자기 마음의 충동이라든지 하는 것에 따르지만, 사랑에는 이 모든 것이 동시에 작용하고 거기에 연인끼리의 감정이 서로 불을 지핀다네. 사실 이 희망이 완전히 없어지면 당연히 사랑 자체도 약해져 가는 것일세.

따라서 다른 정욕의 감정에서는 사람들이 일방적으로 사랑할 뿐인
데, 여기 이 희망 안에서는 사랑하고 그 사랑을 되돌려 받기도 하며,
인간의 마음으로 말하자면 상호 자극을 통해 이를 북돋우기도 한다
네. 그래서 키케로의 말은 역시 옳았다고 생각되네.

영혼의 모든 감정 중에서 분명히 사랑만큼 강렬한 것은 없다.25

키케로가 "분명히"라고 덧붙였을 때 그는 틀림없이 확신에 차 있었
을 것일세. 그는 이미 《아카데메이아파26》 4권을 알리면서 모든 것
을 의심하는 이 학파를 변호하고 있었으니까 말이야.

프란체스코 몇 번이고 그 구절에 주목했습니다. 그리고 모든 감정
중에서 이것이 가장 강렬하다고 확신에 차 말하는 데에 놀랐습니다.

아우구스티누스 자네의 마음이 망각 속에 빠져 있지 않았다면 전혀
놀라지 않았을 거야. 그래서 자네의 주의를 좀 환기하고 많은 재앙을
상기시켜 주어야겠네. 그럼 잘 생각해 보게. 도대체 이 나쁜 병이 자
네의 마음을 사로잡은 것은 언제부터인가? 그때부터 자네는 갑자기,
온통 비탄에 잠겨 불행의 끝에 이른 것인가? 이렇게 눈물과 한숨으로
자신의 몸을 달래지 못한 채 어두운 쾌락에 빠진 것일까?

그럴 때는 밤에도 잠을 이루지 못하고 밤새 연인의 이름을 계속 혼

---

25 키케로, 《투스쿨룸 대화》 4. 35. 75.
26 기원전 387년경 플라톤이 아테네 교외에 설립한 학교. 철학을 중심으로 수학·
음악·천문학 등을 가르쳤으며 스페우시포스, 아리스토텔레스 등 유능한 인재를
배출하는 데에도 힘썼다.

자 중얼거렸지. 모든 것을 경멸하고 삶을 싫어하며 죽음을 원했네. 그리고 외로움에 대한 서글픈 사랑과 인간에 대한 기피. 이런 이유로 호메로스가 벨레로폰테스[27]에 대해 말한 바는 자네에게도 그대로 들어맞았을 것일세.

비참하게도 비탄에 빠져서 낯선 들판을 헤맸지
내 마음을 책망하고 남의 발자국을 피하면서[28]

그 때문에 자네는 안색이 핼쑥해지고 바짝 말라 청춘의 꽃도 때아니게 시들어 갔네. 눈은 늘 슬픔에 젖어 있고 마음은 흐트러져 잠을 잘 이룰 수 없었지. 잠자는 중에도 슬픈 듯한 한숨. 울먹이는 가냘픈 목소리. 약하게 띄엄띄엄 이어지는 말. 그 외에 상상할 수 있는 가장 혐오스럽고 비참한 일들. 이러한 것들이 건전함의 표시라고 생각하는가?

자네의 하루하루가 그녀에 따라 기쁜 날로도 슬픈 날로도 변하지 않는가! 그녀가 나타나자 태양이 빛나고, 그녀가 떠나자 밤이 되돌아왔네. 그녀의 표정이 바뀌자 자네의 마음도 변했네. 그녀의 작은 변화 하나에 기쁘기도 하고 슬프기도 했지. 간단히 말해서, 자네는 완

---

27 그리스 신화에 나오는 영웅. 신마(神馬) 페가수스를 타고 온갖 모험을 하며 공을 세우고 왕이 되었으나, 나중에 페가수스를 타고 천상계로 오르려다가 제우스의 노여움을 사 벼락에 맞아 죽었다고도 하고, 말에서 떨어져 불구가 되어 죽었다고도 전해진다.

28 호메로스, 《일리아스》 6. 201~202.

전히 그녀의 마음대로였던 것이네. 말할 것도 없이 내가 언급하는 것은 세상 사람들도 다 아는 사실뿐이야.

더욱이 어리석기 짝이 없는 것은 이런 재앙의 모든 뿌리인 그녀의 얼굴을 직접 보는 것도 모자라 유명한 거장에게 그녀의 초상화를 부탁하여29 어디를 가도 그 그림을 지니고 늘 바라보며 하염없이 눈물을 흘리곤 했다는 것일세. 눈물이 마를까 봐 눈물을 자극하는 모든 것을 열심히 생각해 냈고, 다른 일은 소홀히 하며 바라지 않았어.

그뿐만이 아니네. 나는 자네의 모든 광기의 정점을 이루는 것을 여기서 거론하고 아까 내가 적잖이 경고했던 것을 실행할 거야. 그러나 자네의 광기가 보여 준 미친 듯한 모습이라면 아무리 욕해도 욕설이 부족하고 그저 어이없을 따름일세. 실제로 자네는 그녀 겉모습의 아름다움보다도 이름에 더욱 매료되어 그 이름과 똑같이 발음되는 것은 모두 믿을 수 없을 정도의 허영심으로 우러러보기에 이르렀네.

그 때문에 황제나 시인의 월계관을 그녀도 같은 이름이란 이유로 열렬히 사랑하기도 했어. 30 그때부터 자네는 월계수를 건드리지 않는 시는 하나도 짓지 않아 마치 페네우스강31 가의 주인이나 키트라

---

29 "유명한 거장"은 화가 시모네 마르티니(1284년경~1344년)이다. 그는 시에나 출신으로 그곳에서 활동했으며 아비뇽에서 사망했다. 그가 아비뇽으로 이주한 연도에 대해서는 여러 설이 있지만 아마도 시에나가 페스트로 인하여 인구가 격감한 1340년일 것이다. 따라서 화가가 시인의 의뢰로 라우라의 초상을 그린 것은 1340~1344년 사이일 것이다.

30 계관시인 페트라르카의 연인은 라우라(Laura)라는 이탈리아어로 알려졌지만, 라틴어로는 라우레아(Laurea)라고 불리며, 월계관(*laurea*)과 같은 발음이다.

31 페네우스강은 테살리아를 흐르는 강으로, 그리스어로는 페네이오스강이라 한

봉우리32의 신관神官이라도 된 것 같았지. 결국, 왕관을 바랄 수는 없었으므로 자신의 피나는 노력이 약속해 주는 시인의 계관桂冠을 바라며 연인을 사모하는 일 못지않게 그것을 열망했던 거야. 물론, 자네의 타고난 재능 때문이라고는 하지만, 그것을 얻기까지 얼마나 큰 괴로움과 쓰라림을 맛보았던가. 자네는 지금 돌이켜 보아도 끔찍할 것일세.

자네는 답을 준비하고 금방이라도 입을 열려고 하는 것 같은데, 지금 마음속으로 무엇을 생각하는지 나는 알 수 있네. 즉, 이렇게 생각하고 있지. 자신은 사랑에 빠지기 훨씬 전부터 이 연구에 종사했고 시인의 영광스러운 왕관은 이미 소년 시절부터 마음속으로 원하고 있었다고 말일세. 물론 나도 그것을 부정하지 않고 모르는 바도 아니네. 그러나 이미 몇 세기 전부터 시인의 머리에 관을 씌우는 관습은 없어졌고, 더구나 현시대는 이러한 연구에 적합하지 않은 데다 그 먼 길에 놓인 여러 가지 위험으로 자네는 감옥뿐만 아니라 죽음의 문턱에도 다가간 적이 있었으며, 그 밖에 운명이 불러오는 많은 장애물도 이들 못지않게 가혹했던 것 등을 생각해 볼 때, 저 달콤한 이름이 아니라면 자네의 계획도 실현이 늦어지거나 아마 좌절되었을 것이네.

사실 자네의 기억에 새겨진 이 이름 때문에 자네는 끊임없이 마음

다. 이 강의 신(神) 페네이오스는 다프네의 아버지다. 다프네는 그녀를 사랑하는 아폴론(로마신화의 아폴로)에게 쫓겨 도망가다가 붙잡힐 것 같아 월계수로 변했고, 이후 월계수는 아폴론이 사랑하는 성스러운 나무로 여겨졌다.

32　키트라는 파르나소스산 봉우리의 하나이다. 아폴론 신의 성지로, 아폴론 신 자체를 가리키기도 한다.

을 빼앗겨 마음속의 다른 무거운 짐을 벗어던지고, 땅과 바다의 길을 불문하고 엄청난 고난의 암초 사이를 헤집으며 로마와 나폴리로 향했고, 이렇게 마침내 그토록 열렬히 바라던 것을 얻은 것이야.33 이 모든 것들에 광기의 표시가 별로 없어 보인다고 생각하는 사람이 있다면, 그 자신도 틀림없이 미쳤을 것이야. 테렌티우스의 희극 〈거세去勢 노예〉에서 키케로도 인용하며 부끄럽게 여기지 않았던 대사는 새삼스럽게 거론할 것도 없겠지만, 이러한 말이네.

연애 사건에 으레 있는 악덕은 말이야,

---

33 페트라르카의 대관식은 1341년 4월 8일 로마에서 이뤄졌다. 대관식에 참석하기 위해 아비뇽을 떠난 시인은 로마로 직행하지 않고 먼저 바닷길로 나폴리로 가서 시칠리아 왕 로베르(로베르토)에게 자격심사를 받는다. 학문과 예술의 애호자, 보호자, 장려자로 이름이 높았던 왕의 권위가 계관에 무게를 더하기 때문이다. 그리하여 시인은 로베르 왕의 인정과 후원을 받고 나서 로마를 목표로 대망의 대관식에 임한다.

여기에 이르기까지 시인의 노고와 마음고생은 비단 연구와 저술 활동 때문만은 아니었다. 사실 계관 수여 제의를 받기까지 페트라르카는 다양한 인맥을 통해 로마 원로원에 대해서뿐만 아니라 파리대학에 대해서도 대관을 위한 작업을 했던 것 같다. 그리고 기이하게도 같은 날 로마 원로원의 편지뿐 아니라 동향의 지인이었던 파리 교육총감의 편지도 받아 로마와 파리로부터 동시에 계관 수여 제의를 받았다(《친근 서간집》 4. 4).

그뿐만 아니라, 대관식을 위한 여행도 치안이 나쁜 당시 상황으로서는 위험한 일이었다. 이를테면 시인 일행은 무사히 대관식을 마치고 로마를 떠난 직후 무장한 무리에게 붙잡혔다가 가까스로 풀려나서 로마로 되돌아가야 했다. 그리고 다음 날 더 견고한 호위대의 보호 아래 다시 출발했다(같은 책, 4. 8). "먼 길의 여러 가지 위험으로 … 감옥뿐만 아니라 죽음의 문턱에도 다가갔었다"라고 하는 것은 이러한 사건을 가리킬 것이다.

모욕, 의심, 말다툼, 화해
그리고 싸움 또 화해 ···. 34

자네는 테렌티우스의 말 속에서 광기, 특히 질투를 인정해야 하네.
인간의 감정 중에서 사랑이 가장 강렬하듯이 이 사랑이라는 병에는
의심할 여지 없이 질투가 첫째를 차지하지. 그러나 자네는 아마 이의
를 제기하며 말할 거야. 그것이 옳다는 것은 자신도 부정하지는 않지
만, 이성理性이 도와주고 그 뜻에 따라 이들 악덕은 억제될 것이라고.
자네가 이렇게 대답하리라는 것은 작가도 진작 예견하고 있었고, 이
렇게 덧붙이고 있네.

이런 혼잡을 이성理性으로 다스리려 하다니,
기껏해야 이성을 가지고 어리석더라도
애쓰는 정도가 고작이라는 것. 35

여기서 말하는 것이 의심할 여지 없이 진실이라고 생각하기 때문에
자네는 어떤 발뺌도 더 할 수 없을 거야. 이런 비참함이나 이와 유사
한 비참함이 사랑에는 늘 따라다니기 마련이지만, 그것들을 하나하
나 열거해 보더라도 경험이 있는 사람에게는 불필요한 일이고 경험이
없는 사람에게는 도저히 믿어지지 않는 일인 것이네.

---

34   테렌티우스, 〈거세노예〉 1. 59~61.
35   같은 희곡, 1. 61~63.

그러나 본론으로 돌아가서, 그중에서도 특히 심한 비참함은 하느님에 대한 망각과 자기 자신에 대한 망각이 함께 생기는 것이네. 참으로, 엄청난 재앙의 무거운 짐에 짓눌려 있다면 어떻게 영혼이 진정한 선善의 유일하고 순수한 근원에 다다를 수 있을까? 그러니까 영혼의 감정 중에서 이렇게 강렬한 것은 없다고 키케로가 생각한다고 해서 이제 놀라는 일은 그만두게.

프란체스코 정말, 졌습니다. 지금 하신 말씀은 모두 경험이라는 책 속에서 뽑아 주신 것처럼 보이기 때문입니다. 테렌티우스의 〈거세노예〉를 언급하셨기 때문에 저도 같은 곳에서 비탄의 말을 꺼내 여기에 끼워 넣고자 합니다.

아, 이 얼마나 부끄러운 죄스러운 짓인가!
지금 나는 … 자신이 비참하게 생각되기도 하고
지겹기도 하고 사랑에 애가 타기도 하고,
그리고 분별도 지혜도 있으면서
살아서 눈을 뜬 채 죽어간다.
도대체 어떻게 해야 할지. 36

아울러 같은 시인의 말을 인용하여 조언을 부탁드리겠습니다.

그러니 시간이 아직 있을 때 잘 궁리해 주세요. 37

---

36 같은 희곡, 1. 70~73.

Ⅲ. 사랑의 치료법

아우구스티누스 나도 테렌티우스의 말로 대답해야겠군.

전혀 사려思慮도 절제도 부족한 것을
사려로 다스리다니, 불가능한 말씀. 38

프란체스코 그러면 어떻게 하면 좋을까요? 절망할 수밖에 없는 걸까요?

아우구스티누스 그 전에 모든 방법을 연구해 봐야 하네. 그래서 우선 나의 경험을 바탕으로 한 충고를 좀 들어 보게. 말할 나위도 없이 이 문제에 대해서는 뛰어난 철학자들이 논문을 저술하고 있을 뿐 아니라 유명한 시인들도 작품에 따라서는 책 전부를 이 문제에 맞추고 있어. 그러한 저서들을 어디서 구하고 어떻게 이해해야 하는지, 자네 같은 사람에게 설명하고 들려주는 것은 대단한 실례일 것이야. 이런 것을 가르치는 일이 자네의 전문이니까. 하지만 자네가 읽고 이해한 바를 자네의 구원에 어떻게 도움이 될 것인가에 대해 주의시키는 것은 그리 잘못된 일이 아닐 것이네.

그래서 우선 첫 번째 치료법일세. 키케로도 말하는 것처럼, 적지 않은 사람이 "못을 뽑는 데 못을 가지고 하듯이 오래된 사랑을 새로운

---

37 같은 희곡, 1.56.
38 같은 희곡, 1.57~57.

사랑으로 내쫓아야 한다고 생각한다". **39** 사랑의 거장 오이디푸스도
이 생각에 동조하며 일반 법칙을 제시하고 있어.

모든 사랑은 새로운 사랑에 진다. **40**

분명히 그렇다네. 영혼이 갈기갈기 찢기고 여러 목표에 끌린다면
그 하나하나를 향한 힘은 그만큼 약해지네. 그래서 갠지스강도 어느
페르시아 왕에 의해 수많은 강바닥으로 나뉘어 하나의 무서운 큰 강
에서 수많은 순한 개울로 변했다고 하는군. **41** 이처럼 군대의 대열도
흩어지면 적의 진입이 쉬워지고, 불도 분산되면 쇠약해진다네. 요컨
대 모든 힘은 하나가 되면 증대하고 분산되면 감소하네.

그러나 이에 어긋나는 듯한 개인적 의견도 알아 두기 바라네. 그것
은 매우 우려할 만한 일인데, 자네가 단지 하나의 고결한 감정에서 해
방되었다고 해도 그동안 수많은 감정에 사로잡혔고, 그 때문에 연인
이라는 것을 그만두고 변덕스러운 난봉꾼으로 전락해 버릴지도 모르
는 일일세. 그래서 어차피 파멸이 불가피하다면 조금이라도 고상하

39 키케로, 《투스쿨룸 대화》 4. 35. 75.

40 오비디우스, 《사랑의 치료》 162.

41 헤로도토스의 《역사》 1. 189 이하. 이 이야기는 세네카의 《분노에 대하여》
3. 21에 인용되어 있다. 페트라르카는 헤로도토스를 읽지 않았기 때문에 그의 인
용은 세네카를 근거로 하고 있다고 생각된다. 다만 화제의 강은 갠지스강이 아니
라 티그리스강의 지류인 귄데스강이다. 페트라르카가 범한 오류는 아마도 그가
이용한 세네카 사본의 오류 때문일 것이다. 또한, "어느 페르시아 왕"은 페르시
아의 퀴로스 2세(재위 기원전 559~530년)를 가리킨다.

고 순결한 병에 의해 파멸되는 편이 더 위안이 된다고 생각하네.

그러면 어떤 치료법을 권하는지 자네는 물어볼 것일세. 용기를 내어 가능하면 도망가고 감옥에서 감옥으로 옮겨 다니는 것을 부정하지 않겠네. 이렇게 여기저기 떠돌아다니다 보면 자유에 대한 희망이나 사랑의 지배력이 약해지리라는 희망을 지닐 수 있을지도 모르지. 그러나 하나의 족쇄에서 벗어난 뒤 계속하여 예전의 많은 불순한 짓들을 더듬어 찾는 것은 칭찬받을 일이 아닐세.

프란체스코 의사 선생님이 소견을 말하고 있을 때, 자신의 증상을 자각하고 있는 환자가 약간의 의견을 나타내는 것은 허용될까요?

아우구스티누스 어째서 허용되지 못할까? 실은 많은 의사가 환자의 목소리에서도 이른바 증후를 알아내어 적절한 치료법을 찾아내지.

프란체스코 그러면 이것만은 알아주시기를 바랍니다. 저는 다른 사람을 사랑할 수 없습니다. 제 마음은 그녀를 간직해 두는 것에 익숙해졌고 이 눈은 그녀를 바라보는 것에 익숙해져 그녀 이외의 모든 것은 불쾌하고 짜증스럽습니다. 그래서 다른 여자를 사랑해서 사랑으로부터 해방되라고 명령하셔도 그것은 불가능한 이야기라는 것입니다. 그렇게 되면 만사가 끝입니다. 저에게는 죽음을 의미합니다.

아우구스티누스 자네는 감각이 둔해지고 의욕이 감퇴하고 있네. 그래서 내부적으로는 아무것도 치유할 수 없으므로 외부에서 치료를 받아야 하네. 그럼 도망이나 망명을 결심하고 눈에 익숙한 장소가 아닌 곳에 있을 수 있을까?

프란체스코 뒷머리가 잡아채이는 기분이겠지만 할 수 있습니다.

아우구스티누스 그것을 할 수 있다면 구원받을 거야. 그래서 베르길리우스의 시구의 한 줄을 조금 손질한 것이나 다름없는 것을 말하고 싶네.

오오, 이 애착의 땅을 떠나라. 사랑하는 물가를 피해 도망쳐라. [42]

실제로 자네 상처의 흔적을 많이 남기고 있는 곳, 지금 보고 있는 것과 과거의 추억이 자네를 괴롭히는 곳, 그런 곳에서 도대체 어떻게 안전할 수 있겠는가? 그러니까 키케로도 말하듯이 "그대는 회복이 느린 환자처럼 장소를 옮겨 요양해야 할 것이다". [43]

프란체스코 아무쪼록 잘 이끌어 주십시오. 정말로 저는 회복하고 싶은 마음에서, 게다가 이 권고를 모르지도 않기 때문에 얼마나 자주 탈출을 시도했는지 모르겠습니다! 그 이유를 여러 가지로 보기 좋게 포장했지만, 저의 모든 방랑과 시골 생활의 목적은 사실은 언제나 단 한 가지, 자유였습니다. 이것을 찾아서 서쪽으로 북쪽으로 대서양 근처까지 두루 떠돌아다녔습니다. 하지만 이것이 얼마나 도움이 되었는지는 보시는 바와 같습니다. 그래서 베르길리우스의 비유적 표현이 종종 가슴을 찔렀던 것입니다.

마치 화살을 맞은 암사슴 같다.

---

42 베르길리우스의 다음 시구(《아이네이스》 3. 44)를 손질한 것이다. "오오, 이 잔 인한 나라를 떠나라. 탐욕의 물가를 피해 도망쳐라."

43 키케로, 《투스쿨룸 대화》 4. 35. 74.

활과 화살로 크레타의 숲에서

사냥하는 양치기는 멀리서

느닷없이 쏘아대어 화살촉을

사슴에 남긴 것을 모르고,

암사슴은 겨드랑이에 치명적인

화살을 입은 채

딕테 숲과 벼랑 끝을 도망 다닌다. **44**

저도 이 암사슴을 똑 닮았습니다. 저는 도망치긴 했지만, 끝없이 자신의 재앙을 몰고 다녔습니다.

아우구스티누스 그래서 나에게서 무엇을 기대하나? 자네는 스스로 답을 냈어.

프란체스코 어떻게 할까요?

아우구스티누스 자신의 재앙을 몰고 다니는 자에게는 장소를 바꾸는 것은 피로를 쌓이게 하여 건강에 도움이 되지 않네. 그러므로 여행도 자신에게 전혀 도움이 되지 않았다고 탄식하는 청년을 향해 소크라테스가 했던 대답은 자네에게도 그대로 들어맞는군. "자네 자신과 함께하며 여행을 했으니까."**45**

---

44 베르길리우스, 《아이네이스》 4. 69~73. 이 부분은 영웅 아이네아스에 대한 사랑에 불타는 "불행한 디도"가 카르타고의 도성 안을 미쳐 방황하는 모습을 비유적으로 표현한 것이다. 딕테는 크레타섬에 있는 산의 이름이다.

45 세네카의 《루킬리우스 앞 서간집》 104. 7에 보이는 에피소드. 이는 같은 책 28. 2에도 보인다.

그래서 자네는 먼저 그 낡은 고뇌의 무거운 짐을 내려놓고 영혼을 가다듬어야 하네. 그 후에 비로소 도망가야 하지. 이는 몸뿐만 아니라 영혼에 관해서도 확인된 것으로 의사의 치료를 받아들일 자세가 된 환자밖에는 효과가 없어. 그렇지 않으면 자네가 멀리 인도 끝까지 가더라도 저 호라티우스 말의 진실을 뼈저리게 느낄 거야. 그는 말한다네.

바다 저쪽으로 가는 사람도 하늘은 변하더라도 마음은 변하지 않는다. **46**

프란체스코 굉장히 혼란스러워졌습니다. 왜냐하면, 우리 영혼을 위한 처방을 내려주셨는데, 먼저 영혼을 치료하고 치유한 다음에야 도망가라고 지시하신 겁니다. 하지만 어떻게 치료해야 하는지, 바로 이것이 문제입니다. 실제로 한 번 치료를 받았다면 그 이상 무엇을 요구할까요? 그러나 치료를 받지 못했다면 도대체 어떤 치료법을 이용하면 좋은 것일까요? 당신께서 스스로 인정하시는 것처럼 다른 곳으로 옮겨가는 방법도 도움이 되지 않는다면 말입니다. 더 분명하게 말씀해 주십시오.

아우구스티누스 영혼을 치료하고 치유해야 한다고 한 것이 아니라 영혼을 가다듬어야 한다고 했네. 그런데 만약 치료를 받고 있다면 다른 곳으로 옮겨 계속 건강을 유지할 수 있고 아직 치료는 받지 않았지만 잘 가다듬어져 있다면 바로 건강을 회복할 수 있네. 그러나 그 어느 쪽도 아닌 경우에는 이렇게 자주 장소를 바꾸는 것은 그저 고통만

46　호라티우스, 《서간시집》 1. 1. 27.

불러일으킬 뿐이지. 역시 호라티우스를 증인으로 세우세.

고민을 덜어 주는 것은 이성과 지혜와 깊은 생각이지,
넓은 바다를 바라보는 장소가 아닐세. **47**

정말 그렇다네. 실제로 자네는 다시 돌아오겠다는 희망에 가득 차
서 자네 영혼을 묶는 속박의 밧줄을 모두 자신과 함께 끌고 떠날 거
야. 어디에 있든지 어디로 가든지 헤어진 그녀의 모습과 말을 떠올릴
것이네. 그리고 이것이 사랑하는 사람들의 슬픈 특권인데, 자네는 멀
리 떨어져 있으면서 앞에 있지도 않은 그녀의 목소리를 듣고 그 모습
을 볼 것이네. 그런데 이런 발뺌 같은 도망으로 사랑을 근절할 수 있
다고 생각하는 것인가? 뭐랄까, 오히려 서로 그리움만 더해 간다네!
그래서 사랑에 대해 잘 아는 사람들이 주는 교훈에는 이런 것이 있지.
"연인들은 가끔 짧은 이별의 기간을 가져야 한다. **48** 그러면 늘 얼굴
을 마주하고 있는 번거로움 때문에 서로 사랑이 식어 버리는 일도 없
을 것이다."

그래서 자네에게 주의하고 권유하고 분부하겠네. 영혼을 잘 교육
하여 그 무거운 짐을 내리고, 다시 돌아올 것을 기대하지 말고 떠나야
하네. 그때 비로소 영혼의 치료에 이별이 얼마나 효과적인지 알 수 있
을 것일세. 만약 자네가 자신의 몸에 맞지 않는 건강하지 못한 곳에

---

47   같은 책, 1. 1. 25~26.
48   예를 들어 오비디우스의 〈사랑의 노래〉 2. 19.

살면서 늘 병고에 시달리는 불안한 생활을 하게 된다면, 다시는 돌아오지 않겠다는 심정으로 도망치지 않겠는가? 다만 매우 걱정되는 것은 혹시 인간은 영혼의 치료보다 육체의 치료에 더 관심 있는 것은 아닐까 하는 것이네.

프란체스코 그것은 인류의 일반적인 일입니다. 하지만 제가 만약 건강하지 못한 장소 때문에 병에 걸렸다면 물론 틀림없이 더 건강한 곳으로 옮겨서 병을 물리칠 것입니다. 영혼의 병에 대해서도 마찬가지입니다. 아니, 훨씬 더 강하게 그걸 원할 겁니다. 그러나 이 치료는 더 어려울 것 같다는 생각이 듭니다.

아우구스티누스 위대한 철학자들의 권위는 한결같이 그것이 완전히 잘못되었다는 것을 인정하고 있네.[49] 그 분명한 증거로 영혼의 병은 모두 병자가 저항하지 않는 한 치료할 수 있는데, 육체의 병은 아무래도 치료할 수 없는 것이 많이 있네. 아무튼, 주제에서 너무 벗어나지 않도록 다음의 견해만 강조하세.

즉, 앞서 말했듯이 먼저 영혼을 가다듬어 교육하고 애착이 가는 것을 포기하며 뒤를 돌아보지 말고, 익숙한 것을 돌아보지 않도록 해야 하네. 그래야 비로소 사랑에 빠진 사람에게 여행이 안전할 수 있네. 자네가 자신의 영혼을 구제하고 싶다면 이렇게 해야 한다는 것을 알게나.

프란체스코 말씀하신 것을 완전히 이해했다는 증거까지 말씀드리

---

49 키케로의 《투스쿨룸 대화》나 세네카의 《마음의 평안에 대해서》를 염두에 두고 말하는 것이다.

자면, 우선 영혼을 가다듬지 않으면 여행은 아무런 도움이 되지 않지만, 영혼을 가다듬었다면 여행은 이를 치유하고 건강한 영혼을 보호한다. 이것이 말씀의 세 가지 요점이 아닙니까?

아우구스티누스 바로 그렇다네. 내가 두서없이 한 말을 잘 정리해 주었어.

프란체스코 처음의 두 가지가 옳다는 것은 다른 사람이 증명하지 않아도 스스로 알 수 있습니다. 그러나 세 번째 요점, 즉 이미 치유되고 안전해진 영혼에도 이별이 필요하다는 것은 알 수 없습니다. 아마도 병의 재발을 두려워해서 이렇게 말씀하셨을까요?

아우구스티누스 자네에게는 그것이 하찮은 일로 생각되나? 그것이 육체에 있어서 두려워할 만한 것이라면 영혼에는 더욱 그렇네! 재발이 훨씬 쉽고 위험하니까. 세네카는 한 서간에서 이렇게 말하고 있는데, 그 성격상 이렇게 유익한 말은 세네카도 좀처럼 한 적이 없네. "사랑을 버리려 한다면 절대로 연인의 몸을 떠올리지 말라." 계속해서 그 이유를 말하고 있어. "사랑만큼 다시 불붙기 쉬운 것은 없으니까."[50]

바로 체험의 깊이에서 솟구쳐 나온 진실 그 자체의 말! 이 문제에 대해서는 그 밖에 증인을 세울 필요도 없을 거야.

프란체스코 그것이 진실이라는 것은 인정합니다. 그러나 자세히 살펴보면, 이미 사랑을 버린 사람이 아니라 버리려는 사람에 대해 이렇게 말하고 있습니다.

아우구스티누스 위험이 닥친 사람들에 대해 말한 것일세. 어떤 부

---

50   세네카, 《루킬리우스 앞 서간집》 69. 3.

상이든 상처가 아물 때까지, 또 어떤 병이라도 완치될 때까지 가장 두려워해야 할 것은 그것의 재발이네. 그러나 완치 전의 재발이 더 위험하다고 해도 완치 후에도 재발을 얕본다면 큰 화를 불러올 수 있어. 가까운 사례일수록 감명은 더 깊으므로 자네의 일을 거론하세.

그렇게 말하는 자네 자신도 이미 회복된 것처럼 생각하고 또 만약 도망갔더라면 거의 완전히 회복되었을 것 같은 시기가 되고 나서도, 자신의 모든 재앙의 원인이라기보다 그 재앙을 만들어 내는 장소인 이 마을에서 종종 익숙한 거리를 걸으면서 그 모습을 바라만 보아도, 젊은 날의 허영에 대해 이것저것이 생각이 나고, 누구를 만난 것도 아닌데 아연실색하며, 한숨을 쉬고, 멈춰 서고, 하마터면 눈물을 흘릴 뻔했던가? 그리고 금세 상처를 받고 도망치면서 중얼거리곤 했지.

"이 근처에는 아직도 예전의 적이 뭔가 덫을 놓은 것 같군. 여기에는 내 죽음의 찌꺼기가 배어 있어."

그러니 아시겠나. 설령 자네가 건강하다고 해도 이런 곳에 더 오래 사는 것은 현명하지 않겠지. 속박의 사슬을 벗어난 사람이 감옥 주위를 맴도는 것은 좋지 않으니까. 감옥 주인은 밤새도록 혈안이 되어 찾아다니며 덫을 놓고 있네. 특히 노리는 것은 탈주자脫走者들의 발밑이지. 도망간 것이 분해서 견딜 수 없으니까 말이야. 그리고 감옥의 문은 언제나 열려 있고 기다리고 있네.

저승에 이르는 내리막길은 부드럽다.
밤낮을 가리지 않고 어두운 저승의 문은 열려 있다. 51

이미 말했듯이 건강해진 사람이라도 이를 조심해야 한다면, 아직 병이 낫지 않은 사람은 더욱 조심해야 하네. 앞서 세네카가 한 말도 이런 사람들을 염두에 둔 것으로 더 큰 위험에 대한 충고였던 것일세. 감정의 불길 속에서 자신의 구원에는 무관심한 사람들에게 충고해도 소용없는 일이니까. 그래서 세네카는 그다음 단계의 사람들, 즉 여전히 열정에 불타고 있지만, 그 불길에서 벗어나고 싶은 사람들을 염두에 둔 것이네.

회복기에 있는 많은 사람이 병에 걸리기 전까지는 자신에게 이로웠던 한 모금의 물에도 몸이 상하게 된다네. 웬만한 체력이 있는 사람이라면 꿈쩍도 하지 않는 가벼운 충격에도 쇠약한 사람은 쓰러지기 일쑤일세. 불행의 구렁텅이에서 기어오르는 영혼은 때로는 얼마나 사소한 일로 다시 그곳으로 떨어지는가! 남의 어깨에 걸쳐진 높은 지위를 상징하는 보랏빛 옷을 보면 야심이 불끈불끈 되살아나네. 자그마한 돈이라도 눈앞에 쌓여 있으면 탐욕은 다시 일어난다네. 아름다운 육체를 바라보면 정욕의 불꽃은 타오르지. 조금만 눈길만 돌려도 잠자고 있던 사랑은 다시 깨어난다네. 물론 이들 나쁜 병은 자네들의 어리석음 때문에 손쉽게 영혼에 스며들지. 더구나 일단 통로를 알게 되면 훨씬 쉽게 돌아오네.

그러므로 단지 해로운 장소를 버릴 뿐만 아니라, 자네 영혼을 원래의 감정으로 되돌릴 수 있는 것은 모두 최선을 다해 피해야 해. 그렇지 않으면 저 오르페우스처럼 지옥에서 돌아오는 도중에 뒤를 돌아보

---

51   베르길리우스, 《아이네이스》 6. 126~127.

며 모처럼 되찾은 에우리디케를 또 잃어버릴 거야. 내 충고를 요약하자면 이렇다네.

프란체스코 감사하게 받아들이겠습니다. 저의 초췌함에 딱 맞는 치료법이라고 생각하니까요. 이미 도망을 생각하고 있는데 특별히 어느 쪽으로 길을 잡으면 좋을지 모르겠습니다.

아우구스티누스 자네의 앞에는 많은 길이 곳곳에 뻗어 있고 자네의 주변에는 많은 항구가 열려 있네. 자네가 유난히 이탈리아를 좋아하고 고국의 매력을 항상 깊게 느끼고 있다는 사실을 나는 알고 있어. 맞는 말이네.

> 실로 풍요 그 자체의 땅 메디아 숲도,
>
> 아름다운 갠지스강도,
>
> 황금으로 물드는 헤르모스강도,
>
> 찬사를 이탈리아와 겨루지 못한다.
>
> 박트라의 도시도, 인도의 토지도. 그리고 또
>
> 방향을 내뿜는 모래로 뒤덮인 판카이아의 섬도. 52

뛰어난 시인에 의해 이렇게까지 아름답고 진실하게 이야기되었던 이 주제를 자네도 최근 한 친구에게 써서 보냈던 시에서 거듭 펼치고

---

52 베르길리우스, 《농사시집》 2. 136~139. 메디아는 현재의 이란이고 헤르모스강
은 소아시아의 강으로 사금을 품고 흐른다고 알려졌다. 박트라는 이란고원의 마
을로 일찍 번성했다. 판카이아는 아라비아 동쪽 연안의 전설적인 섬으로 유향을
풍부하게 산출한다고 알려졌다.

있네.53 그래서 이탈리아를 추천하지. 생각건대, 그곳에 사는 사람들의 풍습, 그곳의 하늘, 그 주변의 넓은 바다, 해안을 가르는 아펜니노산맥, 곳곳의 경관 등 이처럼 자네의 고민을 덜어 주기에 좋은 곳은 어디에도 없을 거야. 하지만 자네를 이탈리아 한구석으로 몰아넣고 싶은 것은 아닐세. 어디든 원하는 곳으로 가서 행복해지게. 안심하고 나가 길을 재촉하며 뒤를 돌아보지 않는 거야. 지난 일은 잊고 장래의 일을 생각하게. 자네는 이미 너무 오랫동안 조국으로부터도 자네 자신으로부터도 망명해 왔네. 바야흐로 돌아갈 때일세. "벌써 저녁. 밤이 되면 도적이 날뛴다."54

나는 자네 자신의 말로 충고하고 있네. 한 가지 남겨 둔 말이 있어. 까맣게 잊고 있었군. 자네 병의 흔적이 조금도 남아 있지 않다고 생각하기 전까지는 신중하게 고독을 피하게. 자네는 시골 생활이 아무런 도움이 되지 않았다고 말했지만 틀린 말도 아니야. 쓸쓸한 외딴 시골에서 도대체 어떤 치료법을 찾을 수 있다고 생각할까? 사실을 말하자면, 자네가 도시를 그리워하며 머리채를 붙잡혀 끌려가듯 혼자 시골로 달아날 때마다, 나는 높은 곳에서 비웃으며 중얼거리곤 했지.

"사랑이 무엇이라고, 이 불쌍한 남자에게 망각의 어둠을 덮쳐 놓아 어린애들도 다 아는 시구조차 잊게 해버렸어! 그는 병을 피하려고 죽음을 향해 달려가는구나!"

프란체스코 확실히 지당하십니다. 그런데 어느 시구를 말씀하시는

---

53   페트라르카, 《운문 서간집》 3. 25.
54   페트라르카, 《참회시편》 3. 10.

것입니까?

아우구스티누스 오이디푸스의 시구.

사랑하는 사람아,

고독은 위험. 외로운 곳을 피하라.

아아, 어디로 도망가는가?

오히려 사람들 사이가 더 안전한데. 55

프란체스코 잘 기억하고 있습니다. 거의 유년기 때부터 잘 알고 있었습니다.

아우구스티누스 많은 것을 알고도 자신의 필요에 따라 쓸 수 없다면 무슨 소용이 있겠는가. 자네는 고독에 반대하는 옛사람들의 견해를 알고 있었고 스스로 그런 견해를 새로 썼던56 만큼 자네가 그런 실수를 저지르다니 놀랍네.

실제로 자네는 고독이 아무짝에도 쓸모없다고 자주 탄식하지 않았던가? 자네는 그것을 많은 곳에서, 특히 자네의 불행에 관해 쓴 훌륭

---

55 오비디우스, 〈사랑의 치료〉 579~580.

56 예를 들어 1346년에 착수된 《고독한 생활》의 첫 번째 편지. 감정에 지배되어 스스로 다스리지 못하는 인간은 고독에서는 악을 저지르기 쉽다는 것을 페트라르카는 세네카를 인용하면서 말하고 있다. 《친근 서간집》16. 14(1353년)에서도 감정에 시달리는 영혼을 두고서는 한가함이나 고독의 위험한 점이 지적된다. 그러나 《고독한 생활》에 나타난 사상은 전체적으로 "고독"에 부정적이지 않고 오히려 "고독"이나 "고독한 삶"을 적극적으로 찬미하며 동시에 "고독"의 의미를 철학적으로 깊게 한다.

한 시詩로 표현했지.57 자네가 그것을 읊고 있을 때 나는 그 달콤함에 감흥이 북받쳐 오르고, 그리고 의아스러웠던 것이네. 도대체 어떻게 영혼의 폭풍우 한가운데서 광기 어린 사람의 입에서 이렇게 아름다운 가락의 시가 나올 수 있을까? 도대체 어떤 사랑에 이끌려 시신詩神들은 이토록 지독한 폭풍우와 미친 짓에 상처를 입으면서도 정든 주거지에서 도망치지 못하고 있는 것일까?

분명히 "제정신인 사람이 시를 지으려고 하는 것도 공허하다"58라고 플라톤은 말했고, 그의 후계자 아리스토텔레스도 "위대한 천재에게는 반드시 광기가 섞여 있다"59고 말했지만, 이는 또 다른 문제로 자네의 광기와는 관계없네. 그러나 이 문제는 다음 기회로 미루세.

프란체스코 맞는 말씀이라고 생각합니다. 하지만 제가 뭔가 아름다운 것, 혹은 몹시 마음에 드실 만한 것을 읊는다고는 생각하지도 못했습니다. 지금은 그 시도 좋아지기 시작했습니다. 하지만 그 밖에 다른 치료법을 알고 있으시다면, 아무쪼록 보여 주십시오. 저는 치료가 필요합니다.

아우구스티누스 자신이 알고 있는 것을 남김없이 말하는 것은 친구

---

57 페트라르카, 《운문 서간집》 1. 14. "자기 자신에게 보내는 서간"이라는 제목을 붙였다.

58 플라톤 〈파이드로스〉 245A에 따르고 있다고 생각된다. 이 글은 세네카 〈마음의 평안에 대하여〉 17. 10에 인용되고 있어 페트라르카는 그 라틴어 번역을 이용했을 것이다.

59 아리스토텔레스 《시학》 17에 따르고 있다고 생각된다. 이 글도 세네카 〈마음의 평안에 대하여〉 17. 10에 인용되어 있다.

를 돕기보다는 자신을 과시하는 사람의 짓이야. 게다가 내면의 병이나 외부의 병 때문에 이렇게 많은 종류의 치료법이 고안된 것도 이 모든 것을 아무에게나 시험해 보기 위해서가 아닐세. 그 까닭은 세네카의 말대로지. "무엇이 건강의 회복을 방해하는가 하면, 너무 자주 치료법을 바꾸는 것이 가장 심하다. 베인 상처도 여러 가지 고약을 시험해 보다가는 상처가 아물지 않는다."**60**

오히려 처음 치료법이 별로 효과가 없을 때는 다음 치료법에 의존해야 하네. 그래서 자네의 병에 대한 치료법은 다양하지만, 그것의 극히 일부만 사용하는 것으로 만족하세. 특히 내가 사용하고자 하는 것은 모든 치료법 중에서 자네에게 가장 도움이 될 것 같네. 뭔가 새로운 치료법을 가르쳐 주는 게 아니라, 누구나 알고 있는 일반적인 치료법 중에서 특히 효과적이라고 생각되는 것이 어떤 것인지 알기를 바라는 걸세.

키케로도 말하듯이 영혼을 사랑에서 떼어 주는 것은 세 가지가 있네. 싫증, 수치심, 반성이 그것이지.**61** 이 수는 더 늘리거나 줄일 수도 있지만, 이 정도로 권위 있는 인물에게 이의를 제기할 수는 없으니세 가지가 있다고 인정하세.

첫 번째의 싫증에 대해 말하는 것은 의미가 없네. 자네는 사정이 사정이니만큼 자신이 사랑에 싫증을 내는 일은 있을 수 없다고 생각할 테니까. 하지만 자네도 쉽게 인정하겠지만 욕망이 이성理性의 목소

---

60   세네카, 《루킬리우스 앞 서간집》 2. 3.
61   키케로, 《투스쿨룸 대화》 4. 35. 76.

리에 귀를 기울이고 과거의 경험에 비추어 미래를 생각해 본다면 아무리 좋아하는 것에도 싫증이 날 수 있을 뿐만 아니라 지긋지긋하고 역겨울 수도 있네. 하지만 말이야, 자네가 사랑은 질릴 수 있고 질리게 되면 그 사랑은 사라져 버린다는 것을 인정하더라도, 자신의 열렬한 소망에는 질림 따위는 전혀 관계가 없는 일이라고 반박할 것이고, 나도 그렇게 생각하네. 그러므로 이 방법을 취하면 나의 헛수고는 뻔하지. 그래서 나머지 두 가지를 취할 수밖에 없네. 자네도 부정하지 않으리라 생각하지만, 자네는 천성적으로 순진하고 수치심이 강한 영혼을 가지고 있어.

프란체스코 제가 자신을 오해하고 있는 것이 아니라면 그렇습니다. 그래서 저는 제가 남자라는 사실과 현시대에 충분히 적응하지 못한다는 이유로 자주 괴로워했습니다. 보시는 바와 같이 이 시대에는 명예와 희망, 재물이 모두 파렴치한 무리의 것입니다. 미덕과 운명도 그들에게는 당해 낼 수 없습니다.

아우구스티누스 그러면 자네는 사랑과 수치심이 얼마나 대립하는 것인지 모르는 건가. 사랑은 영혼을 휘몰고, 수치심은 억제하네. 한쪽은 박차를 가하고, 다른 한쪽은 고삐를 죈다네. 한쪽은 완전히 무모하고, 다른 한쪽은 모든 것에 신중하지.

프란체스코 물론 압니다. 저는 이렇게 상반된 감정으로 갈라져 몹시 괴로워하고 있습니다. 이 두 개의 감정에 번갈아 시달렸고, 그 때문에 이리저리 마음의 폭풍우에 농락당하고 있는 것입니다. 어떤 감정을 전적으로 따라야 할지 아직도 모르겠습니다.

아우구스티누스 이런 말을 묻는다면 실례이지만, 요즘 거울을 보지 않았는가?

프란체스코 도대체 무슨 뜻입니까? 물론 항상 그러시지만요.

아우구스티누스 자네가 유달리 자주, 그리고 매우 주의 깊게 보고 있지 않으면 좋겠는데! 그건 그렇고, 자네 얼굴이 하루가 다르게 변하고 관자놀이에 흰 것이 섞여 있는 것을 눈치채지 못했는가?

프란체스코 뭔가 특별한 말씀을 하시고 싶으신 줄로만 알았습니다. 태어나 자라고, 나이를 먹고 죽어 가는 것은 이 세상에 생명을 얻은 모든 것에 공통된 일입니다. 제가 이 몸에서 알아차린 것은 제 나이 또래의 사람이라면 거의 누구에게나 볼 수 있는 일입니다. 실제로 어떻게 된 일인지 오늘날 인간은 이전보다 빨리 늙어 갑니다.

아우구스티누스 다른 사람의 노년이 자네에게 장년壯年을 나누어 주지도 않고, 다른 사람의 죽음이 자네에게 불멸을 주는 것도 아니야. 그러니 남의 일은 내버려 두고 자네의 일로 돌아가세. 그렇다면 몸의 변화를 인정해도 마음은 조금도 변하지 않았던가?

프란체스코 분명히 충격은 받았지만 변하지는 않았습니다.

아우구스티누스 그때 자네는 어떤 심정이 되었지? 아니면 뭐라고 중얼거렸나?

프란체스코 저 도미티아누스 황제의 말이 아니라면 무엇일까요?

청년 시절부터 늙어버린 머리카락을 꿋꿋하게 버텨 내고 있다. **62**

---

62 수에토니우스, "도미티아누스 편", 《황제전》, 18.

그래서 저도 이렇게 훌륭한 사례로 제 얼마 안 되는 흰 머리카락을 스스로 위로했습니다. 63 그리고 황제의 사례에 왕의 사례도 덧붙였습니다. 고대 로마의 두 번째 왕인 누마 폼필리우스의 일인데, 그도 청년 시절부터 백발이었다고 합니다. 64 게다가 시인의 사례도 부족함이 없습니다. 실은 우리의 베르길리우스는 26세에 썼다고 하는 《목가집》65에서 양치기에 빗대어 자기 자신을 서술하면서 이렇게 말하고 있습니다.

면도를 하면 하얀 것이 섞여 떨어지게 되어서 …. 66

아우구스티누스 무척 많은 사례를 알고 있군. 차라리 죽음을 반성할 수 있는 사례가 이렇게 많다면 좋았을 텐데! 흰머리는 노년이 다가오고 있다는 증거이자 죽음의 예고인데, 이러한 사례들은 이를 속이라고 가르치고 있어 탐탁하지 않네. 이 사례들이 권유하는 것은 세월

---

63 페트라르카가 일찍부터 백발이었다는 사실에 대해서는 그 밖에도 그 자신의 증언이 있다. "나 자신은 스물다섯 살 이전부터 어느 정도 백발이 된 것에 대해 개탄하기보다도 놀라고 있습니다."(《친근 서간집》 6.3) 또한, 《노년 서간집》 8.1 서간에도 증언이 있다.

64 누마 폼필리우스의 사례는 고대의 문법 학자 세루비우스의 《아이네이스 주해(註解)》 6.808을 근거로 하고 있을 것이다.

65 베르길리우스가 《목가집》을 쓴 것이 26세 때라고 하는 것도 같은 세루비우스의 《목가집 주해》의 서문에 따른 것이다. 다만 그곳에서는 "26세"가 아닌 "28세"로 되어 있다.

66 베르길리우스, 《목가집》 1.28.

이 도망쳐 달아나는 일에 무관심하게 하여, 죽음의 시간을 잊어버리도록 만드는 것이 아니고 무엇인가?

그러나 우리의 대화 전체의 목적은 자네가 그것을 잠시도 잊지 않도록 하는 것일세. 그런데 자네에게 자신의 흰머리를 잘 보라고 말하니 백발의 저명인사를 줄줄이 증인으로 내세우네. 무슨 연관이 있나? 그들이 죽지 않았다고도 한다면 그들의 사례 덕분에 자네도 백발이 두려울 게 없겠지. 자네가 대머리라는 말을 들었다면 틀림없이 율리우스 카이사르를 증인으로 내세웠을 거야. 67

프란체스코 틀림없이 그렇습니다. 뭔가 이보다 나은 사례를 소개할 수 있었을까요? 그렇다 하더라도, 이렇게 저명한 사람들의 동료 중 하나에 들어간다는 것은 큰 위안이 아닐까요? 그래서 사실, 이런 사례를 일상의 도구처럼 사용하는 것도 싫지 않습니다. 실제로 자연이나 우연한 장난으로 인한 현재의 불편함뿐만 아니라, 앞으로 생길 수 있는 불편함에 대해서도 뭔가 위로가 될 만한 수단을 곁에 준비해 두는 것은 유익합니다. 그러한 수단을 얻을 수 있는 곳은 오직 강력한 이성이나 훌륭한 사례뿐입니다.

그래서 제가 천둥을 몹시 무서워한다고 비난하셨다면, 이건 저도 부인할 수 없는 일이므로 아우구스투스 황제도 같은 약점 때문에 시달렸다68고 대답했을 것입니다. 만약 제가 시각 장애인이라는 소리를 들었고 그것이 사실이라면 저는 아피우스 카에쿠스와 시인들의 왕

---

67 수에토니우스, "카이사르 편", 《황제전》 45.
68 수에토니우스, "아우구스투스 편", 《황제전》 90.

호메로스를 방패로 삼고, 만약 저를 외눈이라고 한다면 카르타고 장군 한니발이나 마케도니아 왕 필립포스를 방패로 이용했을 것입니다. 만약 귀가 멀었다고 한다면 마르쿠스 크라수스를, 더위에 약하다고 한다면 마케도니아의 알렉산드로스를 이용하였을 것입니다. 전부 이야기하다 보면 길어지는데, 나머지는 이러한 사례로부터도 알 수 있을 것입니다.

아우구스티누스　실은 나도 이러한 사례를 싫어하지는 않네. 단, 그것이 나태함을 불러오지 않고, 오히려 걱정과 두려움과 비탄을 쫓아내 준다면 말일세. 다가오는 노년을 두려워하지 않고 찾아온 노년을 마다하지 않는 자세는 모두 칭찬할 만하네. 그러나 노년이 이 세상 삶의 끝이라는 것을 밝히지 않고 죽음에 대해 생각하도록 부추기지 않는다면, 나는 이 모든 것을 가능한 한 혐오하고 비난할 것이네.

다시 말하지만, 일찍 백발이 되어도 그것을 차분한 마음으로 견디는 것은 좋은 자질의 표시이네. 이에 반해 당연한 노년을 조금이라도 늦추려고 하거나, 나이를 젊게 보이려고 하거나, 너무 빨리 백발이 되었음을 염려해 그것을 감추거나 뽑으려 하는 것은 인지상정이라지만 더없이 어리석은 짓일세. 인간들은 아무 생각도 없이, 별들이 얼마나 빨리 돌고 그 도망침이 몹시 짧은 인생을 얼마나 잡아먹고 소모해 버리는지 모르고, 빠르게 흘러가는 나날에 실려 노년이 찾아오면 깜짝 놀란다네!

자네들 인간을 이러한 어리석음에 밀어붙이는 원인은 두 가지가 있지. 첫째, 자네들은 짧은 생애를 네 개의 작은 부분으로 나누거나 혹은 여섯 개 혹은 더 많은 부분으로 나누네. 이렇게 매우 작은 것을 양적量的으로는 어찌할 도리가 없기에 수數로 넓혀 나가려는 것일세.
하지만 그와 같은 구분이 무슨 소용이랴. 아무리 작은 부분을 생각
해 내도 그것들은 모두 거의 한순간에 사라져 버리지.

얼마 전에 갓 태어났는데,
예쁜 어린아이가 되었는가?
라고 생각하니,
벌써 청년. 이제 장년. **69**

섬세하기 그지없는 이 시인은 이 얼마나 생기 있는 언어를 사용하여
달아나는 삶의 과정을 표현하는가! 그러므로 만물의 어머니인 자연의
법이 좁다고 정한 것을 자네들이 넓히려고 해도 소용없는 일이야.
　둘째, 자네들은 기분 전환과 거짓된 쾌락 속에서 나이를 먹기 때문
이네. 이렇게 트로이 사람들이 마지막 밤을 그와 같은 쾌락 속에 보내
다가 그들이 모르는 사이에,

높이 둘러싼 트로이 성벽에
운명의 목마木馬는 용감하게 다가와
무장한 군사 한 무리를 묵직하게
말의 배 속에 숨겨 날랐다. **70**

69　오비디우스, 《변신 이야기》 10. 522~523.
70　베르길리우스, 《아이네이스》 6. 515~516.

그렇게 자네들도 무장한 무적의 죽음을 거느린 노년이 자네들의 무방비한 육체의 성벽을 넘어오는 것을 알아차리지 못하네. 겨우 깨달았을 때는 적은 이미 밧줄을 타고 내려와 "잠과 술에 취한 마을로 우르르 쳐들어간다."[71]

베르길리우스의 표현처럼 트로이인들이 잠과 술에 취해 있었던 것 못지않게, 실제로 자네들도 육체의 무게와 현세의 덧없는 사물의 매력에 젖어 있네. 그래서 풍자시인은 적절히 말한다네.

가련하고 덧없는 이 세상의 잠깐을
장식하는 작은 꽃이여.
옮겨 가기에 얼마나 급한가.
참으로 마시는 동안,
화관花冠이여 향수香水여 소녀여 하며
들떠 있는 사이에,
남몰래 늙음은 살며시 다가온다. [72]

본론으로 돌아와서, 그러면 자네는 노년이 몰래 살며시 다가와서 이미 입구를 살피고 있는데 그걸 닫으려 하는가? 자네는 노년이 자연의 걸음을 무시하고 너무 빨리 왔다고 변명하고 있네. 그리고 노인이 아닌 어떤 사람을 만날 때, 그가 어릴 적의 자네를 본 적이 있다고 증

---

71 같은 책, 2. 265.
72 유베날리스, 《풍자시집》 9. 126~129.

언해 주면 항상 기뻐하지. 특히 일상 대화에서 흔한 일인데도, 자네를 만난 것이 어제나 엊그제 같다는 등의 말을 들으면 너무나 기뻐하고, 그런 말은 비실비실한 할아버지를 향해서도 할 수 있다는 것을 깨닫지 못하네.

사실, 누가 어제 아이가 아니었을까? 아니, 누가 오늘 아이가 아닐까? 아흔 살 아이들이 참으로 시시한 문제로 말다툼을 하고 그런 나이가 되도록 아직 유치한 연구를 쫓아다니는 모습을 곳곳에서 볼 수 있지 않은가? 확실히, 세월은 지나가고 육체는 쇠약해지지만, 영혼은 변하지 않네. 몸은 모두 썩어가고 있지만, 영혼은 성숙해지지 않지. 흔히들 말한다네. 한 개의 영혼만으로 많은 몸을 소진한다고. 그렇다네. 소년기는 분명 지나가지만, 세네카도 말하는 것처럼 어린애 같은 유치함은 남아 있네. **73**

이 말 괜찮을까, 자네도 자신이 생각하고 있는 것만큼은 젊지 않아. 대다수 사람은 자네의 지금 나이에 미치지 못한다네. 그러니 늘 그막 사랑을 하고 있다는 등의 말을 듣는 것을 부끄러워하게. 그렇게 오랫동안 세상 사람들의 입에 오르내린 것을 부끄러워하라고. 설령 자네가 명예라는 진정한 가치를 꿈꾸지 않고 불명예를 두려워하지도 않는다고 해도, 다른 사람에게 부끄러움을 느끼지 않도록 자네 생활을 바꾸게.

무엇보다도, 적어도 거짓말의 불명예로부터 친구들을 해방하여 주기 위해 자신의 평판을 소중히 여겨야 하지 않을까? 누구나 이것을 신

---

73 세네카, 《루킬리우스 앞 서간집》 4. 2.

경 써야 한다고 한다면 자네는 더욱 조심해서 그렇게 해야 하네. 자네를 화제로 삼고 있는 많은 사람을 거짓말한다는 불명예로부터 보호해 주어야 하니까.

실로 위대한 명성을 지키는 데는 많은 노고가 필요하다. **74**

자네는 자신의 저서 《아프리카》에서 사나운 적장 한니발의 입을 통해 자네의 스키피오를 향해 이 충고를 해주고 있을 정도이니까, 같은 충고가 지금 경건한 아버지의 입에서 자네에게 전해지는 것을 참아 주게. 어린애 같은 어리석은 짓은 그만두게. 청춘의 불꽃을 끄시게. 언제나 과거의 자신만을 생각하려 하지 말고 때로는 현재의 자신을 바라보게. 자네에게 거울 이야기를 한 것도 나름의 이유가 있어서야. 세네카의 《자연논집》에 쓰여 있는 것을 기억해 두게.

거울이 발명된 것은 다름 아니라, 인간이 스스로 자신을 알기 때문이다. 그래서 많은 사람이 우선 자기 자신에 대한 인식을 얻었다. 다음으로 몇 가지 교훈도 얻었다. 외모가 아름다운 사람은 나쁜 평판을 피하도록. 못생긴 사람은 육체의 결점을 미덕으로 보완해야 한다는 것을 알도록. 젊은이는 지금이 한창 배울 때이며 어른다운 활동을 시작해야 할 때임을 알도록. 그리고 노인은 흰머리에 어울리지 않는 일은 그만하고 조금이라도 죽음에 대해 생각하도록. **75**

---

74 페트라르카, 《아프리카》 7. 292.

프란체스코 처음 읽었을 때부터 항상 기억하고 있습니다. 기억할
만한 것이고 유익한 교훈이기 때문입니다.

아우구스티누스 독서를 하거나 외웠던 것이 무슨 도움이 되었는가?
무지를 방패로 삼을 수 있다면 조금은 변명이 되기라도 하겠지만, 이
교훈을 뻔히 알면서 자신의 흰머리를 보고도 아무런 변화가 없었다니
부끄럽지 않은가?

프란체스코 부끄럽고 슬프고 후회되지만 달리 어찌할 도리가 없습니
다. 그나마 약간의 위안은 그녀 또한 저와 함께 늙어 간다는 것입니다.

아우구스티누스 자네 머릿속에는 분명 아우구스투스 황제의 딸 율
리아의 말이 들어 있군. 그녀는 리비아처럼 진지한 교제를 하지 않는
다고 아버지로부터 질책을 받자 무척 재치 있는 대답을 하며 아버지
의 경고를 피했다고 하네.

그 사람들도 저와 함께 늙을 거예요. [76]

그럼 묻겠는데, 자네는 이미 노년이라 그 노부인에게 연정을 불태
우는 것이 젊은 처녀를 사랑하는 것보다 고결하다고 생각하는 게 아
닌가? 오히려 사랑하는 이유가 적은 만큼 더 불결하네. 그러니 부끄
러워하게. 자네의 몸은 끊임없이 변하는데 영혼은 조금도 변하지 않

---

75 세네카, 《자연논집》 1. 17. 4.
76 이 에피소드는 마크로비우스의 〈사투르누스 축제〉 2. 5. 6에 따르고 있다. 덧붙
여서 리비아는 아우구스투스 황제의 후처, 율리아는 전처의 딸이다.

음을 부끄럽게 생각하게.

이것으로 수치심에 대해서는 시간이 허락하는 대로 이야기했네. 그런데 키케로도 말하듯이,[77] 수치심이 이성을 대신하면 매우 불편해지므로 우리는 치료의 원천 그 자체, 즉 다름 아닌 이성에게 지원을 요청하기로 하세. 이 지원을 해주는 것은 깊은 반성일 걸세. 다시 말해 영혼을 사랑으로부터 멀어지게 하는 세 가지[78] 중 마지막으로 올려놓은 것이지.

아시겠는가, 이제 자네는 이성의 성채에 초대받았네. 이 이성의 성채에서만 자네는 감정의 공격으로부터 안전할 수 있고, 이성 때문에 자네는 인간이라고 불린다네.

그래서 먼저 영혼의 고귀함에 대해 생각하게. 그 고귀함은 매우 크므로 이에 대해 논하려면 족히 한 권의 책을 엮지 않으면 안 될 거야. 이와 함께 육체의 약함과 더러움에 대해서도 생각하게. 이에 대해 논할 것도 마찬가지로 많지.

인생의 짧음을 생각하게. 이에 대해서는 위대한 사람들의 저서들이 있네.[79] "시간"이 도망쳐 달아나는 것에 대해 생각하게. 이것은 누구도 말로는 도저히 표현할 수 없어.

죽음에 대해 생각하게. 절대적으로 확실한 죽음에 대해, 그리고 불확실한 죽음의 시기에 대해 생각하게. 그것은 때와 장소를 가리지 않

---

77 키케로, 《투스쿨룸 대화》 2. 21. 47~48.
78 이 세 가지는 "싫증", "수치심", "반성"이다.
79 예를 들어 세네카, 〈인생의 짧음에 대해서〉.

고 들이닥친다네. 미룰 수 없는 것을 미루어야 한다고 생각하는 이 한 가지 점에서 사람들이 실수한다는 것을 생각해 보게. 아무리 자기 자신을 잘 잊어버리는 사람이라도 물어보면 결국 죽을 거라고 대답하는데 말이지. 그러니까 수많은 사람을 속이고 있는 장수長壽에 대한 희망에 절대 속지 않기를 바라네. 차라리 다음의 시구를 신탁神託을 통해 내려진 것처럼 받아들이게.

하루하루가 그대를 비추는 마지막 날이라고 생각하라. 80

그렇다네. 반드시 죽어야 할 운명인 인간을 밝혀 주는 하루하루가 마지막 날이거나 아니면 분명 그에 가까운 날일세.

게다가 손가락질을 받고 남의 웃음거리가 되는 것이 얼마나 꼴불견인가 하는 생각도 하게. 자네의 직무가 얼마나 자네의 삶과 모순되는지 생각해 보게. 그녀가 얼마나 자네의 영혼과 육체와 운명을 해쳤는지 생각해 보게. 그녀를 위해 얼마나 많은 것을 아무런 이익도 없이 견뎌냈는지 생각해 보게. 얼마나 자주 그녀에게 조롱당하고 업신여김을 당했는지 생각해 보게. 얼마나 많은 아첨과 비탄과 눈물을 허망하게 바람에 흩뜨렸는지를 생각해 보게.

동시에 다시 생각하게. 그녀는 자주 도도하고 무정하고 교만한 태도를 지녔고, 다소 상냥한 적이 있더라도 그것은 잠깐이며 여름의 산들바람보다도 더 쉽게 바뀌지 않았던가! 자네는 얼마나 그녀의 명성

---

80 호라티우스, 《서간시집》 1. 4. 13.

을 키워 주었고, 그녀 쪽은 자네의 삶에서 얼마나 많은 것을 은근히 빼앗아 갔었는가? 자네는 그녀의 평판을 얼마나 걱정했고, 그녀는 자네의 신상에 얼마나 무관심했던가?

자네가 그녀 때문에 얼마나 하느님에 대한 사랑에서 멀어졌고 얼마나 많은 비참함에 빠졌는지 생각해 보게. 그 비참함을 나는 자세히 알고 있지만, 잠자코 있겠네. 혹시 누군가 이 대화에 귀를 기울이고 있어 엿들어 버리면 큰일이니까.

자네 주변에는 얼마나 많은 업무가 가득 차 있는지 생각해 보게. 더구나 이것들에 전념하는 편이 훨씬 유익하고 훌륭하다네. 자네의 옆에 얼마나 많은 작품이 미완성 상태로 남아 있는지를 생각하게. 한 순간에 불과한 이 인생의 시간을 이렇게 어리석게 배분하지 말고 이 작품에 당연한 권리를 되찾아 주는 게 훨씬 더 옳을 것이네.

마지막으로 자네가 그토록 열렬히 그리워하여, 바라고 있는 것이 무엇인지 생각해 보게. 하지만 이는 예민하고 용기 있게 생각해야 할 일일세. 많은 사람에게서 흔히 일어나듯이, 도망치면서 점점 더 단단하게 묶이는 일이 없도록 말이야. 사실 겉모습의 아름다움이 지닌 달콤함이 어떤 미세한 통로를 통해 숨어들어서 치료 후 병이 되레 심해지기도 하지.

참으로 대부분 사람이 그 매혹적인 쾌락의 독약을 한 번 먹으면 내가 말하는 여체의 더러움에 대해 지속적은 아니더라도 용기 있게 깊이 생각하려 들지 않네. 영혼은 실수를 반복하기 쉬운데, 특히 오랫동안 습관화된 방향으로 본성에 이끌려 되돌아가네. 그렇게 되지 않도록 가능한 한 조심해야 해. 과거의 고민에 대한 기억은 모두 쫓아

버리게. 과거를 떠올리는 생각은 모조리 내팽개치게. 그리고 세상에서 말하는 것처럼 자네의 어린아이들을 바위에 내동댕이치게.[81] 그들이 자라서 자네를 수렁에 빠뜨리는 일이 없도록 말이야.

그동안에도 열렬한 기도를 하늘까지 울려 퍼지게 하고 하느님의 귀도 지칠 정도로 경건한 기도를 드리게. 하루도 게을리하지 말고 눈물 흘리며 탄원하게나. 그러면 어쩌면 전능하신 하느님께서는 연민을 느끼시며 자네의 이러한 고뇌를 없애 주실 것이네. 이것이야말로 자네가 해야 할 일이고 자네가 고려해야 할 일일세. 이것을 성실히 잘 지켜, 제발 전능하신 분의 은총으로 구원받을 수 있기를 바라네.

그러나 우리는 이미 한 가지 병에 대해 충분히 논했네. 분명히 자네가 필요한 정도에 비하면 적겠지만, 짧은 시간에 비하면 충분히 많은 이야기를 했으니 다른 병으로 넘어가세. 아직 마지막 병이 남아 있어. 이제 자네의 그 병 치료를 시작하세.

프란체스코 자애로운 아버지여! 그렇게 하십시오. 다른 병에서 아직 완전히 벗어난 것은 아니더라도 대체로 많이 좋아진 느낌입니다.

81　〈시편〉 137편 9절. "행복하여라, 네 어린 것들을 붙잡아 바위에다 메어치는 이!" 여기서 페트라르카가 말하는 "어린아이들"이란 아직 강해지지 않은 영혼의 병이라는 뜻일 것이다.

IV. 명예욕

아우구스티누스 자네는 사람들 사이에서 명예와 불멸의 이름을 얻길 비정상적으로 원하고 있네.

프란체스코 맞습니다. 저는 이 욕망을 아무리 노력해도 억누를 수가 없습니다.

아우구스티누스 그러나 매우 두려워해야 할 것은 이 허무한 불멸을 원하는 나머지, 진정한 불멸에 이르는 길이 막혀 버리지는 않을까 하는 것일세.

프란체스코 저도 이것을 무엇보다도 두려워하고 있습니다. 하지만 더 심각한 질병의 치료법을 알려 주신 당신이기에 이 위험을 벗어나는 방법도 가르쳐 주실 것으로 기대합니다.

아우구스티누스 머지않아 알겠지만, 자네 안에 자리를 잡은 병 중에 이렇게 무거운 것은 없네. 더 더러운 병은 있을지도 모르지만 말이야. 하지만 자네가 이 정도로 간절히 바라는 명예란 무엇이라고 생각하는가? 말해 보게.

프란체스코 그 정의^{定義}를 말씀하시는 것입니까? 하지만 당신만큼 그것을 잘 아는 사람이 있을까요?

아우구스티누스 그런데 자네는 분명히 명예라는 이름은 알고 있지만, 자네의 행동으로 미루어 볼 때 그 문제 자체는 모르는 것 같네. 만약 알고 있다면 결코 이 정도로 열렬히 추구하지는 않을 테니까. 분명 명예란, 키케로가 어느 곳에서 생각하는 것처럼 "같은 시민이라든가 조국이라든가 모든 인류에 널리 퍼져 있는 공적에 대한 빛나는 평판評判", 82 또는 같은 키케로가 다른 곳에서 말하듯이 "누군가에 대해 자주 칭찬을 담아 주는 평판"83이라네. 어쨌든 명예란 평판이라는 사실을 알게 될 것이네. 그럼 평판이란 무엇인지 아시는가?

프란체스코 지금 당장은 생각나지 않고 알지도 못하는 것을 말하기가 꺼려집니다. 그러니 진실인 듯하다고 생각될 뿐인 것에 대해서는 차라리 입을 다물죠.

아우구스티누스 여기에서만큼은 신중하고 겸손하군. 모든 논의, 그중에서도 중대하고 더구나 의문점이 많은 논의에서는 무슨 말을 하기보다는 오히려 무슨 말을 하지 않을까에 주의해야 하니까. 사실, 훌륭한 말을 해서 받는 칭찬은 변변찮은 말을 해서 받는 비난을 보상해 주지는 않는다네. 여기서 평판이란, 뭐랄까, 누군가에 대한 소문으로서 여러 사람의 입을 통해 퍼진 말인 게 틀림없어.

프란체스코 이 정의定義를 그냥 설명이라고 해도 괜찮겠지만, 저는 이에 동의합니다.

아우구스티누스 그러니까 평판이란 숨 같은 것, 변하기 쉬운 산들바람 같은 것일세. 게다가 자네에게는 더 싫은 일이겠지만 수많은 인간이 내뱉는 숨이야. 나는 누구에게 말을 거는지 알고 있네. 실은, 자네만큼 세속적인 사람들의 삶과 행동을 싫어하는 사람은 아무도 없다고 생각했어. 그런데 보게. 자네의 판단은 얼마나 비뚤어져 있는 건가. 자네는 속된 사람들이 하는 일을 지탄하면서도 그들의 수다를

---

82   키케로, 《마르켈루스 변호》 8. 26.
83   키케로, 《투스쿨룸 대화》 3. 2. 3.

사랑하네. 그것도 그저 사랑만 하는 거라면 몰라도 자네 행복의 정점을 거기에 두고 있다니! 자네의 줄기찬 노력, 밤샘, 왕성한 연구심은 도대체 무엇을 지향하는가? 자네는 아마 대답할 거야. 자신의 삶에 유익한 것을 배우기 위해서라고.

하지만 자네는 삶뿐만 아니라 죽음을 위해서도 필요한 것을 배운지 이미 오래일세. 그러므로 고된 인식활동認識活動에 매달리기보다는 배우고 알게 된 것을 어떻게 실행하는지를 경험에 따라 살폈어야 했어. 일반적으로 인식활동에는 항상 새로운 신비와 알아내기 어려운 미지의 심연이 나타나 탐구를 멈출 수 없으니까. 더구나 자네는 대중에게 인기 있는 작품에 특별히 힘을 쏟아 자네가 가장 싫어하는 무리에게 잘 보이려고 기를 썼어. 그리고 시詩나 역사서, 즉 온갖 종류의 문학에서 이것저것 아름답게 수식한 말이나 문장들을 떼어 내어 독자의 귀를 기쁘게 하려고 하였네.

프란체스코 제발 잠시만요. 이런 말을 듣고 가만히 있을 수는 없습니다. 저는 소년기를 지나고 나서는 문학작품의 모음집을 좋아하진 않았습니다. 사실은 문학 장사꾼들에 대해 키케로가 적절히 서술한 말을 많이 알고 있었습니다. 특히 다음과 같은 세네카의 말입니다.

문학 모음집을 뒤지고 유명한 말을 받들며 기억에 의존하는 것은 어엿한 어른에게는 볼썽사나운 일이다. 84

---

84 세네카, 《루킬리우스 앞 서간집》 33. 7.

아우구스티누스 내가 그렇게 말했다고 해서, 자네가 게으르거나 기억에 너무 의존한다는 뜻은 아닐세. 그것이 아니라 자네가 읽은 작품 중에서 동료를 즐겁게 하려고 아름다운 표현을 모아 그것을 산더미처럼 쌓아 놓고 그중에서도 특히 아름다운 것을 친구에게 이용하도록 제공한 것, 이것을 비난하고 있어. 이것도 모두 헛된 명예에 매료되어 한 일이니까. 그리고 마침내 평소의 일에 만족하지 못하게 되었네. 여기에 아무리 많은 시간을 쏟아도 결국 오늘의 명성밖에 얻을 수 없다는 것이지.

거기서 자네는 먼 훗날을 생각하며 후세 사람들에게 명성을 바랐다네. 그래서 더 큰 작품에 손대어 로물루스 왕에서 티투스 황제에 이르는 역사서[85]에 착수했어. 엄청난 시간과 노력이 필요한 방대한 작품이지. 게다가 그걸 완성하지도 못했는데도 격렬한 명예욕에 사로잡힌 나머지, 이른바 시가詩歌의 배를 타고 아프리카로 건너갔네. 그리고 이제 열심히 서사시 《아프리카》[86] 창작에 힘쓰면서 다른 작품들

---

85 여기에서 말하는 역사책이란 고대 로마 위인들의 전기인 《저명인전》으로서 1337년 여름의 보클뤼즈 은둔 후 곧 착수되었다. 페트라르카 자신이 증언한 것처럼 처음에는 "로물루스 왕에서 티투스 황제에 이르는" 방대한 작품을 구상한 듯하다. 그러나 이는 미완성으로 끝나고 현존 작품은 로물루스 왕으로부터 대(大) 카토(기원전 234~149년)까지를 다루고 있다. 그에서도 대 스키피오(기원전 236~184년)는 이례적인 취급을 받아 많은 페이지가 할당되어 있다.

86 《아프리카》는 1338년 또는 1339년 보클뤼즈에서 창작에 착수한 장편 서사시이다. 제 2차 포에니 전쟁의 영웅 스키피오 아프리카누스(대 스키피오)를 주인공으로 아프리카를 주요 무대로 이야기가 전개된다. 이 작품에 대한 앞선 기대 때문에 페트라르카는 계관시인의 영예를 받는다.

로마에서의 대관식에 앞서 시인은 먼저 나폴리 궁정으로 찾아가 로베르토 왕의

도 포기하려고 하지 않고 있네.

이렇게 자네는 이 두 작품에 평생을 바쳐 (그동안에 손을 댄 수많은 작품은 말할 것도 없고) 가장 소중하고 돌이킬 수 없는 것들을 낭비했고, 다른 사람들에 대하여 글을 쓰면서 자네 자신을 잊고 있었네. 하지만, 괜찮겠나? 어느 쪽 작품도 완성되기 전에 죽음이 자네의 손에서 피곤한 펜을 빼앗아 버릴지도 몰라. 그래서 지나치게 명성을 위해 두 갈래 길로 서둘러 가다가는 그 어느 쪽으로도 목적지에 도달하지 못할 수 있다네.

프란체스코 실은 이 일을 때때로 두려워했습니다. 한 번은 중병에 걸려 죽음이 임박했다고 두려워했던 적이 있는데, 그런 상황에서 무엇보다 괴로웠던 것은 바로 《아프리카》를 미완성인 채로 남긴다는 것이었습니다. 그래서 저는 남들이 수정하는 것이 싫어서 이 작품을 제 손으로 불에 던지기를 결심했습니다. 제가 숨을 거두면 저 대신 그렇게 해주겠다는 친구들을 아무도 믿지 않았습니다. 과거 우리 베르길리우스의 소원을 이 점에서만은 아우구스투스 황제가 들어주지 않았다[87]는 것을 기억하고 있었기 때문입니다. 그런데 더 말씀드릴 필

자격심사를 받는데, 이때 《아프리카》를 왕에게 보여 주었고, 왕의 요청으로 그에게 헌정을 약속한다. 그러나 이후 시인은 종종 이 작품을 일부 수정하였지만 공개하지 않고, 일부 시구를 친구들에게 보여 주었을 뿐이다. 이렇게 해서 《아프리카》는 평판이나 기대가 선행하는 환상의 명작에 머물렀다. 그리고 시인이 죽은 후에 밝혀진 그 실상을 살펴보면 전체적으로는 오히려 미완의 실패작이다.

[87] 죽음을 앞두고 베르길리우스는 자신의 저서 《아이네이스》의 원고를 불태워 없애기를 바랐지만, 아우구스투스 황제는 이 소원을 들어주지 않았다고 전해진다.

요가 있을까요? 요컨대 아프리카는 항상 태양에 가깝게 놓여 있어 그 찌는 듯한 더위에 불탔고, 또 그 옛날 로마인의 횃불에 세 번이나 오랫동안 광범위하게 타 버렸지만, **88** 하마터면 저의 불에 의해서도 태워질 뻔했습니다. 하지만 이것에 대해서는 다른 기회로 미루지요. 씁쓸한 추억이니까.

아우구스티누스 자네의 그 이야기는 내 판단을 뒷받침해 주는군. 해결의 날은 잠시 미뤄졌지만, 계획의 동기 자체가 사라진 것은 아니네. 그러나 성과가 불확실한 것에 이렇게 큰 노력을 쏟다니 너무 어리석지 않은가? 나는 무엇이 자네에게 그 계획을 포기하지 말라고 부추기는지 잘 알고 있어. 단 한 가지, 계획을 완성하겠다는 희망이지. 이 희망을 깨뜨리기란 내게도 쉽지 않을 것 같으니, 차라리 말로써 이 희망을 부풀리도록 하세. 그렇게 해도 자네의 그 많은 노고에 어울리지 않는다는 것을 보여 주기 위해서 말이야.

그럼 한번 생각해 보게. 자네는 충분한 시간과 여유와 평온함을 가지고 있네. 재능의 둔화와 몸의 쇠약함은 모두 사라져 버리네. 운명의 방해도 멈추고 글을 쓰고 싶은 충동도 끊이지 않으며 매끈하게 달

---

88 3차에 걸친 로마와 카르타고의 전쟁, 즉 포에니 전쟁을 가리킨다. 제1차(기원전 264~241년), 제2차(기원전 219~201년), 제3차(기원전 149~146년)에 걸쳐 치러졌다. 특히 유명한 것은 제2차 포에니 전쟁으로, 이때의 주역이 카르타고의 명장 한니발과 로마의 젊은 명장 스키피오 아프리카누스(대 스키피오)이다. 스키피오는 아프리카에 있는 카르타고 본국의 자마 전투에서 한니발의 군대에 대승하고(기원전 202년) 이듬해 카르타고를 항복시킨다. 제3차 포에니 전쟁에서는 대 스키피오의 손자 소 스키피오가 로마군 지휘를 맡아 카르타고를 멸망시킨다(기원전 146년).

리는 펜촉이 종종 헛나가는 일도 없지. 모든 것이 순조롭고 원하는 것이상의 성과를 얻을 수 있네. 그렇더라도 이렇게 큰일을 해낼 수 있다고 생각하는가?

프란체스코 확실히 귀중한 작품이고, 세상에 드문 뛰어난 작품입니다.

아우구스티누스 별로 반대할 생각은 없네. 귀중한 작품으로 인정하세. 하지만 훨씬 더 귀중한 것에 얼마나 큰 방해가 되고 있는지 알면자네는 자신이 갈망하는 것에 대해 전율을 느낄 것이야. 먼저, 자네의 영혼을 더 나은 모든 생각에서 멀어지게 할 수 있다는 것을 꼭 말하고 싶네. 더구나 이 작품 자체가 귀중하지도 널리 알려지지도 않고, 오래가지도 않으며, 공간적으로나 시간적으로도 매우 좁은 범위에 국한되어 있네.

프란체스코 그 오래된 우화寓話는 저도 알고 있습니다. 철학자들 사이에서 이미 해묵은 우화입니다.

"지상 전체도 하나의 점과 같고 천만 년도 1년에 불과하다. 그러나인간의 명성은 그 한 점, 그 1년을 채우지 못한다."

그 밖에 이런 종류의 이야기로 사람의 마음을 명예욕으로부터 멀어지게 하려는 것입니다. [89] 하지만 뭔가 더 설득력 있는 이야기가 있으시면, 부디 그것을 들려주십시오. 제 경험으로 미루어 볼 때 이런 이

---

89 명성이 미치는 범위가 좁다는 것에 관한 서술은 키케로 "스키피오의 꿈"(《국가론》 6) 19~23에서도 볼 수 있다. 페트라르카의 서술은 이것에서 시사되었을 것이다.

야기는 말하기에는 아름답지만, 효과는 조금 부족합니다. 게다가 저는 신이 되고자 하지 않습니다. 신이 되어 영원을 쟁취하고 온 세상을 손아귀에 넣겠다고는 생각하지 않습니다. 저는 인간의 명예만으로 충분합니다. 저는 이것을 간절히 그리워하고 바랍니다. 그리고 죽게 되어 있는 인간으로서 필멸必滅할 인간적인 것만을 추구합니다.

아우구스티누스 오오, 그게 진심이라면 자네는 불행하도다! 불멸의 것을 갈망하지 않고 영원한 것을 돌아보지 않는다면, 자네는 그저 이 흙덩어리일세. 자네는 이제 끝이야! 희망이 한 조각도 남아 있지 않네.

프란체스코 주님, 저 말을 멈추게 해주소서! 저의 생각과 걱정을 아는 이 마음이 증인이지만, 저는 항상 영원에 대한 사랑에 불타고 있었습니다. 그러나 제가 말했던 것은, 아니 제가 말하고 싶었던 것은 바로 이것입니다. 즉, 저는 멸滅할 것을 멸할 것으로 취급하고, 지나치게 큰 열망으로 사물의 본성에 폭력을 가하려 하지 않는다는 것입니다. 그래서 저는 인간의 명예를 추구하며, 저도 명예도 멸해야만 하는 것이라는 점을 잊지 않으려고 합니다.

아우구스티누스 이 점에서는 현명하구먼. 그러나 공허한 산들바람, 더구나 자네 자신도 인정하는 것처럼 곧 사라질 산들바람, 그런 것 때문에 영원히 존재할 것을 내버리다니 어리석기 짝이 없네.

프란체스코 결코 내버리는 것이 아닙니다. 그냥 미룰 뿐입니다.

아우구스티누스 하지만 기약 없는 시간의 빠른 흐름과 삶의 무시무시한 도주 속에서 뒤로 미룬다는 것은 얼마나 위험한 일인가! 다음 물음에 답해 주길 바라네. 삶과 죽음의 한도를 정하는 이는 오직 하느님

뿐이신데 그 하느님에 의해 때마침, 오늘 자네에게 단 1년뿐인 삶이 예정되어 있고 이것을 의심의 여지 없이 자네도 알고 있다면, 이 1년간이라는 시간을 어떻게 쓸 셈인가?

프란체스코 물론, 가능한 한 낭비를 없애고 신중하게 사용하고 진지한 일 외에는 사용하지 않도록 최선을 다해 노력할 것입니다. 그리고 이렇게 대답하지 않을 만큼 어리석고, 생각이 짧은 사람은 거의 없으리라고 생각합니다.

아우구스티누스 그 대답은 당연하지만, 이 문제에 관해 인간의 광기가 나에게 주는 놀라움은 단지 나의 펜뿐만 아니라 수사학修辭學에 조예가 있는 그 누구의 펜도 표현할 수 없을 것이네. 그들의 모든 재능과 노력을 하나로 모아도 그들의 웅변은 몹시 지쳐 전혀 실상에 다가갈 수 없을 것이네.

프란체스코 왜 그렇게 놀라십니까?

아우구스티누스 자네들이 확실한 것에 대해서는 매우 인색하고 불확실한 것에 관해서는 낭비하기 때문이야. 자네들이 제정신이라면 오히려 그 반대여야 했어. 1년이라는 기간이 아무리 짧다고 하여도 전능하신 하느님에 의해 그것이 한번 약속되었다면, 자네들은 그것을 여러 부분으로 나누어 마지막 작은 부분만 영혼의 구원을 고려하여 남겨 두고 나머지는 마음대로 낭비할 수 있었을 것일세. 모든 광기 중에서 파괴적이고 가공할 만한 것은, 가장 필요한 것을 충족할 만큼 시간이 충분한지 모르는데도 마치 충분하고도 남을 만큼이라는 듯이 가소로운 허영에 낭비한다는 거야.

목숨이 1년 남은 사람은 비록 짧아도 확실한 시간이 있지만, 언제

행사될지 모르는 죽음의 권력 아래에 있는 사람은 1년도 하루도 확실하지 않고 한 시간조차 확실하지 않네. 물론 모든 사람은 죽음의 지배 아래에서 살고 있지만 말이야. 1년을 살 수 있는 사람은 6개월을 잃어도 아직 6개월의 기간이 남아 있지만, 자네가 오늘이라는 날을 잃어버리면 누가 내일을 보장해 주겠는가? 키케로도 말하네. "내가 반드시 죽어야 하는 것은 확실하고, 더구나 그것이 오늘이 아니라고는 할 수 없다."[90] 아무리 젊은 사람이라도 "나는 저녁이 되어도 살아 있을 것이라고 굳게 믿는다"라고 말할 수는 없네.[91]

그래서 자네에게 묻겠네. 그리고 또한 미래에 몰두하고 현재를 소홀히 하는, 죽음을 피할 수 없는 자네들 모두에게 묻겠네. 누가 알까?

오늘까지의 삶에 내일이라는 시간을
하늘의 신들이 더 보태 줄까 말까?[92]

프란체스코 물론 아무도 모릅니다. 저는 자신과 모든 사람에게 이렇게 대답할 것입니다. 그러나 우리는 적어도 1년은 기대합니다. 키케로도 말하듯이, 어떤 노인이라도 자신이 앞으로 1년 정도는 더 살기를 기대하는 것입니다.[93]

아우구스티누스 그러나 키케로가 또한 생각하고 있듯이[94] 불확실

90   키케로, 《노년에 대하여》 20. 75.
91   같은 책, 19. 67.
92   호라티우스, 《송가》 4. 7. 17~18.
93   키케로, 《노년에 대하여》 7. 24.

한 것을 확실한 것으로 자신에게 약속하는 것은 노인뿐 아니라 젊은 이도 품는 어리석은 희망이네. 그러나 장수長壽를 누리는 한 평생이 주어진다는, 거의 불가능한 일이 있을 수 있다고 가정해 보세. 이 경우에도 인생의 가장 좋은 세월과 가장 아름다운 부분은 다른 사람들의 눈을 즐겁게 하거나 인간의 귀를 기쁘게 하는 데 낭비하고, 마지막으로 아무 쓸모도 없이 삶의 마지막이나 고단함을 가져다줄 뿐인 부분만 하느님과 자네 자신을 위해 남겨 두게 되지. 이렇게 자네 영혼의 자유는 마지막 관심사로 간주된다네. 이건 심히 미친 짓이라는 생각이 들지 않는가? 설령 장수가 보장되어 있다고 해도, 더 좋은 것을 뒤로 미루는 건 순서가 뒤바뀐 일이라고 생각하지 않는가?

프란체스코 그러나 제가 의도한 것에도 약간의 근거가 있습니다. 즉, 저는 이 세상에서 바랄 수 있는 명예는 이 세상에 머무르는 동안 추구해야 한다고 생각합니다. 더 큰 명예는 천상에서 누려야 하며, 천상에 도달한 사람은 지상의 명예 따위는 생각하고 싶지 않을 것입니다. 그래서 순서는 이렇게 됩니다. 죽을 운명인 인간들 사이에서 가장 먼저 생각해야 할 것은 멸망하게 되어 있는 선善이고, 일시적인 선에 이어 영원불멸의 선이 오게 됩니다. 전자에서 후자로 나아가는 것이 올바른 순서이기 때문입니다. 하지만 후자에서 전자로의 역행은 불가능하겠지요.

아우구스티누스 참 어리석고 불쌍한 인간이야! 그렇다면 자네는 천상과 지상의 모든 쾌락과 더 바랄 나위 없는 큰 행운이 자네의 신호

---

94 같은 책, 19.68.

하나로 하늘과 땅에서 흘러들어 온다고 상상하고 있는 것이네. 하지만 너무나 많은 사람이 이런 희망에 속아 수많은 영혼이 지옥으로 가라앉았어. 한쪽 발은 땅에 한쪽 발은 하늘에 두고 있는 줄 알았는데, 지상에 머물 수도 천상에 오를 수도 없었던 것일세.

이렇게 많은 사람에게 일어난 일이 자네에게도 생길 수 있다고 생각하지 않는가? 그러다가 혹시 …. 오오, 하느님, 이 사람을 지켜 주소서! 만약 자네가 많은 일을 꾸미다가 망하게 되면, 자네는 얼마나 한탄하고 얼마나 부끄러워할 것인가! 아무리 후회해도 견딜 수 없을 것이야! 여러 가지 일에 신경을 분산시키면 어떤 일도 실패할 테니까.

프란체스코 그렇게 되지 않도록, 주여 불쌍히 여기소서!

아우구스티누스 하느님의 자비가 인간의 광기를 용서하지 않으신다고 해도 자네를 광기에서 해방하여 주시기를! 하지만 하느님의 자비에 너무 기대하지 말았으면 하네. 하느님께서는 절망하는 자를 싫어하시고, 적당히 희망하는 자를 돌아보지 않으신다네. 철학자들의 낡은 우화 따위는 이 문제에서는 무시해도 좋다는 소리를 자네의 입에서 듣게 되어 정말 슬프군.

그렇다면 묻겠는데, 기하학적 증명으로 육지 전체가 좁다는 것을 보여주고 그것이 길쭉한 섬임[95]을 증명하는 것은 정말 우화일까? 육지 전체는 이른바 다섯 개 지대로 나뉘며 그중 가장 크고 중앙에 있는 지대는 태양이 뜨겁게 타올라서 인간이 살 수 없고 좌우[남과 북]의 두 지대도 매서운 추위나 1년 내내 녹지 않는 얼음에 갇혀 있어 역시

---

95 키케로, 《스키피오의 꿈》 20 참조.

살 수 없지만, 나머지 두 지대, 즉 중앙과 양 끝 지대 사이에 있는 지대에서만 살 수 있다는96 주장도 단순한 우화일까? 이 거주 가능한 두 지대 중 한쪽은 자네들의 발아래에 위치하고 대양으로 격리되어 있어 인간들이 접근할 수 없다고 주장하는97 것도 우화일까?

그곳에 인간이 살고 있는지에 대한 여부에 관해서는 자네도 알다시피 예로부터 학자들 사이에서도 의견이 크게 나뉘고 있네. 나 자신의 견해는 《신국론》에서 언급해98 놓았는데, 자네도 분명 읽었을 거야. 그런데 일설에 따르면 다른 한쪽의 지대는 그 전체가 자네들 인간이 거주할 수 있지만, 그렇지 않다면 어떤 사람들이 주장하는 대로 여기도 또한 두 부분으로 나뉘는데, 그 하나는 인간들이 사용하고 있고 다른 한쪽은 활 모양으로 굽은 북쪽 바다에 둘러싸여 있어 다가갈 수 없지. 인간에게 거주 가능한 이 부분도 그 자체로 이미 작은데, 더구나 바다와 늪과 삼림과 모래땅에 의해 줄어들어 인간들이 그토록 자랑하는 이 얼마 안 되는 육지는 거의 없어진다네.99

이런 사실을 보여 주는 것도 역시 우화일까? 게다가 이 극도로 좁은 인간들의 거주 지역에는 다양한 생활습관, 상반된 종교의례, 다양한 언어와 관습이 있으며 이 때문에 명성도 널리 전할 수 없어.100 이

---

96 위와 같음. 또한 폼포니우스 멜라의 《지지(地誌)》 1. 1. 4. 참조.
97 위와 같음. 폼포니우스 멜라의 《지지》 1. 4 참조. 키케로와 멜라는 지구상의 반대편 주민의 존재를 인정하고 있다.
98 아우구스티누스, 《신국론》 16. 9. 아우구스티누스는 지구상의 반대편에 주민이 존재한다는 사실을 인정하지 않는다.
99 보에티우스, 《철학의 위안》 2. 7 참조.
100 같은 책 참조.

런 사실을 가르치는 것도 필시 우화일까?

　이것들이 모두 자네에게 우화일 뿐이라면, 내가 자네에게 품었던 기대도 또한 모두 우화라고 하는 것이 되네. 자네만큼 이 모든 것을 잘 알고 있는 사람은 없으리라고 생각했는데 말일세. 실제로 자네는 키케로, 베르길리우스, 기타 철학자들, 시인들의 가르침을 통해 이 문제를 잘 알고 있는 것처럼 보였지. 그들의 가르침은 차치하더라도, 자네 자신도 최근 자신의 저서 《아프리카》에서 이와 같은 견해를 아름다운 시구로 표현하며 이렇게 말했네.

　대륙도 좁은 경계 안에 갇혀 있고,
　바다에 빙빙 둘러싸인 작은 섬처럼. 101

　자네는 더구나 다른 견해도 덧붙였네. 그러한 견해를 거짓이라고 생각했다면 왜 그렇게 일관되게 주장했는지 이상할 따름일세.

　그런데, 죽어야만 하는 인간 명성의 덧없음과 시간의 짧음에 대해서 새삼스럽게 내가 이야기할 것이 있을까? 사실 자네는 먼 옛날 사람들에 대한 기억이 영원永遠에 비교한다면 얼마나 짧고 새로운지 알고 있네. 이 땅에는 반복적으로 큰불이나 대홍수가 난다고 말하는 고대인들의 견해를 상기시키고 싶은 것은 아닐세.

　플라톤의 《티마이오스》나 키케로의 《국가론》 제 6권은 그런 견해로 가득 차 있고 많은 사람에게는 그럴듯한 견해로 여겨지지만, 자네

101　페트라르카, 《아프리카》 2. 361~363.

가 세례를 받은 참된 종교와는 전혀 맞지 않으니까 말이야. 그러나 그 밖에도 얼마나 많은 것들이 명성이 영원히 계속되는 것을 방해하는가! 우선, 함께 생활해 온 사람들의 죽음과 늙음에 따르는 재앙인 망각이 그것이네. 또한, 새로운 사람들이 받는 찬사도 점점 커가고, 그 빛은 옛사람들의 명성을 적지 않게 빼앗아 간다네. 그들은 전임자들을 누를수록 자신들의 명성은 높아진다고 생각하는 것이네. 여기에 질투심이 더해져 명예를 얻으려는 사람들을 끊임없이 따라다니며 괴롭히지. 더구나 미덕에 대한 증오, 재능이 풍부한 사람들의 삶에 대한 비천한 사람들의 적의, 그리고 속인들의 변덕스러운 판단, 게다가 무덤의 황폐 등이 그것이네.

유베날리스도 말하듯이, 무덤을 허무는 데는 "열매도 나지 않는 무화과나무의 나쁜 힘"만으로 족하네. 102 이 황폐함을 자네는 자신의 저서 《아프리카》에서 적절하게 "제 2의 죽음"이라고 부르고 있지. 자네가 거기에서 다른 사람을 시켜 말하게 하는 바를 여기에서 자네에게 그대로 알린다면,

곧 묘비도 무너지고
대리석에 새겨진 이름도 사라지겠지.
그때, 아들아,
너는 제 2의 죽음을 맞을 것이다. 103

---

102 유베날리스, 《풍자시집》 10. 145.
103 페트라르카, 《아프리카》 2. 431~432.

이 얼마나 훌륭한 불멸의 명예인가! 돌 하나 움직이는 것만으로 흔들린다니! 거기에다가 책의 소멸을 추가하시게나. 자네들 자신이나 다른 사람의 손에 의해 자네들의 이름이 쓰여 있는 책의 소멸을 말일세. 책에 의한 기억은 무덤에 의한 그것보다 오래 계속되기 때문에 천천히 사라지는 것처럼 보이지만 역시 소멸을 피하기는 어렵다네. 책 또한 다른 것과 마찬가지로 자연과 운명으로부터 수많은 재앙을 겪으니까. 비록 이러한 재앙이 모두 없어진다고 해도, 노쇠와 죽음은 책에도 숙명이네.

실로 죽어야 하는 것이
헛된 재주에게 맡겨서 낳은 것,
그런 것은 모두 다 망하는 일이 당연하지. 104

자네는 바로 자신의 시구로써 자네의 이렇게 유치한 잘못을 반박하고 있네. 어떤가? 자네의 가엾은 시구를 더 읊어 주겠네.

책의 죽음과 함께 너 자신도 사라지네.
이렇게 너에게는 또한 제3의 죽음이 있네. 105

명예에 대한 나의 판단은 자네가 본 바와 같네. 확실히 문제의 성

---

104 같은 시, 2. 455~457.
105 같은 시, 《아프리카》 2. 464~465.

질에 비추어 보면 아직 설명이 충분치 못하지만, 나와 자네는 이미 충분히 많은 말로 설명했네. 다만, 이 모든 것이 아직 자네에게는 우화처럼 보인다면 몰라도 말이야.

프란체스코 아뇨, 조금도요. 우화 따위와는 다른 감명을 주었습니다. 그러기는커녕 낡은 소망을 포기하고 싶은 새로운 소망을 불러일으켰습니다. 분명히 이런 이야기는 저도 이미 오래전부터 거의 다 알고 있었고 자주 듣곤 했습니다. 우리의 테렌티우스도 말하듯이 "전에 들은 적 없는 게 무엇인지 들은 적이 없다"[106]는 것이니까요. 그러나 말의 위엄, 말의 진행 방법, 말하는 사람의 권위도 매우 중요합니다. 그런데 이 문제에 대해 최종적인 의견을 들려주셨으면 합니다. 제 연구를 모두 포기하고 명예 없이 살라고 명령하시는 건가요? 아니면 뭔가 중간의 길을 권하시는 건가요?

아우구스티누스 명예 없이 살라고 권고할 생각은 조금도 없네. 다만 명예욕이 미덕에 우선하는 일은 없도록 하라고 거듭 충고해 마지않을 것일세. 자네도 알다시피 명예란 말하자면 미덕의 그림자 같은 것이지. 그러므로 자네들 인간 세계에서 물체가 태양에 비치면 그림자를 짓지 않을 수 없듯이, 미덕도 하느님의 빛에 비치면 반드시 명예를 만들어 내지 않을 수 없어. 그러니 진정한 명예를 물리치는 자들은 모두 반드시 미덕 그 자체도 배척하고 있을 거야.

미덕 없이는 인간의 삶은 황량하고 마치 말 못 하는 동물처럼 되어, 짐승의 유일한 사랑인 욕망을 부추기는 것을 찾느라 서두를 뿐이네.

---

106 테렌티우스, "서문", 〈거세노예〉 41.

그러니 자네가 지켜야 할 규범은 이러할 것일세. 미덕을 쌓고 명예를 가볍게 보게. 그러면 마르쿠스 카토에 대해 전해지듯이107 명예를 바라는 일이 적을수록 명예를 얻는 일은 많을 것이네. 여기에서도 자네 자신의 증언을 이용하여 자네에게 말하지 않을 수 없네.

네가 명예를 바라지 않고 피하더라도,
그것은 따라올 것이다. 108

이 시구를 알고 있나? 자네 것이네. 자신의 그림자를 보고 싶고 다른 사람에게도 보여 주고 싶어서 한낮에 태양의 무더위 아래를 헐떡이며 뛰어다니는 사람을 분명 미치광이라고 생각할 걸세. 그러나 자신의 명성을 널리 알리려고 인생의 근심과 고단함 속에서 녹초가 되어 뛰어다니는 자도 전자에 비교해 조금도 현명하지 못하네.

그럼 어떻게 하느냐고? 전자는 목적을 달성하기 위하여 뛰어야 하네. 그가 달리고 있는 한 그림자는 그를 따라온다네. 후자는 미덕을 쌓기 위해 노력해야 하네. 그가 노력하는 한 명예는 그를 버리지 않네. 여기서 말하는 명예는 진정한 미덕의 벗인 명예일세. 그러나 인

---

107 이 카토는 아마 마르쿠스 포르키우스 카토(기원전 95~46년)일 것이다. 즉, 같은 이름의 대 카토(기원전 234~149년)의 증손인 소(小) 카토로서 고결한 인물로 알려져 있었다. 살루스티우스의 《카틸리나 전기》에 소 카토에 대해 다음과 같이 기술되었다. "카이사르는 주고, 돕고, 용서하고 명예를 얻었다. 카토는 아무것도 베풀지 않고 명예를 얻었다."

108 페트라르카, 《아프리카》 2. 486.

간의 호기심에 의해 만들어진 신체적 수단이든 지적 수단이든 수많은 다른 수단을 통해 얻는 명예는 명예라는 이름에 걸맞지 않아.

그러므로 자네는 하필 인생의 이 시기에 글쓰기에 애를 태우고 걱정을 하며 소모하여 분명히 심한 잘못을 저지르고 있는 거야. 사실 자네 자신을 잊고 다른 사람 일에 몰두하고 있는 것이지. 이렇게 명예에 대한 헛된 희망에 휘둘려 자네도 모르게 인생의 짧은 시간은 달아나 버리네.

프란체스코 그러면 어떻게 하면 좋을까요? 제 일을 중단하고 내팽개쳐 버리면 좋은 것일까요? 차라리 일을 서둘러, 하느님께서 허락해 주신다면 일을 마무리하고 이런 마음고생에서 벗어나서 한층 더 신속하게 더 중요한 관심사를 향해 나아가는 편이 현명할까요? 이렇게 고생해 온 대작을 중도에 팽개치면 도저히 평안해질 수 없습니다.

아우구스티누스 자네가 무엇에 흔들리고 있는지 알겠네. 자네는 자신의 하찮은 작품을 내버리기보다는 자기 자신을 버리려는 것이야. 그래도 나는 내 임무를 다할 것일세. 얼마나 효과적이면서도 성실하게 해내는지 한번 보시게.

거대한 역사서歷史書의 무거운 짐을 사정없이 버리게. 로마인의 위업은 그들 자신의 명성과 다른 이들의 글재주로 이미 충분히 밝게 드러나 있어. 아프리카를 포기하고 그 소유자들에게 맡기게. 자네는 도저히 대 스키피오의 명예와 자신의 명예를 모두 높일 수 없을 것일세. 스키피오가 더 높이 찬양받는 것은 불가능하고 자네는 그 뒤에서 샛길을 더듬고 헐떡이는 것이 고작이지.

그러니 이런 것은 뒤로하고, 지금이야말로 자네를 자네 자신에게

돌려주게. 그리고 우리의 출발점으로 돌아간다면, 스스로 죽음의 성찰省察을 시작하게. 자네는 자신도 모르게 조금씩 죽음에 가까워지고 있어. 모든 덮개를 다 걷어내고 어둠을 몰아내며 죽음을 바라보게. 하루도 소홀히 하지 말고 마지막을 생각하게. 자네가 보는 모든 것과 자네가 생각하는 모든 것을 오직 이 한 가지와 연관 지어 보게.

하늘도 땅도 바다도 변하네. 약하기 짝이 없는 동물인 인간이 무엇을 바라겠는가? 시간은 한순간도 멈추지 않고 흘러간다네. 자네가 자신은 머무를 수 있다고 생각한다면 그건 착각이야. 호라티우스가 적절하게 말한 것처럼,

하늘의 달은 이지러질 때마다
빨리도 회복되어 가는구나.
우리는 한 번 저승에 떨어지면 …. 109

그래서 봄의 꽃에 이어 여름 수확이 찾아오고, 여름 무더위에 이어 온화한 가을 햇살, 가을 포도 수확에 이어 겨울 눈이 찾아오는 것을 볼 때마다 스스로 타이르게. "이것들은 지나가도, 반복해서 되돌아온다. 하지만 나는 한 번 떠나면 다시는 돌아오지 않는다."

해가 서쪽으로 지려고 산 그림자가 길게 드리워지는 것을 볼 때마다 타이르게.

"바야흐로 삶은 도망치려 하고 죽음의 그림자가 펼쳐진다. 하지만

---

109 호라티우스, 《송가》 4. 7. 13~14.

이 태양은 내일은 원래대로 나타날 것이다. 그러나 나에게는 오늘이라는 날은 흘러가서 두 번 다시 돌아오지 않는다."

고요한 밤의 아름다운 광경을 누가 말로 다 할 수 있을까? 나쁜 짓을 하는 사람에게는 절호의 기회이고, 선한 일을 하는 사람에게는 경건 그 자체의 한때이네. 그래서 트로이 선단의 선장처럼, 그만큼은 항해의 안전을 믿지 않고 한밤중에 일어나, "소리 없이 하늘을 미끄러져 가는 별들을 바라보라."[110]

서쪽으로 서둘러 가는 별을 볼 때 자네도 그 별들과 함께 밀려나고 있음을 알게. 그리고 자네 생존의 희망은 오직 하느님께만 남아 있음을 알게. 변함이 없으시고 영원한 하느님 안에서만 말일세. 이에 더해 이전에 보았을 때는 어린아이였던 사람을 우연히 만났는데, 그가 벌써 나이의 계단을 여러 개 올라간 것을 보면 자네 자신은 그사이에 반대편 내리막을 내려가고 있음을 명심하게. 게다가 무게가 있는 것의 낙하落下는 모두 자연에 의해서 발생하므로 그만큼 빨리 내려간다는 사실을.

오래된 성벽을 보면 먼저 생각하게. "이 성벽을 만든 사람들은 지금 어디에 있나?"라고. 새로운 성벽을 보면 생각하게. "저 사람들은 곧 어디로 갈 것인가?"라고 말일세.

과일나무를 보아도 같은 것을 생각하게. 과일나무를 돌보아 온 사람이나 혹은 심었던 사람 자신이 그 가지에서 열매를 따지 않는 경우도 종종 있네. 《농사시집》의 저 말은 많은 경우에 볼 수 있었지.

---

110 베르길리우스, 《아이네이스》 3. 515.

나무는 더디게 자라서, 겨우 손자를 위해 나무 그늘을 짓는다. 111

빠른 강의 흐름을 보면 바로 자네 자신의 시구를 떠올리게.

아무리 빠른 강의 흐름도 인간 세상의
시간의 변화에는 미치지 못한다. 112

많은 날이 있고 인생은 여러 시기로 구분되어 있다는 사실에 속아서는 안 되네. 인간의 일생은 아무리 오래 살아도 단 하루와 같네. 아니, 하루도 부족해. 아리스토텔레스의 비유를 자주 눈앞에 불러일으키게. 나도 알고 있었지만, 자네는 이 비유를 아주 매우 좋아했고 이것을 읽고 들을 때마다 언제나 깊은 감명을 받았지. 키케로는 이를 《투스쿨룸 대화》에서 누구보다도 설득력 있는 훌륭한 표현으로 알리고 있어. 그 책의 사본이 지금 수중에 없지만, 113 그것은 이런 말 혹은 비슷한 말이네.

유럽 쪽에서 흑해로 흘러드는 휴파니스강 가에는 아리스토텔레스에 따르면 단 하루밖에 살지 않는 작은 동물이 생긴다고 한다. 그 동물 중에

---

111 베르길리우스, 《농사시집》 2. 57.
112 페트라르카, 《운문 서간집》 1. 4. 91~92.
113 이 표현은 대화자인 아우구스티누스의 말로서는 이해하기 어렵다. 우연히 저자는 대화자 아우구스티누스와의 일체감을 여기에 드러내고 있는 것이 아닐까? 즉, 대화자 아우구스티누스는 결국 저자의 분신이며 저자 자신이다.

서 해가 뜨면 죽는 것은 젊은 채로 죽는다. 그러나 한낮에 죽는 것은 제법 나이가 들어 있고, 저녁에 죽는 것은 늘그막에 해당된다. 하지夏至 무렵이면 더욱 그렇다. 우리들의 일생을 영원과 비교해 보라. 그 작은 동물만큼이나 짧다는 것을 알 수 있을 것이다. 114

이 주장은 지극히 진실이라서 이미 오래전부터 철학자들의 입에서부터 민중 사이에까지 널리 퍼져 있었네. 사실 천하고 무지한 사람들이라도 이를 일상 대화에 받아들여 쓰고 있는 것을 볼 수 있지 않은가? 예를 들어 아이를 보면 이렇게 말하네.

"해 뜰 때이군."

어른을 보면 말하지.

"이 사람은 한낮이 되었네. 저 사람은 오후 3시."

비칠비칠한 노인을 보면 이런 말을 한다네.

"이분은 저녁이 되셨네. 일몰日沒이 되셨어요."

사랑하는 아들아, 이런 일을 스스로 되새겨 보게. 또, 물론 이런 종류의 다른 것들도 많이 떠오르겠지만 그것들을 되새겨 보게. 나는 그냥 즉석에서 생각나는 대로 이야기했을 뿐이니까.

한 가지만 더 권고해 두고 싶네. 노인들의 무덤, 그것도 자네와 함께 생활했던 노인들의 무덤을 되도록 주의 깊게 생각하게. 그리고 같은 거처, 같은 영원한 숙소가 자네에게도 확실히 준비되어 있음을 생각하게.

---

114 키케로, 《투스쿨룸 대화》 1. 39. 94.

누구나 이곳을 목표로 한다.
이것이야말로 모든 사람의 마지막 거처. 115

자네는 지금 인생의 꽃이 한창임을 즐기며 죽은 사람의 위를 으스대며 걷지만, 곧 자네 자신도 짓밟힐 것일세. 이 일을 잘 생각해 보게. 밤낮으로 이 일을 생각하게. 이것은 단지 자기의 본성을 잊지 않는 사려 깊은 인간에게 어울릴 뿐만 아니라 바로 철학자에게도 어울리지.

"철학자의 모든 생활이 죽음의 성찰이다"116라는 말은 이런 뜻으로 이해되어야 하네. 이러한 성찰은 없어지는 이 세상의 것들을 멸시蔑視하는 법을 가르쳐 주며 자네가 따라야 할 다른 삶의 길을 제시할 것이네.

하지만 자네는 물어볼 것일세. '도대체 어느 것이 그 길인가요? 어느 좁은 길을 더듬어 그곳에 닿으면 되는가요?'라고 말이야. 나는 대답하겠네. 자네는 더 장황한 충고 따위는 필요 없어. 단지, 자네의 영靈에 귀를 기울이게. 영은 끊임없이 자네에게 호소하고 자네를 격려하며 말하네.

"여기 천국으로 가는 길이 있다."

영이 무엇을 권유하는지 자네는 알고 있어. 어떤 것이 길이고 어떤 것이 탈선인지, 무엇을 구하고 무엇을 피해야 한다고 일러주는지 알

---

115 오비디우스, 《변신 이야기》 10. 34.
116 키케로, 《투스쿨룸 대화》 1. 30. 74.

고 있네. 구원받고자, 자유를 얻고자 간절히 바란다면 영을 따르게. 이래저래 오래 궁리할 때가 아니야. 위험의 특성상 행동이야말로 필요한 것일세. 적은 자네의 등 뒤에서 압박하고 정면에서 공격하고 있어. 자네는 성벽 안에 포위되어 있고, 성벽은 흔들리고 있네.

이제 꾸물거릴 시간이 없어. 남을 위해 아름답게 노래한다 한들, 자네 자신은 듣지 않는다면 무슨 소용이 있겠는가? 이것으로 끝내기는 하겠지만, 암초를 피하게. 자네 자신의 안전을 꾀하게나. 영혼의 충동을 따르게. 고상하지 않은 것에 대한 충동은 추하지만 고상한 것을 향한 충동은 참으로 아름답다네.

프란체스코 제가 이 연구에 집중하기 전에 처음부터 이렇게 말씀해 주셨더라면 좋았을 텐데요.

아우구스티누스 나는 종종 말했네. 자네가 펜을 잡는 것을 보았을 때부터 예고했어. 인생은 짧고 불확실하며, 고난은 길고 확실하고, 작품은 크고 성과는 적을 것이라고 말이야. 하지만 자네의 귀는 대중의 목소리에 귀가 먹먹해졌네. 놀랍게도 자네는 대중의 목소리를 미워하면서 그것에 따르고 있었던 것일세.

자, 우리는 이미 충분히 많은 이야기를 나누었으므로 마지막으로 부탁하고 싶네. 혹시 내게서 무엇인가 바람직한 것을 받았다면 다시는 허무와 게으름 속에서 타락하는 일이 없도록 하게. 그러나 뭔가 괴로움을 느꼈다면 기분 나빠하지 말고 참아주게.

프란체스코 오히려 감사하게 생각합니다. 그 밖에도 감사해야 할 일이 많이 있지만, 지난 3일간의 대화에는 매우 감사하고 있습니다. 어둠에 싸여 있던 제 눈의 흐림을 씻어 내고, 주위에 드리워져 있던 그릇된 생각의 안개를 쫓아내 주었으니까요.

그러나 이분 '진리의 여신'에게 저는 어떻게 감사하면 좋겠습니까? 이 긴 대화도 마다하지 않고 끝까지 저희와 같이 있어 주셨습니다. 만약 이분께서 외면하셨다면, 저희는 어둠에 휩싸여 길을 잃었을 것이고, 당신이 하시는 말씀은 어떤 확신도 담고 있지 않을 것이며, 제 지성도 이해할 수 없었을 것입니다.

하지만 지금 여러분은 하늘에서 살고 계시지만, 저는 아직 이 땅에서의 삶을 끝내지 못했습니다. 이것이 언제까지 계속될지 알 수 없고, 이 점에서 저는 보시다시피 불안한 상태에 있습니다. 그래서 간절히 부탁드립니다. 저는 여러분에게서 멀리 떨어져 있지만, 부디 저 버리지 말아 주십시오. 최고의 아버지여! 진실로 제 삶은 당신 없이는 황량해지고, 이분 없이는 아무것도 존재하지 않게 될 것입니다.

아우구스티누스 자네가 자네 자신을 버리지 않는다면, 소원은 이루어질 것이네. 그렇지 않으면 당연히 자네는 모두에게서 버림받을 것일세.

프란체스코 제가 할 수 있는 한, 저 자신을 돌볼 것입니다. 제 영혼의 조각들을 모아 조심스럽게 저 자신의 곁에 머무르겠습니다. 하지만 지금 우리가 이야기하는 동안에도, 역시 세속적이지만 중요한 많은 일이 저를 기다리고 있습니다.

아우구스티누스 세상 사람들에게는 아마도 더 중요하게 여겨지는 것이 있겠지만, 사실은 이보다 더 유익한 것이 없고 이만큼 성찰의 성과가 기대되는 것도 없네. 다른 성찰은 헛되이 끝날 수도 있어. 그러나 이러한 성찰이 항상 필요하다는 것은 그 필연적인 성과 자체가 증명하고 있네.

프란체스코 정말 그렇게 생각합니다. 지금 저는 다른 일에 달려들지만, 이것은 다름 아니라 그 일들을 정리하고 나서 이 문제로 돌아오기 위해서입니다. 아까 말씀하신 것처럼 이 문제 하나에 집중해서, 다른 곳에 들르지 않고 구원의 올바른 길을 가는 편이 훨씬 안전하다는 것은 알고 있습니다. 하지만 욕구를 억누를 수가 없습니다.

아우구스티누스 그러면 다시 처음의 논쟁으로 돌아가게 되네. 자네는 의지가 약하다고 하니까. 그럴 수밖에 없다면 어쩔 수 없지. 오로지 하느님께 기도하고 의탁하세. 자네가 아직 길을 잃고 헤매고 있어도 하느님께서 걸음을 인도하시고 안전한 곳에 다다르게 해 주시도록 말일세.

프란체스코 말씀해 주신 것들이 저에게 일어나기를 바랍니다! 그러면 하느님의 이끄심으로 이렇게 많은 우회 도로에서 안전하게 벗어날 수 있을 것입니다. 그리고 저를 불러 주시는 하느님을 따르면서, 어리석은 일도 하지 않을 것입니다. 그리고 마음의 물결은 가라앉고 세상은 조용해지며 운명도 소동을 멈출 것입니다.

1. 《나의 비밀》이라는 작품의 개관

《나의 비밀》은 프란체스코 페트라르카(1304~1374년)가 자신의 정신
적 위기를 계기로 자기 구원을 위해 쓴 작품이다. 서문에 따르면, 영
혼의 병에 시달리고 있는 저자 앞에 "진리 그 자체"가 거룩한 처녀의
모습으로 나타난다. 빈사 상태에 있는 저자에게 연민을 느끼고 구원
의 손길을 뻗치기 위해서다. 그녀는 교부 아우구스티누스를 따르게
하고 그가 저자와 대화하게 한다. 즉, 두 사람의 대화를 설정하고 그
후에는 침묵 속에 대화에 입회하여 그 빛으로 대화자를 비추고 지켜
보는 것이다. 이렇게 해서 "진리의 여신" 앞에서 그녀가 지켜보는 가
운데 프란체스코와 아우구스티누스와의 대화가 사흘에 걸쳐 이어진
다. 그 대화를 적어 둔 것이 《나의 비밀》이다.

이 작품의 원제는 *De Secreto Conflictu Curarum Mearum*(내 마음
에 간직하고 있는 갈등에 대하여)이다. 직역하면 '나의 여러 가지 관심
과 소망 사이의 은밀한 갈등에 대하여'라는 뜻이 될 것이다. 보통 《나

의 비밀》이라고 불리지만, 이 이름도 결코 자의적인 것은 아니다. 페트라르카는 서문에서 이 책을 오직 자기 자신을 위해서만 쓴 것, 따라서 세상에 내보낼 생각이 없다는 것을 기술하며 말한다. "너는 '나의 비밀Secretum meum'이며 또 그렇게 불릴 것이다."1

이처럼 페트라르카 자신도 이 책을 "나의 비밀"이라고 불렀다. 그리고 생전에는 유포하지 않았고 친구들도 읽지 못하게 했다. 말 그대로 "나의 비밀"로서 가슴속에 품고 몰래 이 책의 "대화"를 되새기고 종종 수정했다. 그만큼 애착이 깊은 작품이었다는 말일 것이다. 그는 29살 때부터 아우구스티누스의 《고백록》을 항상 지니고 있었으며 이 같은 사실을 공공연히 말했지만, 자신의 저서 《나의 비밀》 또한 숨겨 둔 채 늘 가지고 다니는 책이었다.

페트라르카는 위대한 시인으로 유명하지만, 산문 작품도 많이 썼다. 그중 예술적으로 가장 뛰어난 것이 《나의 비밀》이다. 그런 의미에서 이 책은 매력적인 산문 작품이기도 하지만, 자기성찰의 거장 페트라르카의 진면목이 유감없이 발휘되어 철저한 자기분석과 진심을 드러낸다는 면에서도 매우 흥미롭다. 바로 시인의 내면과 문학세계의 "비밀"을 풀어내는 열쇠라 할 만한 작품이다. 즉, 시인 철학자 페트라르카의 성찰과 시정詩情이 합쳐져 이루어진 명품이나 다름없다.

---

1   이 책의 16쪽 참조.

2. 작품의 저술 배경과 시기

이 책이 저자 자신에 의한 자기구원의 시도라면, 저술의 배경에는 심각한 위기감이 있었을 것으로 생각된다. 그 위기란 무엇이며, 생애의 어느 시기에 생겼는가? 이 작품의 세 번째 대화에서는 라우라에 대한 사랑이 16년째가 된다고 기술되어 있다. 그러면 이 책의 "대화"는 평생의 연인 라우라와의 만남으로부터 15년여 뒤에 행해진 셈이 된다. 라우라와의 만남은 1327년 4월 6일의 일이므로, "대화"는 1342년 봄부터 1343년 봄까지의 어느 시기에 이루어진 사건이 될 것이다. 페트라르카가 38세 될 무렵이다. 그럼 그 시기에 그에게는 어떤 일이 생겼을까? 이를 살펴보기 전에 거기에 이르기까지의 생애를 간단하게 알아보도록 하겠다.

프란체스코 페트라르카는 중부 이탈리아의 마을 아레초 출신으로, 망명 중인 피렌체 시민이었던 아버지 밑에서 1304년 7월 20일 새벽 태어났다. 조국에서 뜻을 이루지 못한 아버지 페트라코는 1312년 교황청의 새로운 영토가 되어 번성하던 남부 프랑스의 아비뇽에서 새 터전을 찾았으며, 소년 프란체스코도 가족과 함께 프로방스로 옮겨가 살기 시작한다. 그리고 아버지의 뜻에 따라 1316년 가을에는 법률을 공부하기 위해 몽펠리에로 옮기고, 1320년 가을부터는 법학의 중심지 볼로냐에서 공부한다.

그러나 1326년 봄, 아버지의 죽음으로 아비뇽으로 돌아간 뒤로는 법학 연구를 포기하고 좋아하던 문학 연구에 몰두하여 특히 이탈리아어로 시를 쓰는 일에 열중한다. 그리고 다음 해인 1327년 4월 6일 아침 아비뇽의 생 클레어 성당에서 젊은 유부녀인 라우라를 만나고, 그때부터 그녀를 향한 보답 받지 못할 사랑에 얽매인다.

이윽고 페트라르카는 경제적 이유로 생계를 유지할 만한 길을 생각하지 않을 수 없게 되면서 1330년 성직자가 된다. 즉, 문학 활동에 필요한 여가와 자유를 위한 경제적 기반을 성직자로서 받는 급여에 의존했다. 그러나 성직자가 되어도 생활의 기조는 변하지 않았다. 역시 세속문학에 열중했고, 주로 시를 써서 불멸의 명성을 얻고자 했다.

그는 라우라에게 순수한 사랑을 품으면서도 여러 여자와 관계를 맺은 듯하다. 1337년 봄에 사생아 조반니가 탄생한 사실에서도 이를 엿볼 수 있다. 조반니의 어머니에 대해서 시인은 언급하지 않았지만, 필시 그의 애인이었을 것이다. 요컨대 시인은 사랑과 시와 명성을 중심으로 하는 생활에 몰두해 있었다. 후에 시인은 이 시기를 회상하며 "자신의 허영 아래 지냈다"라고 말한다.

그러던 시인은 얼마 후인 1333년경, 아우구스티노 수도회의 석학 디오니지를 알게 되어, 아우구스티누스의 《고백록》을 전해 받는다. 이때의 독서에서 시인은 깊은 감명을 받아 생활의 기조를 바꾸고 싶다고 진지하게 생각하게 된다. 그런데도 1337년에는 아들 조반니가 태어난다. 이는 시인의 생활이 여전히 "허영"에 지배당했음을 말해주는 사건일 것이다. 아들이 태어나기 전 애인이 임신한 사실을 안 것만으로도 이미 시인이 받은 충격은 컸으리라 짐작된다.

1336년 말에 시인은 치안이 극도로 좋지 않은 로마를 향해 서둘러 떠나는데, 가장 급한 이유는 아비뇽으로부터 도망치기 위함이 아니었을까 추정된다. 분명 훗날의 회상에서 시인은 로마를 동경하고 있었으며, 견문의 욕심에 사로잡혀 여행을 떠났다고만 말하기는 했지만(《친근 서간집》 제11권 1 외), 이는 한쪽 면의 진실에 불과할 것이다. 덧붙여서 당시 아비뇽에서는 성직자, 특히 고위 성직자 사이에서 애인과 사생아를 두는 것은 흔한 일이었기 때문에 시인의 반응이 오히려 평범하지 않은 것이었다. 그는 후에 아들 조반니를 정식으로 인정하고, 1361년 아들이 페스트로 요절할 때까지 아버지로서의 배려를 게을리하지 않았다.

1337년 여름, 로마에서 아비뇽으로 돌아온 시인은 자신이 저지른 죄의 온상이기도 한 이 "꺼림칙한 도시"가 견딜 수 없을 정도로 싫어서, 거의 24km 떨어진 시골 보클뤼즈에 틀어박힌다. 그는 세상 사람들을 놀라게 한 이 갑작스러운 은둔생활과 함께 대작 '로마 위인전'을 작업하는 데 착수하는데, 《저명인전》이 바로 그 작품이다. 이에 더해 1338년 또는 1339년에 제2차 포에니전쟁의 영웅 스키피오 아프리카누스를 주인공으로 하는 장편 서사시 《아프리카》를 짓는 데 착수한다. 이렇게 그는 '고독한 생활' 속에서 문학 활동에 몰두했다. 이윽고 1341년 4월 8일 '영원한 수도' 로마에서 성대한 행사와 시민의 큰 환호 속에 계관시인桂冠詩人의 영광을 얻는다.

그 후에도 페트라르카가 생활하는 본거지는 보클뤼즈 산장이었지만, 아비뇽과의 관계가 끊어진 것은 아니었다. 그중에서도 로마의 권력자 콜론나 가문과는 볼로냐 유학에서 아비뇽으로 돌아왔을 무렵부터 친밀한 관계를 맺어 온 사이였다. 둘은 기본적으로 주종관계를 이루었는데, 1330년에는 아비뇽의 조반니 콜론나 추기경 저택의 성당 사제가 된다. 그 외에도 아비뇽 교황청과 맺어 온 관계도 있었다.

그러므로 보클뤼즈에 은둔한 후에도 콜론나 추기경이나 교황청의 요청 혹은 지시에 따라 자신이 혐오하던 아비뇽의 마을에도 가끔 방문하거나 체류해야 했다. 이러한 상태는 1353년 마침내 이탈리아로 돌아가기까지 변하지 않는다.

그러면, 이런 상태에서 1342년에서 1343년에 걸쳐 페트라르카에게는 어떤 일이 생겼을까? 사실 이 시기에 그는 몇 가지 중대한 사건을 겪고 있었다.

우선 1342년 4월 말에 시인이 정신적 스승으로도 존경하는 디오니지가 사망하고, 다음 해 1월에는 시인의 후원자 같은 존재였던 나폴리의 로베르(로베르토) 왕도 죽음을 맞이한다. 하지만 훨씬 충격적이었던 사건은 1343년 봄에 동생 게라르도가 수도원에 입회한 일일 것이다. 세 살 차이의 정신적 동지이기도 한 동생은 아마 연인의 죽음이 계기가 되어 카르투시오회 수도원에 들어간 것으로 보인다. 이는 동생이 보인 단호한 '회심回心'의 표현이기도 했다.

게다가 1343년에는 두 번째 사생아 프란체스카가 탄생한다. 딸 프란체스카를 낳은 여자도 알려진 바가 없다. 아들 조반니의 생모와 동일한 인물인지도 알 수 없다. 어찌 되었든 이 출생이 페트라르카에게 준 충격은 컸다. 순결한 생활을 지켜야 할 성직자의 몸이면서도 두 번씩이나 "죄"의 아버지가 된 만큼, 자신의 죄가 깊다는, 되돌릴 수 없는 증거를 다시 눈앞에 마주한다는 생각이 들지 않았을까? 페트라르카는 《나의 비밀》 두 번째 대화에서도 정욕情慾의 죄를 검토하는 대목에서 다시금 자신의 타락을 언급한다. 이것은 분명히 딸 프란체스카의 탄생과 이에 이르기까지의 이성관계를 가리킬 것이다.

그러한 시기에 동생 게라르도의 회심과 수도원 입소는 동생이 몸소 형에게 가하는 통렬한 비판으로 받아들여졌으리라. 두 번에 걸친 자신의 타락과 이를 비난하는 듯한 동생의 회심은 시인에게 이중의 충격이 되었을 것이다.

1342년에서 1343년까지 페트라르카는 이런 처지에서 정신적 위기에 처했으리라고 생각된다. 그는 자신이 살아 숨 쉬는 방법을 근본적으로 되물었을 것이다. 《나의 비밀》 같은 작품이 이 시기에 쓰였다고 해도 이상하지 않다. 게다가 이 책에서의 '대화'는 이 시기에 이루어졌다는 증언이 전술한 바와 같이 책 자체에서도 발견된다. 이런 이유로 이 책은 1342년에서 1343년에 쓰였다고 추정되어 왔다. 물론 《나의 비밀》의 '대화'가 이 시기로 설정되어 있다는 사실이 곧 이 작품이 같은 시점에 쓰였음을 의미하지는 않는다. 오히려 1347년에 쓰였다는 설이 더 유력하다.

그러나 이 작품이 1343년에 쓰였는지, 1347년에 쓰였는지 등은 이 작품을 이해하거나 이 작품으로 페트라르카라는 사람과 그의 사상을 이해하는 데 그다지 중요하지 않다. 언제 쓰였든 이 책의 '대화'가 1342년에서 1343년의 어느 시기로 설정되어 있다는 점은 분명하며, 이 사실이야말로 중요하다. 이 책을 1347년에 작성했다고 해도 그가 1343년에 맞이했던 정신적 위기에 초점을 맞춰 썼다는 사실은, 이 시기의 위기가 시인에게 얼마나 중대했는지를 말해 준다.

3. 영혼의 병

페트라르카를 괴롭히는 영혼의 병과 그 원인을 밝히고 치료법을 더듬어 찾는 것이 이 책의 중심 주제이다. 우선 첫 번째 대화에서는 병을 낫게 하고 건강해지려면 어떻게 해야 하는가 하는 근본 문제를 논한다. 여기서 말하는 병이란 인간의 악덕, 즉 죄이며 건강이란 바로 영혼의 구원이다. 대화자인 아우구스티누스에 따르면 인간은 오직 미덕에 의해서만 행복해지고 악덕으로 불행해진다. 죄는 의지의 행위이기 때문에 인간의 불행은 인간의 자유의지에 기인한다. 따라서 인간은 정말 행복하기를 원하면 행복해질 수 있다. 인간이 불행한 것은 불행하기를 원하기 때문이다. 스스로도 깨닫지 못한 채 불행을 바라는 셈이다. 그러므로 진정으로 행복을 원하기 위해서는 자신의 불행을 자각해야 한다. 불행의 자각이야말로 행복의 첫걸음이자 구원의 근원이다.

이렇게 첫 번째 대화에서는 인간의 불행과 죄, 구원에 관해 기초적이고 일반적인 고찰이 이루어진다. 그리고 두 번째 대화부터는 프란체스코의 불행과 그 원인을 이루는 영혼의 질병인 죄가 하나하나 구체적으로 다뤄지고 음미된다.

먼저 두 번째 대화에서는 그리스도교에서 말하는 '일곱 가지 대죄'와 야심이 거론된다. 즉 교만, 질투, 탐욕, 야심, 대식, 분노, 정욕, 나태의 일곱 가지 대죄 외에 '야심'(탐욕의 일종)이 거론되고 있는 것은 세 번째 대화에서 문제가 되는 명예욕과 깊이 관련되었기 때문일 것이다.

또 '나태'의 죄는 '우울병'이라고 번역되어 있는데, 이는 원어의 뉘앙스를 도저히 표현할 수 없을 것 같아 택한 단어다. '우울병'은 페트라르카를 심하게 괴롭힌 특이한 병이고, 세 번째 대화에서 문제가 되는 두 개의 병과 함께 그에게 가장 중대한 병이었다.

세 번째 대화에서는 페트라르카의 마음을 붙들어 매고 있는 '두 개의 속박'에 대해 자세히 살펴본다. 이 속박이란 라우라에 대한 사랑(연정)과 명예욕이다. 이 둘은 그의 내면에 깊이 맺혀 있었다.

페트라르카의 '영원한 연인'은 '라우라^{Laura}'라는 이탈리아식 이름으로 알려져 있지만, 라틴어로는 '라우레아^{Laurea}'라고 불리며, 월계관^{laurea}과 같은 명사이다. 페트라르카는 평생 '라우라'라고 불렀지만, 라우라라는 이탈리아어 이름을 직접 적지는 않았고, 극히 드물게 '라우레아'라는 라틴어 이름을 적었을 뿐이다. 1336년 말의 라틴어 서간(《친근서간집》 제2권 9)에는 라우레아라는 이름이 여러 번 기록되어 있다. 또 이탈리아어 작품 《칸초니에레》 중 소네트 225번에도 라우레아라는 라틴어 이름이 보이고, 소네트 5번에서는 라우레아 외에 애칭형 '라우레타^{Laureta}'가 사용된다. 또한, 시인은 1348년 페스트로 라우라가 사망하자, 아끼던 베르길리우스 작품의 사본에 그녀의 이름을 라틴어로 적어 넣었다.

이 책의 세 번째 대화에서도 지적하듯이, 시인에게 연인 '라우레아'와 월계관 '라우레아'란 거의 같은 존재였다. 그러니까 '라우레아' 또는 '라우라'라는 말은 실로 다양한 뜻을 가지고 있다. 이 이름으로 불리는 연인은 시인에게 아름답고 살아 있는 몸뚱이에 불과한 존재가아니다. 라우레아는 사랑하는 여인인 동시에 '시인의 계관'으로 상징

되는 모든 문학적 가치나 명예의 집약적 표현이었다. 게다가 진정한 명예는 미덕의 그림자로서 미덕에 얽힌 가치이기 때문에 명예의 실체는 사실 미덕이 아닐 수 없다. 이렇게 연인 라우레아는 "미덕과 용맹의 옛날의 꽃"인 대 스키피오와 어깨를 나란히 하는 "고결함과 미의 새로운 꽃"으로서 세상의 모든 선함과 아름다움을 가리키는 최고의 표현이 된다.

덧붙여서 시인 페트라르카에게 연인 라우라가 진실로 탄생한 순간은 아비뇽의 생 클레어 성당에서 아름다운 그녀를 처음 보았을 때가 아닐 것이다. 그보다는 풍부하고 다층적인 의미를 지닌 라우레아라는 말이 시인 안에서 자라나 그녀와 일체화되었을 때이리라. 그때 시인 안에서 라우레아라는 이름의 연인이, 혹은 라우레아라는 감미로운 개념이 인격화된 연인이 '영원한 연인'으로 결실을 맺은 것이다.

시인 단테에게 연인 베아트리체가 이름 그대로 '축복하는 여성', '맑고도 조촐한 행복을 가져오는 여성'이자 천상의 행복으로 이끄는 여성이었듯이, 시인 페트라르카에게 연인 라우라는 지상의 선함과 아름다움의 집약적 표현이나 다름없었다. 그리고 바로 그 때문에 그녀는 허무함의 표현이기도 했다. 천상의 베아트리체와는 달리 이 세상의 덧없음을 가리키는 전형적인 표현이기도 한 탓이다. 그러니 라우라 찬가는 덧없음을 노래하는 비가^{悲歌}라고도 하지 않을 수 없다. 이 책 세 번째 대화에서도 라우라의 죽음을 예감하고 슬픔이 서린 마음을 담고 있다.

4. 대화체의 전통과 《나의 비밀》

유럽 문학에서 대화체의 전통은 고대·중세·르네상스를 통틀어 중요한 역할을 했다. 고대 그리스의 플라톤을 위대한 창시자로 하여, 고대 로마시대에는 기원전 1세기의 키케로나 2세기의 그리스어 작가 루키아노스 등으로 대표된다. 그리스도교 교부들도 주로 종교를 옹호하려는 동기에서 대화체를 사용했다.

중세에도 대화체는 애호된다. 중세 대화편의 특징 중 하나는 대화하는 인물에서 살펴볼 수 있다. 즉, 플라톤이나 키케로의 대화편에서는 대화자가 소크라테스나 카토와 같은 역사상의 실존 인물인 데 비해, 중세 대화편에서 대화자는 대개 보통명사로 불리는 인물, 예를 들어 '교사', '제자', '기독교인' 등으로서, 고유명사로 불리는 실존 인물은 오히려 적다. 예를 들어 성 안셀무스의 《신은 왜 인간이 된 것인가》가 있는데, 거의 대부분이 '교사'와 '제자' 사이의 대화이다. 더욱이 중세 대화편에서는 추상적 사물이나 개념이 의인화된 상대도 대화의 인물로 여겨진다. 이미 보이티우스의 《철학의 위안》(524년)도 저자와 '철학' 간의 대화이며, 여기서 '철학'은 신비한 '부인'으로 의인화된다.

그런데 르네상스의 대화편에서 대화의 인물은 대개 플라톤이나 키케로처럼 고유명사로 불리는 실존 인물로 설정된다. 물론 대화자가 우의적인 인물이거나 고대 신화에서 나온 인물인 경우도 있지만, 대화자의 주류를 이루는 이들은 분명히 동시대의 르네상스 도시에 사는 실존 시민들이다. 이러한 역사적 배경 아래 《나의 비밀》을 읽어 보면, 이 대화편이 고대·중세 대화체 문학의 전통을 계승함과 동시에 르네상스 대화편의 선구적 작품이 되었음을 알 수 있다.

《나의 비밀》의 서문에 따르면, 이 책의 대화 형식은 키케로와 플라톤에게 배운 것이다. 동시에 이 책은 다른 서술 전통도 계승한다. 우선 도입부에만 해당하기는 하지만, 분명히 보이티우스의 《철학의 위안》에서 시사점을 얻고 있다. 《철학의 위안》에서도 홀로 생각에 잠겨 있던 저자 보이티우스 옆에 "아주 위엄 있는 외모의 부인"이 나타난다. 그녀는 '철학'이 의인화된 존재이며, 저자와 긴 대화를 나눈다. 그녀가 저자를 방문한 것도 그를 '마음의 병자'로 보고 그 병을 치료하기 위해서다.

《나의 비밀》에서 '진리'가 의인화되어 거룩한 처녀로서 저자에게 나타난다는 점과 병든 저자에게 측은지심惻隱之心을 보이며 대화로 초대한다는 점은 분명히 보이티우스에게서 시사점을 얻은 결과다. 이처럼 '진리'라는 추상적인 개념이 의인화되어 일정하게 중요한 역할을 한다는 점에서 《나의 비밀》은 플라톤이나 키케로의 대화편과는 달리 오히려 중세적 전통에 속한다.

덧붙여서 페트라르카는 그 밖에도 두 개의 대화편을 썼는데, 그중 하나인 《행운과 불운에 대처하는 법》에서 대화는 '이성'과 '기쁨' 사이에서, 또는 '이성'과 '비탄' 사이에서 이루어진다. 여기에서도 중세적 전통을 찾을 수 있을 것이다. 또한, 운문의 대화편 《목가집》은 베르길리우스의 《목가집》에서 시사점을 얻은 작품으로, 이를 구성하는 12편의 시는 모두 목자들의 대화로 이루어져 있다. 대화자는 대개 실존 인물들이고, 대부분은 페트라르카에 가까운 인물들이지만 모두 다른 이름으로 등장한다. 그리고 극소수의 우화적 인물이나 고대 신

230

화 속 인물도 볼 수 있다. 이 운문 대화편도 고대 및 중세의 전통을 이으면서도 독자적인 작품이 되었다.

그러나 《나의 비밀》로 이야기를 돌리자면, 보이티우스와는 결정적으로 다른 점도 있다. 보이티우스에서는 의인화된 '철학'이 직접 저자와 대화하지만, 《나의 비밀》에서 '진리'는 직접적인 대화자로 나서지 않고, 대신 인간 아우구스티누스에게 저자와 대화하게 한다. 그러므로 《나의 비밀》의 대화는 《철학의 위안》과는 달리 어디까지나 인간끼리의 대화이다.

분명 페트라르카에게 아우구스티누스는 이 세상을 떠난 후 천국에서 끝없이 행복한 삶을 누리는 축복받은 영혼일 것이다. 그러나 대화상대인 아우구스티누스는 어디까지나 하나의 영靈과 육肉으로 이루어진 구체적 인간으로서 그려진다. "진리의 여신"이 몸소 프란체스코와 대화하지 않고 대신 아우구스티누스가 대화하게 하는 것도 인간의 귀에는 인간의 목소리가 어울린다는 이유에서다. 아우구스티누스는 분명히 프란체스코와 같은 '인간'이다. 아우구스티누스의 외모나 복장에 대한 묘사도 이를 시사한다.

그 사람은 위엄이 넘쳐서 절로 경외심을 자아내게 했다. 성직자다운 풍모, 신중한 얼굴, 엄숙한 눈빛, 사려 깊은 몸놀림, 아프리카풍의 의상, 그러나 로마식의 상쾌한 언변言辯, 그 이름을 물을 것도 없이 영예 높은 교부教父 아우구스티누스임을 한눈에 알 수 있었다. 2

---

2   이 책의 14쪽 참조.

이는 생전 아우구스티누스의 모습일 것이다. 육체가 없는 '영혼으로서의 존재'가 아니라 역사적으로 고대 로마제국 말에 살았던 인간 아우구스티누스이다.

이러한 아우구스티누스의 모습이 보이는 특징은 단테의 《신곡》에 등장하는 인도자 베르길리우스와 비교해 보면 한층 돋보인다. 《신곡》 중 단테가 처음 베르길리우스를 만났을 때, 베르길리우스는 자신을 가리켜 "인간은 아니지만, 과거에는 인간이었다"라고 말한다(〈지옥편〉 제1장 67). 영과 육으로 이루어진 구체적 인간이 아니라 육체가 없는 '영혼으로서의 존재'인 것이다. 그래서 베르길리우스는 무게가 없고, 해가 비쳐도 그림자를 볼 수 없다(〈연옥편〉 제3장 16~30).

이같이 인물을 설정하는 편이 어떻게 보면 합리적이겠지만 페트라르카의 취향은 아니었다. 이러한 점은 "진리 그 자체"라는 초월적 존재를 묘사한 대목에서도 찾아볼 수 있다. '진리'는 신비한 처녀로 표현되지만, 그 눈이 "태양처럼 빛을 내리쬔다"라는 점을 제외하면 이상한 점은 없다. 이는 근본적으로 그의 연인 라우라가 수많은 시에 등장할 때의 묘사와 다르지 않으며, 이 책의 세 번째 대화에 나오는 라우라의 묘사와도 크게 다르지 않다. 라우라를 찬미하는 시에서는 눈빛이 자주 강조되고, 때로 태양에 비유되기도 한다.

요약하자면 《나의 비밀》에서 아우구스티누스와 "진리의 여신"은 모두 인간다운 모습으로 그려진다. 이것은 우연이 아니라 페트라르카의 취향이나 심성과 깊이 관련된 듯이 보인다. 그에게는 모든 면에서 인간다움이 중요하다. 게다가 '인간다움'이라고 할 때의 '인간'은 육체와 정신을 갖춘 구체적 인간일 뿐이다. 페트라르카가 보인 관심의 핵심에는 구체적 인간으로의 지향이 있다. 이는 그를 진정한 시조로 삼는 르네상스 인문주의의 특징 중 하나이다.

《나의 비밀》에서는 의인화된 '진리'가 중요한 역할을 하며, 이 대화편은 중세적 전통에 속한다. 그러나 대화는 어디까지나 인간끼리의 대화이며, 게다가 그 인간은 보통명사로 불리는 불특정 인물이 아니라 고유한 이름으로 불리는 특정한 인물이다. 이러한 점에서 중세 대화편의 주류와는 달리 플라톤이나 키케로로 대표되는 고대의 대화편과 이어진다. 뿐만 아니라 후속 르네상스 대화편의 선구자 또는 직접적 원류를 이룬다고도 할 수 있을 것이다.

'진리' 앞에서 이루어지는 인간끼리의 대화. 이것이 대화의 기본적 구조이다. 즉, 고대의 대화편과는 다른 작품이며 중세의 대화편과도, 후속 르네상스 대화편과도 다르다. 아마 페트라르카가 만든 독자적인 구조일 것이다.

5. 대화의 구조: 고백으로서의 대화

대화의 구조는 그저 형식적 문제에 불과한 듯 보이지만, 사실은 대화 내용과도 깊이 관련되어 있다. 대화의 장에 "진리 그 자체"가 곁을 지키며 대화자를 비추고 지켜보는 상황은 무언중에 대화자에게 진실을 말하도록 재촉한다. '진리' 앞에서 모든 숨김과 거짓말은 헛수고다. '진리'는 모든 것을 전망하기 때문이다. 거기서는 진실만을 말하려는 각오가 필요하다.

페트라르카가 '진리' 앞에서의 대화라는 설정을 즐긴 것은 대화 방식으로 고백을 선택했다는 의미일 수도 있다. 대화자 아우구스티누스는 프란체스코의 '병'이나 삶의 방식에 날카로운 분석의 메스를 들이대어 차례로 병세와 병의 원인을 드러내고 잘못된 삶의 방식을 따끔하게 비판한다. 프란체스코는 그런 아우구스티누스에 부응하여 자기 삶의 실태나 생각하는 바를 있는 그대로 서술한다. 이렇게 《나의 비밀》은 아우구스티누스와 프란체스코 간의 대화 형식을 따르면서 저자 페트라르카의 성실하고 적나라한 고백이 된다. 대화체로서의 고백, 고백으로서의 대화나 다름없다.

따라서 《나의 비밀》은 플라톤이나 키케로의 대화편과는 이질적이다. 예를 들어 플라톤 대화편에서 저자 플라톤의 고백을 찾을 수 있을까? 플라톤 자신의 삶과 생각과 감정에 대한 적나라한 고백과 자전적 관심사를 찾을 수 있을까? 이에 비해 《나의 비밀》은 대화 형식을 취한 고백이며 오히려 아우구스티누스의 《고백록》과 진한 혈연관계를 맺는다. 보다 일반적으로 보면, 그리스도교에서의 '고백' 또는 '참회'와 깊게 얽혀 있다.

분명히 아우구스티누스의 《고백록》은 대화편이 아니다. 그러나 이 작품에서의 '고백'은 어떻게 보면 대화이다. 아우구스티누스는 신을 향해 말을 건네고 고백한다. 이를 신神과의 대화라고도 말할 수 있으리라.

그러나 《나의 비밀》의 '대화'는 어디까지나 인간끼리의 대화이며 신과의 대화는 아니다. 이러한 점 때문에 《나의 비밀》은 역시 《고백록》과도 이질적이다. 《나의 비밀》에서 이루어지는 '고백'은 '진리' 앞에서의 고백이라는 점에서는 아우구스티누스의 '고백'과 통하지만, 인간을 향해 이루어지는 고백이라는 점에서는 근대적 '고백'에 가깝다. 즉, 후대의 르네상스 자서전이나 루소의 《고백록》에 가까우며 그 선구적 작품이다. 르네상스나 근대의 자전 문학에서 나타나는 '고백'도 인간을 향해 이루어지는데, 이 인간이란 불특정 다수의 사람, 즉 세상을 가리킨다. 이러한 특성은 《나의 비밀》의 '고백'과는 근본적으로 다르다.

르네상스나 근대의 대화편에는 "진리의 여신"은 이미 떠나 '대화'가 이루어지는 자리에 현존하지 않는다. 따라서 '대화'는 이제 '진리' 앞에서의 대화가 아니라 인간들 앞에서 이루어지는 인간들 간의 대화이며, '고백'은 신을 향하는 고백도, '진리' 앞에서 특정한 인간을 향하는 고백도 아닌 '세상'이라는 불특정 다수의 사람을 향해 이루어지는 고백이다. 그러므로 근대의 '고백'은 《나의 비밀》과는 달리 자기구원의 소망과 연결된 자기탐구와는 거의 관련이 없고, 자기추구와 자기인식의 심화와도 비교적 거리가 멀다. 이러한 점에서 《나의 비밀》의 대화가 세상으로부터 동떨어진 "조용한 장소"에서 "멀리 남들의 눈을 피해" 이루어진 것, 즉 '고독' 속에서 이루어졌음은 암시적이다(《나의 비밀》 서문).

이렇게 뚜렷하게 드러나듯이 '진리' 앞에서 이루어지는 인간 사이의 대화라는 기본 구조는 대화의 내용이나 질과도 깊이 관련되어 있다. 그러므로 《나의 비밀》은 플라톤과 키케로의 대화편, 아우구스티누스의 《고백록》, 보이티우스의 《철학의 위안》 어느 쪽과도 연결되면서도 독자적인 틀과 내용을 만들어 낸다. 게다가 후속의 르네상스 대화편이나 자전 문학과도 깊이 관련되어 있으면서도, 역시 형식과 내용 모두 다르다. 이처럼 《나의 비밀》은 서양의 대화체 문학사에서도 시사하는 바가 매우 많으며, 독자적이고 중요한 위치를 차지한다고 볼 수 있다.

6. 대화편의 인물

대화편의 인물 중 프란체스코는 이 책의 서문에서 미루어 볼 때 저자 자신이다. 프란체스코를 저자 페트라르카와 동일시하는 것은 상식적인 해석이지만, 또 다른 인물인 아우구스티누스를 역사 속의 인물 성 아우구스티누스(354~430년)와 동일시하는 것은 문제가 있을 것이다.

이미 지적했듯 대화자 아우구스티누스는 고대 로마제국 말기에 살았던 인간 아우구스티누스이다. 하지만 저자 페트라르카가 창작한 인물이기에 페트라르카와 완전히 분리된 존재일 수는 없다. 역사적 존재로서의 아우구스티누스인 동시에 저자 페트라르카의 분신이자 페트라르카 자신이기도 할 것이다. 실제로 대화자 아우구스티누스는 분명히 아우구스티누스의 여러 저서에 나온 바와 같은 말을 종종 하지만, 페트라르카가 늘 그렇듯이 그 이상으로 키케로, 세네카, 베르길리우스를 비롯한 다양한 고전 작품의 작가를 인용하면서 이야기한다.

이들 이교도 작가들을 인용한 대목에 비하면 아우구스티누스를 인용하는 경우는 오히려 적다. 게다가 대화자 아우구스티누스가 하는 지적은 페트라르카의 다른 작품에서 대부분 시인 자신의 생각으로 소개된다. 뿐만 아니라, 대화자 아우구스티누스는 종종 페트라르카의 시구를 인용해서 말하기도 한다.

그렇다면 이 책의 아우구스티누스는 대화자 프란체스코와는 구분할 수 있어도 저자 페트라르카와는 거의 구분할 수 없다. 오히려 페트라르카의 일면을 대표하는 인물이라고 보아야 할 것이다. 즉, 대화의 인물 아우구스티누스와 프란체스코는 각각 저자 페트라르카의 일면을 표현한다. 그러므로 양자 간의 대화는 근본적으로 페트라르카가 스스로와 나누는 대화나 다름없다.

다만 대화자 아우구스티누스는 페트라르카가 역사 속 인물 아우구스티누스에 공감하고 그와 대화하면서 자신의 한쪽 면을 이상화한 것이기 때문에 인격적 완성도로는 저자 페트라르카를 훨씬 넘어선다. 그러나 인간성의 폭이나 깊이에서 페트라르카는 대화자 아우구스티누스보다 풍요롭다. 저자 페트라르카는 이 책의 아우구스티누스와 프란체스코를 모두 아우르는 존재이기 때문에 양자를 합친 것이 비로소 페트라르카의 실상에 가까울 것이다.

그렇다면 대화자 아우구스티누스를 역사 속의 인물 아우구스티누스와 동일시하려는 시도는 삼가야 한다. 《나의 비밀》의 아우구스티누스는 중세의 수도원 생활에서 전형적으로 볼 수 있는 엄격한 정신주의적·금욕주의적 전통의 대변자이고, 이에 반해 프란체스코는 페트라르카 자신을 대표하며 사랑이나 명예욕 같은 세속적 소망을 긍정하는 새로운 르네상스적 경향의 대변자라고 이해해서도 곤란하다.

사실 프란체스코와 아우구스티누스는 모두 페트라르카의 대변자이며 각각 그의 인간성의 한 면을 표현하고 있다. 그래서 대화자 아우구스티누스의 사상은 역사상의 아우구스티누스 사상과는 확연히 다를 수 있다. 예를 들어 《나의 비밀》 첫 번째 대화의 아우구스티누스에 따르면 인간은 자기의 의지로 행복해질 수 있는데, 이는 실제 아우구스티누스의 사상과는 무관하다.

교부 아우구스티누스에 따르면 인간은 하느님의 은혜 없이 자력으로 선을 이룰 수 없고 행복해질 수도 없다. 인간의 자유의지는 현실에서 악을 저지를 수 있을 뿐 결코 선을 행할 수 없다. 이 책 첫 번째 대화의 아우구스티누스는 이런 점에서는 오히려 실제 아우구스티누스와는 무관하게 자력으로 행복해지라고 설파하는 스토아학파의 이단 사상가로 비쳐진다.

하지만, 이러한 스토아학파 사상도 사실은 페트라르카 사상의 일면이다. 사실 그는 이와 같은 생각, 혹은 비슷한 생각을 종종 다른 저서에서도 말한다. 한 가지 예는 '고독' 사상일 것이다. 그가 말하는 '고독'은 스토아학파의 '아파테이아^{apatheia}'와 통하는 점이 있다. 혹은 '부동심'을 하나의 핵심 요소로 포함한다. 그는 1346년에 착수한 《고독한 생활》에서도 이렇게 말한다.

이렇게 고독은 행복하고 평온하며, 말하자면 요새화된 성채城砦이자 폭풍우에 대비한 피난처이기도 합니다. 만약 어떤 사람이 그런 피난처를 이용할 수 없다면, 안식처도 없이 고난의 바다에 던져지고 암초 위에서 살다가 파도에 휩쓸려 죽을 수밖에 없을 것입니다. 3

---

3   페트라르카, 《고독한 생활》 65~66쪽.

페트라르카는 인간의 자력 구원과 보편적인 인간성에 대해 지극히 비관적인 생각을 지녔다. 예를 들어 《나의 비밀》 첫 번째 대화에서 프란체스코는 말한다. "하느님의 자비가 아니라면, 저에게는 구원의 희망은 조금도 남아 있지 않습니다."

두 번째 대화에서도 프란체스코는 거듭 되풀이한다. "저 자신에게는 아무런 희망도 안고 있지 않습니다. 저의 희망은 하느님입니다."

이처럼 페트라르카에게는 거의 항상 몇 가지의 상반된 주도적 관심사와 사상적 경향이 병존했다. 때에 따라 강약의 차이는 있지만 어느 것이든 모두 진실한 페트라르카 사상이다. 《나의 비밀》을 읽으면 엿볼 수 있을 것이다. 그 스스로도 이를 알았기 때문에 자신의 "여러 가지 관심과 소망 사이의 은밀한 갈등"을 날카롭게 자각한 작품을 쓸 수 있었다. 게다가 그는 상반된 관심과 사상적 경향을 종종 분명한 자각 아래 모순된 채로 공존시켜 삶의 차원과 실존의 차원에서 조화시키려 한다.

이 또한 지극히 페트라르카다운 삶의 방법이라고 할 수 있을 것이다. 예를 들어 《나의 비밀》의 마지막에서 프란체스코는 아우구스티누스의 충고를 이론적으로는 받아들이면서도 자기의 의견을 고집하며, 먼저 자신의 오랜 소망에 따라 살다가 나중에 아우구스티누스의 의견을 실천하려고 한다. 이런 식으로 그는 두 견해를 타협시키거나 조화시킨다. 대화자 아우구스티누스의 시각에서 보면 상반된 두 가지 소망을 모두 만족시키려는 것이다. 다시 말해 자신의 주요한 소망은 어느 것도 포기하지 않으려 하며, 모든 소망을 충족하려 한다.

그러나 그 때문에 종종 어떤 소망도 충분히 이루지 못하고, 갈등

속에 근심하고 고생할 수도 있다. 혹은 어떠한 근본적인 결정도 못 내릴 수 있다. 주로 여기에서 시인의 고질적인 '우울병'이 기인했다. 결국 이 책은 결론에서 해결책을 내놓는 대신 시인이 끝내 '우울병'에서 해방되지 않을 것임을 시사하며, 그런 의미에서 자기 구원의 시도가 헛수고임을 암시한다. 실제로 시인은 그 이후의 작품들, 특히 시와 서간에서 보여 주듯 내면의 갈등과 고민에서 해방되는 일은 끝내 없었다.

그렇지만 이 시도는 단순한 헛수고가 아니다. 내면의 갈등과 고민을 오히려 자신의 개성적이고 보편적인 현실로서 받아들여, 이 현실에서 적극적으로 살아가고자 결심하기 때문이다. 《나의 비밀》은 이를 스스로 확인하는 글일 수도 있다. 즉, 내면의 갈등을 갈등 그대로 조화시키려는 시도, 혹은 자신의 고뇌와 슬픔을 자신의 고유한 '동반자'로 받아들이고 이 '동반자'를 자신의 숙명과 기쁨으로 삼는 것이다. 사실, 이는 페트라르카가 생애를 이어 나가게 하는 강인하고 유연한 의지, 그중에서도 작가로서의 의지에 의해서만 가능했다. 그는 자신의 '우울병'에 대해 고백한다.

"저는 눈물과 비탄으로 제 몸을 돌보지 않으면서 어떤 어두운 쾌락에 빠지므로 이것에서 벗어나기가 싫습니다."

다시 라우라에 대한 보답 받지 못한 사랑도 이야기한다.

"이렇게 눈물과 한숨으로 자기 몸을 돌보지 않으면서 어두운 쾌락에 빠진 것일까?"

이는 그의 시와 서간에서 되풀이하는 주제 중 하나로, 말하자면 저술의 동력 중 하나이다. 시인이 살아가는 모습과 삶을 대하는 방식은

이 책의 등장인물인 아우구스티누스와 프란체스코를 함께 마음에 품고, 둘 다 사랑하고 아끼면서 사는 것이다. 또한 이 책을 "나의 비밀"로 받아들이고, 그 대화 내용을 계속 은밀하게 되새겨 보는 일이기도 할 것이다. 이 책을 쓰게 된 동기에 대해 저자는 서문에서 적절하게 서술한다. "과거 자기 자신과의 대화를 통해 단 한 번 맛본 그 달콤함을 몇 번이라도 원하는 만큼 다시 읽고, 맛보고 싶을 뿐이다."4

---

4   이 책의 16쪽 참조.

지은이 · 옮긴이 소개

지은이_프란체스코 페트라르카(Francesco Petrarca, 1304~1374)

중세와 근대를 연결하는 과도기적 인물이면서 '최초의 르네상스인'이라고 평가받는 프란체스코 페트라르카는 이탈리아 인문주의를 대표하는 라틴어 학자다. 1304년 7월 20일 이탈리아 아레초에서 태어나 1374년 7월 19일 아르콰에서 생을 마칠 때까지 70년간의 삶을 통해 문학에 대한 사랑을 철저하게 실천한 계관시인이기도 하다. 페트라르카의 라틴어 산문 작품 중 가장 대표적인 《나의 비밀》, 《고독한 생활》, 《종교적 여가》는 명상적 · 종교적 · 사상적 특성을 띠며, '개인'의 의미와 가치에 비중을 둔다. 《나의 비밀》에 이어 페트라르카는 인간 한계의 속성에서 비롯된 고통의 의미를 사랑으로 극복하고자 한 시집 《칸초니에레》를 탄생시킨다. 이탈리아어로 쓴 《칸초니에레》는 이탈리아 인문주의 시인 페트라르카가 남긴 불후의 명작으로, 이탈리아 서정시의 효시이자 서양 시문학사에서 가장 절대적인 영향력을 보여 준 시집이다.

옮긴이_김효신

서울에서 태어나 한국외국어대 이태리어과 및 동 대학원을 졸업하고, 영남대에서 국문학 박사(비교문학전공) 학위를 받았다. 현재 대구가톨릭대 한국어문학과 교수 겸 안중근연구소 소장이다. 저서로 《한국문화 그리고 문화적 혼종성》(2018), 《시와 영화 그리고 정치》(2014), 《한국 근대문학과 파시즘》(2009), 《이탈리아문학사》(1994), 《문학과 인간》(공저, 2014), 《세계 30대 시인선》(공저, 1997) 등이 있으며, 역서로 《페트라르카 서간문 선집》(2020), 《칸초니에레:51~100》(2020), 《이탈리아 시선집》(2019), 《칸초니에레: 1~50》(공역, 2004) 등이 있다. 대표 논저로는 〈페트라르카의 라틴어 산문 《나의 비밀》 연구〉(2023), 〈페트라르카의 《고독한 삶》 연구〉(2023), 〈단테와 페트라르카의 사랑과 시 연구〉(2022), 〈단테와 페트라르카의 삶과 정치〉(2021), 〈페트라르카와 로마〉(2021), 〈페트라르카의 서간문 방투산 등반기 소고〉(2020), 〈페트라르카의 서간집과 키케로〉(2019), 〈단테의 시와 정치적 이상〉(2015), 〈페트라르키즘과 유럽 문화 연구〉(2014), 〈이탈리아 시에 나타난 조국과 민족 담론 소고〉(2008) 외 다수가 있다.

최초의 르네상스인, 프란체스코 페트라르카
14세기 라틴어 산문의 정수를 만나다

고독한 생활
De Vita Solitaria

프란체스코 페트라르카 지음
김효신 옮김

페트라르카가 고독에서 찾아낸
순수한 미덕의 길

아비뇽의 주교 필립 드 카바솔에게 부치는 두 통의 편지로 이루어진 라틴어 서간문. 페트라르카는 이 편지에서 그리스도로 표상되는 궁극적 미덕에 도달하는 길로 '고독'과 '여가'를 내세운다. 근대적 에세이의 전형을 예시한 작품으로서 르네상스의 탄생을 알린 기념비적 저술이다.

양장본 I 312쪽 I 20,000원

종교적 여가
De Otio Religioso

프란체스코 페트라르카 지음
김효신 옮김

사색하는 은둔자의
빛나는 고민과 성찰

페트라르카가 동생 게라르도가 몸담은 카르투시오 수도회에 부친 두 통의 편지를 묶은 산문 작품. 여기서 그는 종교적 여가의 실천과 효용을 치열하게 성찰한다. 라틴 고전에 대한 풍부한 학식을 바탕으로 써내려간 이 작품에서 인생의 덧없음을 종교적 열망으로 승화하고자 한 그의 뜨거운 진심을 엿볼 수 있을 것이다.

양장본 I 304쪽 I 20,000원

나남 nanam Tel : 031-955-4601 www.nanam.net